백의민족이여 안녕

한국인의 미의식

백의민족이여 안녕

까마득하게 잊었던 책이 다시 생각났다. 사실은 잠시도 이 책을 잊은 적이 없다. 어떻게 잊을 수 있겠는가. 자그마치 육년 간 오로지 이 책을 쓰기 위해 아무것도 하지 않았다. 사실은 그 시간 동안 오직 이 책을 쓰기 위해 할 수 있는 모든 것을 했고, 해야 하는 다른 아무것도 하지 않았다.

내가 야나기 무네요시의 한국미론을 비판하겠다고 말했을 때, 가까운 선배 한 분이 나를 비웃으며 자네가 그것을 비판하는 데 성공하면 경천동지할 거라고 말했다. 그분의 말이 진심이라는 걸 알았고, 나는 꼭 그렇게 할 거라는 것도 알았다. 3년의 시간이 흘렀고, 과연 나는 그 일을 해냈다. 하지만 그것으로는 불충분했다. 그의 주장을 대신할 새로운 한국미론을 말할 수 있어야 했다. 다시 3년의 시간이 흘렀고, 다시 그 일을 해냈다.

선배가 예언했던 경천동지할 일은 일어나지 않았다. 하지만 소리소문 없이 그런 일이 일어났다는 사실을 나는 알고 있다. 이 책은 여러 사람들의 책 속으로 스며들어갔고, 여러 사람들의 주장 속으로 스며들어갔다. 어느새 한국미론은 야나기와 결별했고, 백의민족론과 결별했고, 새로운 시야를 얻었다.

대학에서 강의하거나 지식인다운 글쓰기를 하는 대신 한동안 무의식 치유와 꿈의 해석을 하며 인간의 몸과 마음을 탐구하는 작업을 했다. 구문자답은 나의 정겨운 터전이었다. 이만하면 됐다는 생각이 들어 본래의 자리로 돌아와 글쓰

3

기를 하려는 순간, 이 책이 다시 생각났다. 새삼 놀라운 것은 이 책에 쓰여진 일들을 하나하나 실천하는 일이 그간 구문자답에서 벌인 일들이라는 사실이었다.

내가 이 책을 다시 펴내는 까닭은 뇌리에서 잊혀지지 않고 자꾸만 떠오르는 하나의 심상 때문이다. 그것은 국립중앙박물관 수장고에 있는 금동미륵보살반가사유상(국보78호)의 이미지다. 내가 그분과 같다는 생각이 들어서일까, 아니면 그동안 내가 만난 사람들이 그분과 같다는 생각이 들어서일까, 그것도 아니면 누구라도 부디 그렇게 되었으면 한다는 생각에서일까. 어느 편이 가장 정확한 생각인지는 잘 모르겠다. 어쩌면 친구인 이영미와 함께 느낀 것처럼 촛불집회에 모인 수많은 사람들이 그분이 가부좌를 풀고 깨어나 춤추는 것처럼 느껴져서였는지도 모르겠다.

한국인의 무의식의 깊은 곳에는 다른 세상에 대한 강렬한 열망이 있다고 나는 믿는다. 나는 그것을 상(象)의 미의식이라고 이름 붙였거니와, 그같은 유토피아주의, 지고지순한 아름다움에의 갈망, 이상주의적인 관념의 고양을 나는 손에 땀을 쥐며 지켜보고 겪어냈다.

다른 세상이 올 것인가. 나도 한국인인지라 이런 방식의 질문은 어울리지 않는다. 다른 세상이 와야만 한다. 한국인에게 미륵상생(上生)사상이란 애초에 존재하지 않는다. 한국인은 오직 미륵하생(下生)사생만 믿어왔다. 개똥이 굴러다니는 이땅에 용화세상을 건설해야 한다는 간절한 믿음이 없이 우리가 어떻게 이 토록 험한 역사를 견디어 왔겠는가. 이제 때가 왔다. 바로 지금 다른 세상으로 가는 문을 열어야 한다. 문고리를 단단히 잡아돌려야 한다. 기억상실의 문을 활짝 열어젖히는 아름다운 환상을 이 찬란한 봄에 다같이 맞이해야 한다.

야나기 무네요시여 안녕, 백의민족이여 안녕.

2017년 봄
내자동 구문자답에서

금빛 기쁨의 기억

　　돌아보면 언제나 지긋하면서두 휘황한 모습들이 떠오른다. 땅끝까지라도 따라와서 손을 잡아줄 것 같은 환한 미소가 피어나는 곳. 몸을 기대오는 자그마한 티끌 따위는 강물 옆의 물방울인양 웃으며 받아들이는 조화로움을 간직한 곳. 그리하여 나는 중얼거린다. 사랑아 너는 어찌하여 그토록 아름다운가.

　　상생으로만 가득한 기억 속의 그곳은 참으로 아름답다. 거기에는 순수하게 증류된 아름다움, 한치의 가감도 허용되지 않는 정밀한 아름다움이 존재한다. 서린동의 외갓집을 무대로 펼쳐진 필자의 어린 시절이 그랬고, 천혜(天惠)의 풍토와 천재(天災)의 이웃을 한꺼번에 타고난 한반도를 무대로 펼쳐진 조선의 지난 시절이 그랬다. 서린동에 두고온 꿈, 또는 조선에 두고온 꿈.

　　하지만 아침에 눈을 뜬 순간 지워져버린 꿈이 있음을 짐작했을 때만 해도, 해가 고갯마루를 올라감에 따라 그것을 향해 자꾸만 손이 휘저어지는 꿈이 있었음을 느꼈을 때만 해도 그것의 전모를 알지는 못했다. 분명 그랬다. 마침내 중천에 떠오른 눈부신 태양 아래 흔적조차 사라진 꿈 앞에서 할 수 있는 일이란 기껏해야 소리도 나지 않는 통곡을 내지르는 일에 불과했다.

　　뭔가를 기억하려고 무진 애를 썼음에도 불구하고 지워진 기억의 저편에서 아무것도 건져 올리지 못한 채 빈 손으로만 남았던 안타까움이 기억에 생생하다. 하지만 안타까움이 부끄러움을 거쳐 기쁨으로 거듭난 것은 한순간의 일이었다. 그 순간 서린동에 두고온 꿈과 조선에 두고온 꿈을 한꺼번에 되찾았고, 마치 부절이라도 맞추듯이 양자가 하나임을 발견하는 기쁨까지 받아안았다. 그리하여 나는 다시 중얼거린다. 사랑아, 너로 하여 나는 얼마나 아름다워질 수 있는가.

돌아보면 한순간이지만, 당시에는 하루가 천 년처럼 여겨졌을 정도로 고통스럽고 쓰라린 날들이었다. '아침에 도를 깨치면 저녁에 죽어도 좋다'는 공자님의 말씀이 머리 속을 맴돌았다. 어째서 그는 도를 깨친 즉시 죽어도 좋다고 하지 않고, 아침부터 저녁까지라는 하루 만큼의 여유를 두었을까. 공자님표 진리를 스스로 돌아보는 성찰의 시간이 필요했을까. 아니면 쓰라린 날들을 거쳐 손에 넣은 도를 스스로 누리는 즐거움의 시간이 필요했을까. 본래 공자님이 철두철미 현세주의자였고 보면 '개똥밭에 굴러도 이승이 좋다'고 생각했음이 분명할 터인즉, 마침내 진리를 '존재의 형식'으로 완결짓기 위해 성찰 또는 취향을 필요로 했으리라고 상상하는 것도 지나친 일은 아닐 것이다.

격변 혹은 혼돈 속을 헤쳐가는 오늘의 우리는 종종 공적인 담론과 사적인 취향을 분리시키고 싶은 유혹에 휩싸인다. 출발은 이런 것이다. 그게 옳은 것 같지만, 그래도 어쩌겠니. 나는 그게 싫은 걸. 반대의 경우도 있다. 그게 틀린 것 같지만, 그래도 옳다고 우기면 어쩔 수 없지. 니 똥 굵어! 그렇지만 임금님의 귀는 당나귀 귀라구.

하지만 공적인 담론과 사적인 취향은 둘이 아니고 하나라는 것. 둘은 양자택일이 아니라 회통되어야 하며, 창조적인 모순으로 남아 있어야 한다는 것. 그러기 위해서는 공자님이 그랬듯이 성찰 또는 취향을 가능하게 하는 여백을 남겨두어야 한다는 것. 성찰 또는 취향의 여백을 거느리지 않은 진리란, 도그마요 사기요 심지어는 삿대질로 끝나버릴 수도 있다는 것.

매년 전율하며 느끼는 것이지만 어김없이 봄이 다시 찾아왔다. 이 책이, 계절의 순환과 함께 성스러운 박동을 전해오는 자연의 질서처럼 인간 사회의 선순환을 발동시키는 작은 화두가 되기를 바란다. 이제는 참으로 지나간 기억상실의 세월을 마감하고, 다가오는 명철(明哲)의 날들을 맞이해야 할 때다. 이 책은 바로 그런 날들을 준비하기 위해 쓰여졌다. 나는 이 책을 읽을 분들에게, 결코 잃어버릴 수 없는 금빛 기쁨의 기억들을 다시 지펴내며 함께 깨어 있자고 말하고 싶다. 그같은 깨어 있음이 또 하나의 고통이 될 수도 있지만, 그럼에도 불구하고 고통을 감내하지 않고 도달할 수 있는 깨달음이 과연 있기나 하단 말인가.

2004년 봄
옥인동 천수경의 옛집 터에서

차례

10

백남준과 서울의 기억

여기 두 갈래의 길이 있다. 하나는 세계인의 길이요, 다른 하나는 한국인의 길이다. 당신은 어느 쪽이 마음에 드는가. 금세기를 대표하는 세계적인 아티스트 백남준인가, 진경산수의 대가 겸재 정선인가. 시대를 앞서 가는 세계인인가, 자랑스러운 한국인인가. 이같은 질문에는 단서가 하나 따라다닌다. 둘 가운데 하나만을 선택해야 한다는 것이다.

우리는 시대를 앞서 가는 세계인과 자랑스러운 한국인이 제로섬 게임과도 같은 양자택일의 대상이라고 믿는다. 따라서 세계인의 파이가 커질수록 한국인의 파이는 줄어든다. 과연 우리는 세계인의 파이와 한국인의 파이 가운데 하나를 골라잡는 선택을 강요당한다. 하지만 다수의 한국인은 둘 가운데 하나를 골라잡기보다는, 두 개의 자화상을 동시에 간직한 채 때에 따라 하나를 꺼내어 사용한다. 세계인의 자화상이 세계 시민의 대열에 동참하기 위해 밖으로 내닫는 모습을 하고 있다면, 한국인의 자화상은 한국인의 동상 앞에 가슴에 손을 얹고 서서 안으로 옥말리는 모습을 하고 있다.

　이처럼 서로 다른 자화상이 생겨난 역사적인 배경은 무엇일까. 그것은 이전과는 다른 양상으로 전개된 지난 세기의 세계사이며, 구체적으로는 서양의 제국주의 세력이 동양의 수많은 나라들을 식민지와 반식민지로 만들어버린 서세동점의 역사다. 이에 따라 한국은 탈아입구의 깃발 아래 '동양 속의 서양'을 자처한 일본에 의해 식민지를 강요당했고, 한국인은 자신을 보존하는 동시에 자신을 변화시켜야 하는 모순된 상황으로 내몰렸다. 한쪽에는 척사와 쇄국에서 민족주의와 주체사상에 이르는 구호가, 다른 한쪽에는 개화에서 세계화에 이르는 구호가 등장한 것도 이 때문이다. 그 결과 한국인에게는 자기를 굳건하게 다지려는 자화상과 자기를 바꾸려는 자화상이 공존하게 되었다.

　물론 금세기의 세계사도 지난 세기 세계사의 연장선상에 놓였으니 만큼, 이같은 역사적 배경에 따라 생겨난 자화상이 간단히 사라지지는 않을 것이다. 하지만 이제는 그것이 지난 세기의 산물인 까닭에 변화될 수도 있으며 청산될 수도 있을 것이라는 사실을 깨닫는 데까지는 나아가야 한다.

　겸재정선 (1676~1759)에 대한 이야기부터 시작해 보자. 겸재는 이른바 진경문화를 대표하는 인물로서 「인왕제색도」나 「만폭동」 같은 그림과 마주친 한국인이라면, 그 속에 묘사된 낯익은 풍경의 아름다움에 매혹당하지 않을 수 없을 것이다. 하지만 그렇다고 해서 진경산수의 아름다움을 그려낸 까닭이 세계인의 파이를 최소화하고 한국인의 파이를 최대화했기 때문이라고 할 수는 없다. 그렇다면 우리는 진경산수에 대한 다음과 같은 생각을 한번 되돌아 볼 필요가 있지 않을까. 이것은 세계인과 한국인의 제로섬 게임에 휘둘리는 우리 모두의 생각을 대표하는 것이기 때문이다.

여기서 우리는 세계사적 중심부에서 떨어져 있는 주변국 문화가 자기 정체성을 확립하는 방식에 대해 많은 것을 배우고 느낄 수 있게 된다. 이를테면 만약 서구문화를 추종하는 데 열을 올리는 지금 우리에게 어느날 갑자기 서구문화가 들어올 수 없는 상황이 생겼다고 가정해보자. 우리 지식인들은 어떻게 할 것인가. 아마도 자신의 현실로 돌아올 수밖에 없을 것이다. 그런 점에서 우리는 이따금 밖으로 향해 있는 안테나를 내리고 우리 자신에게로 돌아올 필요가 있다. 그것은 겸재의 진경산수가 우리에게 가르쳐 주는 또 다른 교훈이기도 하다. *유홍준, 「화인열전1」

밖으로 향해 있는 안테나를 내리고 우리 자신에게로 돌아올 필요가 있다는 것. 이것은 시대를 앞서가는 세계인에서 자랑스러운 한국인으로의 귀환을 의미한다. 물론 겸재 이전에는 진경산수가 등장하지 않았다는 사실에 비추어 볼 때, 그의 그림을 자랑스러운 한국인의 관점에서 이해하는 것은 지극히 자연스럽다. 하지만 그것을 밖으로 향한 안테나를 내리고 안으로 향한 결과로 해석하는 것은, 겸재의 진경산수를 기점으로 사대적인 감수성에서 자주적인 감수성으로의 방향 전환이 이루어졌음을 전제로 하는 것이다. 그렇지만 당시에는 무엇보다 한국인과 세계인이라는 구분 자체가 존재하지 않았으며, 사대와 자주를 나누는 사고 자체도 식민사관의 산물임과 동시에 그것에 대한 반작용의 성격을 지닌 민족사관의 산물이다.

통속적인 의미에서 사대와 자주를 대립시키는 것은 아예, 사대는 타력의존의 나쁜 것으로 규정하고 그에 대하여 자주독립이다, 하는 식의 발상인데… 우리가 이제까지 취급한 사대의 명분은 그러한 대치를 무의미하게 하는, 말하자면 전연 다른 카테고리의 얘기죠. 앞서도 여러 번 들었습니다만 양성지(梁誠之)에 보면,… 아주 자연스럽게 고유의 전통과 사대주의가 병존합니다. 그런 마당에 사대와 자주라는 대립을 생각하는 것은 의미가 없죠. 그러니까 사대주의의 문제를, 우리가 소국(小國)이 되어 사대했으니 분하고 슬프다는 식으로 한국사에 너무 집착해서 보면 그 전모가 보이지 않을 우려가 있습니다…. 더구나 기억할 것은 단군시대 같은 역사관이 조선초에는 사인(士人)의 상식이 되었어요. 이런 점도 우리는 아울러 생각해야겠죠. *이용희, 『한국민족주의』

사대와 자주를 대립시킨 다음, 사대는 나쁜 것이고 자주는 좋은 것이라고 보는 것은 국제정치학적 차원에서 현실적인 실리의 문제인 사대를 존재론적 차원에서 이상적인 명분의 문제로 오독(誤讀)하는 것이다. 진실을 말하면 겸재는 동북아시아의 문화권 전체를 시야 속에 확보한 세계인인 동시에 진경산수의 아름다움을 시야의 중심에 놓은 한국인이었고, 겸재의 진경산수는 밖으로 향한 안테나를 가지고 우리 자신을 새롭게 돌아본 결과 탄생한 것이었다고 할 수 있다. 따라서 우리는 그의 진경산수 화폭에 자리잡은 낯익은 풍경에 대한 사랑을 자랑스러운 한국인이라는 이십 세기의 담론을 되돌이켜 투사한 닫힌 자화상으로 해석해서는 안된다.

… 여러 지역이 하나의 문화권을 형성하는 경우를 살펴보면 그 둘레 속에 각 지역에 두루 타당한 문화가치가 존재한다고 생각되며, 그것이 바로 국제적 기준의 구실을 발휘한다. 이러한 국제 기준으로서의 문화개념은 기실 각 지역에 있어서는 각 지역대로 해석되고 현실에 적용되어 마침내 토착화된다. 그리고 또 각 지역에는 각 지역대로 전통적인 고유한 맛이 따로 있어서 지방색의 기조를 이룬다…. 말하자면 구체적인 작품은 회화권의 국제적 조건과 지역적 특색을 여건으로 하여 그 위에 개별적인 아름다움을 창조한다고나 할까? … 그림의 아름다움의 기준으로 때로는 향토애나 내셔널리즘을 은근히 내세우는 것은 그림의 아름다움의 핵심과는 인연이 먼 속견(俗見)에 불과하다. *이동주, 『한국회화소사』

강서대묘 사신도의 솟구치는 생기, 금동미륵반가사유상의 정겨운 봉안,

고려 수월관음의 휘황한 신비, 겸재 진경산수의 칼칼한 금수강산 모두 마찬가지다. 이것들은 시대를 앞서가는 세계인에 대한 자랑스러운 한국인의 승리가 아니라 그같은 구별과 경계를 넘어선 곳에 존재하는, 세계를 받아안아 한국을 피워올림으로써 양자를 회통시킨 결과 도달한 창조였다.

그렇다면 백남준은 어떤가. 새천년의 새아침 세계문화 유행통신의 발상지인 뉴욕에서, 최첨단 영상예술인 레이저 아트를 선보인 백남준. 새로운 예술작품을 창조하는 데서 한걸음 나아가, 새로운 예술양식 자체를 창조한 예술가. 사실인즉슨 그에게는 한국인이라는 수식어보다 세계인이라는 수식어가 훨씬 잘 어울리지 않는가. 그에게 있어 한국인 백남준이란 죽어버린 과거이며, 세계인 백남준이야말로 살아있는 현재이자 미래가 아니겠는가. 도대체 '지구촌 민주주의 건달'이라는 별명이 썩 잘 어울리는 인터내셔널 아티스트 백남준에게 '한국이 낳은'이라든가 '자랑스러운 한국인'이라는 말을 덧붙이는 것은 부질없는 일이 아니겠는가. 따라서 우리도 백남준과 같은 세계인이기를 원한다면, 한국인에 대한 미련 따위는 포기해야 하는 것이 아닌가.

이같은 통념을 향해 파문을 던지는 말이 있다. 그것은 백남준의 입에서 튀어나온 다음과 같은 주장이다. 그는 예술의 성격을 '남을 흉내내는 것'과 '토속적인 자기를 주장하는 것'으로 나누면서 이렇게 말했다.

요컨대 예술은 아이덴티티를 구하는 방법의 하나이며, 그것이 예술의 큰 기능입니다. 남의 유행에 동의하는 것과 아이덴티티는 상반된 개념이지요. 예술은 결국 모순입니다. *김홍희,「백남준 vs 김홍희」,『백남준과 그의 예술』

예술이 정체성을 구하는 방법의 하나라는 데 이의를 제기할 사람은 없을 것이다. 하지만 '토속적인 자기'라는 말이 백남준의 입에서 튀어나온 것은 뜻밖이다. 여기서 토속적인 자기란 한국인 백남준을 말하는 것인데, 이것은 한국인에 대한 미련 따위는 넘어섰으리라고 여겨지는 세계인 백남준에 대한 우리의 짐작과 정면으로 충돌한다. 그럼에도 불구하고 그는 분명히 이렇게 못박았다.

백남준과 토속성. 그가 던진 뜻밖의 화두에 걸려든 나는, 미처 예술의 문앞에 당도하기도 전에 어지럼증으로 비틀거린다. 혹시 그는 세계성을 말하려다가 얼결에 토속성을 끼워팔기한 것은 아니었을까. 그것을 '남을 흉내내는 것'이라는 어눌한 표현으로 번쩍하니 코앞에 들이댄 것도, 어쩌면 그같은 끼워팔기를 의식했기 때문은 아니었을까.

이같은 나의 의심벽은 무엇보다 내가 '자랑스러운' 한국인이나 민족주의라는 화두와 함께 이십대를 보낸 사실에서 비롯된다. 그런 내가 어느날 낯선 침입자처럼 들이닥친 세계화라는 구호 너머 백남준의 입에서 튀어나온 이런 말을 마음 편히 받아들일 수 있었겠는가. 토속성과 세계성은 양자택일의 대상이라고 생각했던 나는, '토속적인 자기'를 주장하는 것이 한국인인 나에게 주어진 길인 반면 '남을 흉내내는 것'은 세계인 백남준에게 주어진 길이라는 사실을 믿어 의심치 않았다.

그런데 백남준은 이제 와서 뭐라고 하는가. 모순이라는 마술적인 언어를 방패삼아 들이대며, '남을 흉내내는 것'은 물론이요 '토속적인 자기'를 주장하는 것마저 독차지하려 드는 것이 아닌가. 이같은 의혹의 한복판으로 다음과 같은 주장이 불쑥 끼어들었다.

백남준을 많은 사람들이 아방가르드라는 이미지 혹은 비디오 아트라는 테크놀로지적 선진성 때문에 매우 젊은 사람으로 생각하기가 쉽다. 그러나 그는 올해 환갑 노인이다. 백남준은 1932년 7월 20일(음력 6월 17일) 종로구 서린동 45번지(오늘의 서린 호텔 자리)에서 태어났으니깐 지금 이 시간 일갑(一甲)을 환(還)하고 또 넘었다. 우리가 상상하는 것보다는 훨씬 더 고전적인, 어찌보면 이조인(李朝

人)의 화석과도 같은, 다시 말해서 전통적 인간으로서 지니는 모든 감정과 소양을 지닌 순한국인이라는 사실을 좀 생각해봐야 한다. 한국을 일찍 떠났기 때문에 일찍 서구문물에 개명하게 된 것이 아니라, 한국을 일찍 떠났기 때문에 오히려 한국의 순수성을 더 잘 보전한 고전인이었던 것이다. *김용옥, 「도올이 백남준을 만난이야기」, 『석도화론』

한국을 일찍 떠났기 때문에 오히려 한국의 순수성을 더 잘 보전했다니? 여기서 나는 문득 뉴욕 시내 한인가에 다닥다닥 붙어 있는 고색창연한 한국어 간판들을 떠올린다. 그것들의 글자체와 말투, 철자법은 물론이요, 나아가 감미옥이라는 음식점의 설렁탕 맛조차 어쩌면 고국의 그것보다 한국적인 순수성을 좀더 잘 보전하고 있었다. 삼십 년 전 내 곁을 떠나 뉴욕으로 이주한 서린동 이모(나의 외갓집은 종로구 서린동 120번지였다)의 손에 이끌려 뉴욕 시내 한복판을 걸어가던 나는, 어쩌면 그곳이 뉴욕의 한인들이 '토속적인 자기'를 지키기 위해 은밀히 마련해 놓은 정신적인 교두보일지도 모른다는 상상에 빠져들었다.

뉴욕이야말로 종교와 예술과 문화에 걸쳐 세계문화의 다원성이 생생하게 살아 숨쉬는, '남을 흉내내는 것'과 '토속적인 자기'를 주장하는 것이 모순적으로 공존하는 곳이 아닌가. 이같은 '토속적인 자기'들을 폭넓게 받아들인 것이야말로 이렇다 할 '토속적인 자기'를 지니지 못한 오늘의 미국문화로 하여금 세계문화의 리더로 자신을 내세울 수 있게 한 비결은 아니었을까.

이런 생각도 들었다. 백남준보다 내가, 미국에 사는 한인들보다 한국에 사는 한국인들이 '토속적인 자기'를 더 잘 보전하고 있다고 말할 수 있을까. 어쩌면 우리는 세계성의 부재를 토속성의 과장으로 얼버무리는 이상한 논리에 빠져 있는 것은 아닐까.

세계인 백남준 속에 들어 있는 순한국인 백남준. 이같은 사정은 작곡가 윤이상의 경우도, 화가 이응노의 경우도 마찬가지다. 윤이상이 자신의 음악을 위한 영감의 원천으로 삼았다는 강서대묘의 사신도, 이응노가 즐겨 그린 풍죽(風竹)을 떠올려 보라. 오늘의 창조와 관련된 예술가인 이상, 그의 마음 속에 세계인과 한국인의 두 얼굴이 공존하는 것은 필연적이다. 그것들은 결코 제로섬 게임과 같은 양자택일의 대상이 아니며, 분열적인 모순이 아니라 통합적인 모순이다. 창조의 빛이란 세계인 윤이상과 한국인 윤이상이, 세계인 이응노와 한국인 이응노가 부싯돌의 스파크와도 같이 절묘하게 부딪쳐서 피워올리는 한줄기 섬광이다. 마애불과 쇠라의 그림을 동시에 연상시키는 박수근의 그림도 이렇게 해서 탄생한 것은 아닐까. 이것들은 세계인에 대한 한국인의 승리도 아니고 한국인에 대한 세계인의 승리도 아니며, 그같은 제로섬 게임을 벗어나 양자를 회통시킨 결과 도달한 창조의 열매나. 세계인이냐 한국인이냐가 아니라 세계인인 동시에 한국인이어야 한다. 둘 가운데 하나를 선택하는 문제가 아니라 둘을 하나로 통합시키는 문제다. 양자택일이 아니라 회통(會通)이다.

반드시 백남준이거나 윤이상, 이응노여야 할 이유도 없다. 겸재나 박수근이어야만 하는 것도 아니다. 장사꾼이면 어떻고, 평범한 시민이면 어떤가. 중요한 것은 당신의 삶이 창조적이기를 원하는가에 달려 있다. 만일 그렇다면, 당신은 지금 이순간 세계인과 한국인의 제로섬 게임에서 벗어나야 한다. 이제는 새로운 개안이 필요하다. 한국인과 세계인, 토속성과 세계성이 창조의 마음을 징검다리 삼아 경계를 허물고 손잡는다면, 그것들은 서로 다른 둘이고 모순이되, 상생적인 둘이며 창조적인 모순이 될 것이다.

만일 토속성이라는 오솔길이 세계성이라는 큰길로 이어지지 못한다면 어떻게 될까. 천년이 하루와 같은 매너리즘에 빠져, 살아 숨쉬는 창조의 역사로부터 멀어질 것이다. 반대로 중국청자를 고려청자로, 둔황석굴의 불상을 석굴암의 불상으로 변용시킨 토속적인 자의식을 갖추지 못하면 어떻게 될까. 사기그릇과 양은그릇에 밀려난 우리의 도자기를 되찾을 때까지 겪어야 했던 지리멸렬한 모방의 역사를 되풀이해야 할 것이다. 토속적인 자기를 내던진 채 유행사조만을 따르는 세계인의 망상은 물론이요, 유행사조 또는 동시대적인 세계성을 향해 빗장을 걸어잠근 채 토속적인 자기만을 다짐하는 한국인의 자폐 역시 우리의 선택이 될 수는 없다.

전통은 '기억 속의 심상'이다

세계인 백남준이 전통적인 인간의 감정과 소양을 지닌 순한국인으로 남아 있는 비결은 무엇일까. 그것은 기억이다. 세계인 백남준의 예술이 한국인의 토속적인 자기를 주장하는 내용을 담아낼 수 있는 것은, 그가 전통을 기억의 형태로 몸속 가득히 저장한 채 살아가는 사람이기 때문이다. 그에게 있어 전통이란 필요할 때마다 꺼내 쓸 수 있는 '기억 속의 심상'이다. 세계인이자 '지구촌 민주주의 건달'인 그가, 동시에 거뜬히 순한국인이자 전통적 인간일 수 있는 까닭이 여기 있다.

언론인 송정숙 씨가 백남준에 대해 쓴 글이 있다. "백남준씨에게는 그의 유년기와 청소년기에 이르는 시대들이 타임캡슐이나 냉동식품처럼 통조림되어 있음을 느끼게 하는 일이 많다. 그것들을 회생시켜서 비디오라는 오븐 안에 넣고 조리한 듯한 예술. 「바이 바이 키플링」에서 우리는 유전인자를 실감했다." 이렇듯 백남준은 무엇이든지 한번 머리 속에 입력된 것은 마치 냉동식품처럼 통조림되어 있어서 필요할 때는 그 유전인자가 작용하는 것 같다. *이경희, 「백남준이야기」

세계인 백남준에게 한국인 백남준이 죽어버린 과거가 아니라 살아 있는 현재가 될 수 있는 비결은 그의 몸속에 자리잡은 기억이다. 러셀은 「철학의 문제들」에서 현재가 감각을 통해 인식될 수 있는 것과는 달리 과거는 오직 기억에 의해서만 인식될 수 있다고 말했다. 기억의 형태로 몸속에 저장된 전통이야말로 백남준이 지난날의 수많은 다른 백남준들로부터 물려받아 자신의 작품 구석구석에 숨겨놓은 토속적인 자기의 원천이다.

인간의 삶을 관통하는 모든 비극은 인간이 시간의 일방적인 흐름 속에 갇힌 존재이기 때문에 생겨난다. 시간의 엔트로피 법칙 또는 불가역성은 덧없음이라는 인생의 쓰디쓴 진리를 탄생시킨 우주의 원죄다. 이같은 시간의 불가역성에 항거하는 것이 바로 기억이다. 기억은 시간을 거슬러 뛰어넘는다. 기억의 다른 이름이 추억인 까닭도 이 때문이다. 기억은 인간을 자신의 일방적인 흐름 속에 가두어놓는 시간의 질서에 거역함으로써 세월의 무상함을 넘어서는 인간적인 정체성의 토대가 된다. 어린 시절 봉숭아꽃과 분꽃이 핀 마당이 내다보이는 대청마루에 앉아 꿩털로 김을 재는 외할머니의 손길을 지켜보던 기억. 해거름 무렵 뒷대문의 들창 너머를 까치발로 넘겨다보면, 언제나 같은 시간 자반고등어를 외치며 지나가던 절름발이 '구루마' 장수의 기억. 여고 시절 사위가 캄캄해져 온통 우리들 세상이 되어버린 학교 강당에서 '별이 빛나던 밤에'를 부르던 기억.

기억으로 하여금 시간의 흐름을 되짚어 지난 순간을 되살려내도록 하는 것은 무엇일까. 의식의 밑바닥에 저장된 심상들이 어떤 계기를 만나 호출당할 경우 기억의 형태로 의식의 표면에 떠오르기 때문이다. '기억 속의 심상'에 의지하여 시간의 흐름에 떠밀리는 세월의 무상함에 대항하는 몸부림이야말로, 인간에게 정체성의 후광을 부여하며 주체의 월계관을 씌워주는 인문적인 가치의 본령이다. 역사가 그렇고 문학 역시 그러하며, 이것을 업으로 짊어진 사람들이 바로 예술가가 아닌가. 기억의 두레박으로 무의식의 우물에서 의식의 샘물을 길어올린 프루스트의 『잃어버린 시간을 찾아서』가 지난 세기의 예술정신을 대표한 까닭도 이 때문이다. 작품의 핵심어인 기억이, 산업혁명에서 제국주의로 이어지는 근대의 심장인 욕망과 이에 따른 죄의식을 도리어 빛나는 자의식으로 탈바꿈시키는 데 성공했기 때문일 것이다.

백남준의 작품들에는 이같은 사실과 관련된 것처럼 보이는 시각적인 모티브가 되풀이해서 등장한다. 한국의 전통적인 색동 이미지를 연상시키기도 하고 이십 세기 후반의 어느 시점에 한국인의 일상에 등장한 텔레비전의 준비화면을 연상시키기도 하면서, 결과적으로 한국인의 토속적인 자기를 자극하는 시각 이미지가 그것이다. 전통이란 기억 속의 심상을 토대로 한 것이며, 새롭게 창조되는 오늘의 심상의 전생(前生)이다. 그러나 시간의 흐름을 거슬러 기억 속의 심상을 버텅겨낸 다음, 다시 그것을 오늘의 심상으로 새롭게 창조해내는 일은 결코 쉬운 일이 아니다.

전통이란 결코 이러한 손에서 손으로의 손쉽게 넘어다니는 것이 아니다. 그것은 오히려 피로써 피를 씻는 악전고투를 치러 피로써 얻게 되는 것이다. 그것을 얻으려 하는 사람이 고심참담 쇄신분골하여 죽음으로써 피로써 생명으로써 얻으려 하여야만 얻을 수 있는 것이요, 주고 싶다 하여 간단히 줄 수도 있는 것이 아니다. 선가 수업행사에 잘 쓰는 단비(斷臂) 봉갈(棒喝) 기타 불립문자 직지인심(直指人心)의 그 표전법(表證法)이 전혀 이 피에서 피로의 생명으로서의 획득을 상징하는 것이다. 말하자면 그것은 영원의 지금에서 늘 새롭게 파악된 것이다. *고유섭, 「조선 미술문화의 몇낱 성격」

　　살아 있는 전통이란 기억 속의 심상이 지금 이 순간에 새롭게 되살아난 것이다. 장욱진의 「진진묘」에서 새롭게 되살아난 금동미륵보살반가사유상의 이미지가 그것이다.

　　반복하자면, 전통이란 기억 속의 심상이 지금 이 순간에 새롭게 창조된 것이다. 그리하여 문화의 저력이란 문화 속에 덧쌓인 기억 속의 심상의 두께이며, 기억 속의 심상을 일관되게 관통하는 취향이야말로 미의식의 본질이다. 따라서 살아 있는 전통을 창조하기 위해서는, 먼저 우리의 취향을 즐겁게 뛰놀도록 하는 기억 속의 심상이 '생의 지주'와도 같이 우리 안에 늘어서 있어야 한다. 취향의 뜨

락인 '기억 속의 심상'의 상실이야말로 전통의 단절에서 창조의 불능으로 이어지는 마음의 감옥이다.

진진묘와 반가사유상

금동미륵보살반가사유상(이하 미륵반가상으로 부름)은 삼국시대인 6, 7세기 경에 만들어진 작품이다. 반가부좌를 한 미륵보살이 다시 태어나 중생을 구제하게 될 먼 미래를 생각하며 명상에 잠긴 모습을 청동으로 빚은 것이다.

한국인에게 있어 미륵신앙이란 무엇인가. 흥미로운 것은 미륵신앙이 현세적인 성격의 토속신앙과 만나면서, 지금 이곳의 현실에 이상세계를 이룩하고자 하는 미륵 불국토(佛國土) 사상으로 변화되었다는 것이다. 이것은 풍수의 명당처럼 현세적인 유토피아를 꿈꾸는 한국인 특유의 사상경향과도 통한다. 신라의 화랑이 미륵의 현신으로 여겨졌다든지, 백제의 손꼽히는 사찰인 익산의 절에 미륵사라는 이름이 붙은 것도 그런 이유에서였다. 미륵반가상은 '먼 저곳'이 아닌 '가까운 이곳'에서 이상세계를 실현하고자 하는 한국인의 의식이 담긴 고유의 심상 가운데 하나다. 미륵사를 세운 무왕이나 후고구려를 세운 궁예 같은 정치지도자들이 스스로를 미륵으로 내세운 까닭도 여기에 있다.

한국을 대표하는 화가의 한 사람인 장욱진(1918~1990)의 작품 가운데 「진진묘(眞眞妙)」(1970)라는 것이 있다. 이 작품은 그의 부인의 초상으로 진진묘는 그녀의 법명이다. 흥미로운 사실은 미륵반가상과 진진묘가 한눈에 알아볼 수 있을 만큼 닮은 것이다. 그는 부인의 초상을 한국인의 기억 속의 심상인 미륵반가상의 모습에 기대어 그려냈다. 부인의 모습을 통해 '가까운 이곳'에서 이상세계를 실현하는 해탈의 길을 발견했는지도 모른다.

다시 한번 미륵반가상과 진진묘를 비교해보자. 구체적인 형상을 하나씩 대조해 보면, 두 작품 사이에는 닮은 점이 별로 없다. 있다면 손모양과 얼굴표정 정도다. 미륵반가상이 법식을 제대로 갖춰 화려하게 장엄된 거룩한 부처님의 모습이라면, 진진묘는 어린이의 그림처럼 소박하게 스케치된 초라한 여인네의 모습이다. 하나가 한국인의 기억에 자리잡은 거룩한 미륵보살의 심상이라면, 다른 하나는 화가의 마음에 자리잡은 평범한 아낙의 심상이다. 그럼에도 불구하고 양자가 한눈에 알아볼 수 있을 만큼 닮은 것은 무엇 때문일까. 바로 상(象)이 겹치기 때문이다. 미륵반가상이 한국인 고유의 사상이 바탕이 된 원형적인 미의 심상이라면, 진진묘는 장욱진이라는 개인의 내면을 통해 재창조된 개성적인 미의 심상이다. 화이부동(和而不同)의 관계라고 할까. 이같은 문화적 전통의 품 안에서 우리는 한없는 깊이를 지닌 향유의 기쁨을 누린다.

기차가 있는 풍경

　　백남준이 전통적인 인간의 감정과 소양을 지닌 순한국인으로 남아 있는 비결은 무엇일까. 그것은 기억이다. 기억은 시간을 거슬러 뛰어 넘는다. 기억은 시간의 질서에 거역함으로써 세월의 무상함을 넘어서는 인간적인 정체성의 토대를 형성한다. 그런데 만일 백남준에게서 순한국인 백남준의 기억이 사라진다면 어떻게 될까. 토속적인 자기의 뿌리인 기억의 상실은 정체성의 상실로 이어질 것이다. 이같은 일이 지난 세기의 한국인에게 정말로 발생했다.

　　지난 세기의 한국인에게 이같은 기억상실이 발생한 배경은 무엇일까. 갑자기 들이닥쳐 굴욕적인 관계를 강요한 제국의 군함이 던진 근대화라는 과제가 그것이다. 지난 세기의 한국인에게 근대화가 의미한 것은 무엇이었을까. 그것은 한마디로 서구화에 일본화를 겹쳐놓은 것이었다. 동시에 그것은 문명, 개화, 과학, 합리, 이성과 동일시되기도 했는데, 주목해야 할 것은 이것을 객관적으로 바라보고 주체적으로 변용시키는 데 필요한 성찰의 여백은 실종된 반면 이것을 무비판적으로 수용하는 데 급급한 조급함만이 넘쳐났다는 것이다. 근대문학사의 첫 페이지를 열어젖힌 기념비적 작품인 소설 『무정』의 주제도 이같은 조급함과 무관하지 않다.

… 그네의 생활의 근거는 마치 모래로 쌓아놓은 것과 같다…. 저대로 내어버려 두면 마침내 북해도의 '아이누'나 다름없는 종자가 되고 말 것 같다. 저들에게 힘을 주어야 하겠다. 지식을 주어야 하겠다. 그리하여서 생활의 근거를 완전하게 하여 주어야 하겠다. '과학! 과학!' 하고 형식은 여관에 돌아와 앉아서 혼자 부르짖었다. 세 처녀는 형식을 본다.

"조선 사람에게 무엇보다 먼저 과학을 주어야 하겠어요. 지식을 주어야 하겠어요" 하고 주먹을 불끈 쥐며 자리에서 일어나 방안으로 거닌다. … "그렇지요. 불쌍하지요. 그러면 그 원인이 어디 있을까요?" "물론 문명이 없는 데 있겠지요. 생활하여 갈 힘이 없는 데 있겠지요." "그러면 어떻게 해야 저들을… 저들이 아니라 우리들이외다. 저들을 구제할까요?" 하고 형식은 병욱을 본다. 영채와 선형은 형식과 병욱의 얼굴을 번갈아 본다. 병욱은 자신이 있는 듯이, "힘을 주어야지요! 문명을 주어야지요!" *이광수, 「무정」

북해도의 토착민 아이누의 비극이 그들의 비문명 때문이 아니라 일본 제국주의의 동화·멸망 정책의 결과이듯이(무라이 오사무, 「멸망의 담론 공간」, 『창조된 고전』), 조선인의 비극 역시 그들의 비문명 때문이 아니라 일본 제국주의의 침략·식민정책의 결과다. 따라서 식민지 조선의 서구화=근대화를 민족간의 적자생존 원리를 전제로 한 문명화로 받아들이는 논리는, 결과적으로 제국주의를 문명이 비문명을 선도하는 필요악으로 합리화하는 데까지 나아간다. 하지만 작가인 이광수에게도 주인공인 형식에게도 이들을 근대문학사의 영웅으로 행가래친 독자에게도, 이같은 합리화를 돌아보는 성찰의 여백 대신 거기에 하루 빨리 편승하고자 하는 조급함만이 넘쳐났다.

『무정』에서 이같은 조급함을 인상적으로 보여주는 장면이 바로 '기차가 있는 풍경'이다. 『무정』의 주요한 등장인물들은 대부분 한순간에 전근대적 인간에서 근대적 인간으로의 정체성 변화를 경험하는데, 그순간 이들은 어김없이 '기차가 있는 풍경' 속에 존재한다. 여기서 기차란 전신이나 전화, 잠수함이나 증기선 같은 문명의 이기들을 대표하며, 이같은 풍경 속으로 발을 들여놓는 순간 그들은 곧바로 전근대적 인간에서 근대적 인간으로 변신한다. 그런데 이같은 변신은 성찰이라고는 손톱만큼도 들어설 자리가 없을 정도로 신속하고 강박적일 뿐 아니라, 맹목적인 조급함마저 동반한다.

머리에 흰 댕기를 들이고 감발을 하고 아장아장 이길로 지나가던 소년을 생각하였다. … 그러나 그러하던 소년은 이미 죽었다. 뺑하는 화륜선을 볼 때에 이미 죽었다. 그리고 그 소년의 껍데기에 전혀 다른 이형식이라는 사람이 들어앉았다.

차바퀴가 궤도에 갈리는 소리조차 무슨 유쾌한 음악을 듣는 듯하고, 차가 철교를 건너갈 때와 굴을 지나갈 때에 나는 소요한 소리도 형식의 귀에는 웅장한 군악과 같이 들린다 … 자기가 지금껏 옳다, 그르다, 슬프다, 기쁘다 하여 온 것은 결코 자기의 지(知)의 판단과 정(情)의 감동으로 된 것이 아니요, 온전히 전습을 따라, 사회의 관습을 따라 하여온 것이었다 … 그리고 형식은 더할 수 없는 기쁨을 깨달았다. 형식은 웃으며 차창으로 내어다본다.

전근대적 인간에서 근대적 인간으로의 변화는 개인에게는 천지개벽에 비유될 만한 것이다. 따라서 이것이 하나의 사건을 계기로 발생한 다음 그것의 결과가 등장인물의 의식과 행동에 의미있게 뿌리내리기 위해서는, 사건의 앞뒤를 통해 지속되는 치열한 갈등이 필수적이다. 하지만 이 작품의 등장인물들은 별다른 욕망이나 반성도 없이, 마치 손바닥을 뒤집는 것과도 같이 한순간에 변화를 맞이한다. 이것은 '기차가 있는 풍경' 속에 존재함으로써, 근대문명의 총아인 기차의 속도감에 정서적으로 기대어 있음으로써 비로소 가능하다. '기차가 있는 풍경'이란 서구에 대한 콤플렉스 속에서 근대화를 향해 강박적으로 내몰리던 조선사람의 조급함을 상징하는 기호다.

근대 또는 문명을 하루빨리 받아들여야 한다는 것. 주먹을 불끈 쥐고 서둘러서 그렇게 해야 한다는 것. 재촉이라도 하듯 칙칙폭폭 연기를 내뿜으며 달리는 기차가 상징하는 것은 이것이다. 지난 세기의 한국인은 이같은 풍경 속에서 자신의 정체성을 변화시키는 일에 맹목적으로 매달렸다. 모범 답안을 암기하듯 하루빨리 서둘러 서구의 문예사조를 받아들였고, 하루빨리 서둘러 서구의 생활양식을 받아들였고, 하루빨리 서둘러 서구의 가치관을 받아들였다. 대신 같은 분량만큼의 전통적인 그것을 버려야 했는데, 이것 역시 하루빨리 서둘러서 그렇게 했다.

시간과의 경쟁

역사학자 민두기는 이십 세기를 결산하는 전국역사학대회(1999년)의 심포지엄에서 「시간과의 경쟁 – 이십 세기 동아시아의 혁명과 팽창」이라는 논문을 발표했다. 시간과의 경쟁. 일본, 중국을 비롯한 동아시아 국가들은 이십 세기의 시대적인 과제들을 추구함에 있어 몹시도 조급하여 역사의 시간과 숨가쁜 경쟁을 했다는 것이다. 여기에는 당연히 한국도 포함되는데, 이같은 개념 속에는 '기차가 있는 풍경' 속에서 맹목적인 조급함에 떠밀리는 근대 한국인의 자화상이 숨어 있다.

역사의 시간과 숨가쁜 경쟁을 해야 한다는 조급함. 여기서 역사의 시간이란 서구에 의해 주도된 근대적인 시간을 의미하며, 조급함이란 서구적 근대에 대한 콤플렉스를 말한다. 이같은 조급함은 중국에서는 문화대혁명의 참극을 낳은 혁명의 열기로 이어졌고, 일본에서는 일본인과 중국인 수백 수천만을 남태평양과 중국대륙에 묻는가 하면 스스로를 세계 최초의 원폭 희생국으로 몰아간 제국주의적 팽창의 광기로 이어졌다는 것이다.

모택동은 남의 나라에서 일만 년 단위로 역사가 전개될지라도 중국에서는 한시간, 한나절 단위로 급박하게 역사가 전개된다(되어야 한다)고 조급해 하였던 것이다. 이 조급은 결국 문화대혁명의 참극으로 이어졌다. … 20세기 들어서자마자 중국의 가장 두드러진 혁명의 지도자로 떠오른 손문에게서도 이같은 조급함을 발견할 수 있다. 손문은 1905년의 한 연설에서 중국이 '인위적 진보'를 통해 후발자의 이점을 살리면 '일본이 30년에 이룩한 것을 20년 또는 15년으로 달성할 수 있다'고 하였고…

일본에 있어서 '조급'은 어떤 형태로 전개되었는가? 명치개혁 이후 '문명국가' 대열에 끼겠다고 수상 관저에서 서양식 가면무도회를 열 정도로 성급했던 일본은, 한편으로 군비확장을 지속적으로 추진하여 그것을 바탕으로 불과 30년만에 서양 제국주의 국가의 식민지가 될지도 모른다는 위기의식에서 벗어났을 뿐 아니라 스스로도 식민지를 갖는 제국주의 국가대열에 끼게 되어 손문의 부러움을 샀고, 그로부터 불과 10년 만에 세계 최강의 육군국인 러시아와 싸워 이겨 한반도의 지배권과 남부 만주의 이권을 확보하였다.

이같은 조급함의 한국적인 양상은 무엇인가. 그것은 중국의 혁명이나 일본의 팽창처럼 현실에서 자신을 관철시키지 못함으로써 더 한층 강렬하게 끓어오른, 관념적인 조급함이다. 비등점에 가깝도록 뜨거워진 관념적인 조급함의 열기야말로, '기차가 있는 풍경'의 안쪽에 자리잡은 지난 세기 한국인의 내면 풍경이다.

이같은 조급함 속에는 서구적 근대 또는 일본적 근대의 다른 얼굴인 제국주의야말로 조선사람을 불행에 빠뜨린 진정한 원인이라는 사실에 대한 성찰 따위는 들어설 자리가 없다. 그리하여 '기차가 있는 풍경'의 종착역이 다음과 같은 장면으로 제시되는 것은 필연적이다.

나중에 말할 것은 형식 일행이 부산서 배를 탄 뒤로 조선 전체가 많이 변한 것이다. 교육으로 보든지 경제로 보든지, 문학 언론으로 보든지, 모든 문명사상의 보급으로 보든지 다 장족의 진보를 하였으며, 더욱 하례할 것은 상공업의 발달이니 경성을 머리로 하여 각 대도회에 석탄 연기와 쇠망치 소리가 아니 나는 데가 없으며 연래에 극도에 쇠하였던 우리의 상업도 점차 진흥하게 됨이다.

아아, 우리 땅은 날로 아름다워간다. 우리의 연약하던 팔뚝에는 날로 힘이 오르고 우리의 어둡던 정신에는 날로 빛이 난다. 우리는 마침내 남과 같이 번쩍하게 될 것이로다. *이광수, 『무정』

하지만 이같은 에필로그가 발표된 시점인 1920년대초가 식민지적 근대가 체계적 시스템을 하나씩 마련해가던 시점이었음을 감안한다면, '아아, 우리 땅은 날로 아름다워간다. 우리의 연약하던 팔뚝에는 날로 힘이 오르고 우리의 어둡던 정신에는 날로 빛이 난다'는 명제는 참명제가 아니라 거짓명제임이 분명하다(『무정』은 총독부 기관지 『매일신보』에 실린 신문 연재소설이다). 근대적 인간으로부터 과학·지식·문명의 총아로 환영받은 기차는, 다수의 민중을 포함한 전근대적 인간으로부터 생존을 위협하는 마물로 저주받았다. 침략과 수탈의 핵심 수단으로 제국주의에 의해 식민지에 건설된 철도는 식민지의 백성을 불행으로 몰아간 원흉이었다. 조선의 철도는 식민지배의 효율을 높이기 위한 사회 간접자본이었고, 철도의 부설은 제국주의에 의한 침략과 수탈의 과정이었다.

일본의 경부·경의 철도 부설과정은 명실공히 제국주의에 의한 식민지적 침략과 수탈과정이었다. 일본은 두 철도의 부설과정에서 2천만 평에 달하는 철도용지와 방대한 양의 철도재료를 빼앗았다. 그뿐만 아니라 연인원 1억여 명을 초과하는 한국인들을 노동자로 동원하여 살인적인 중노동을 강요했다. 그리하여 일본은 불과 3년 여의 짧은 기간에 한반도를 남북으로 종관하는 1천여km의 장대한 간선철도를 구축할 수 있었다. … 철도건설 공사에 동원되었던 사람들 중에서는 농업이나 상업의 본업을 상실하고 유리하는 자가 속출하였다. 무상에 가까운 저임금으로 연일 계속되는 부역노동은 생업조차 유지할 수 없게 만들었다. 따라서 경부·경의 철도는 한국인들의 피와 땀과 눈물로 점철된, 아니 일본이 한국인의 생명과 생활 그 자체를 희생으로 삼아 만들어 낸 휴먼 코스트(human cost)의 상징이라고 할 수 있다. *정재정,「일제침략과 한국철도」

다수의 조선민중은 『무정』의 등장인물들과는 달리 '기차가 있는 풍경'을 향해 환영의 포즈 대신 저항의 포즈를 취했다. 이규환 감독의 「임자없는 나룻배」(1932)의 다음과 같은 장면에서 이같은 저항의 포즈가 극적으로 표현되었다.

철교위
가까이 오는 기차
딱 침목 위에 버티고 선 춘삼
가까이 오는 기차
춘삼 입에서 광적인 웃음이 또 터져나온다
춘삼 : "안 진다 안 져. 오너라 와! 이놈들! 으하…"
눈앞에 닥치는 기차
광적 웃음을 터뜨리면서
도끼를 높이 든 채 기차에 달겨드는 춘삼의 처절한 모습굉음을 울리며 춘삼의 자태를 집어삼키고 기차는 지나가버린다.

*이규환, 「임자없는 나룻배」

하지만 춘삼의 모습이 달리는 기차에 의해 집어삼켜졌듯이, 조선민중의 저항은 일본제국주의의 탄압에 의해 묻혀버렸다. 그리하여 이십 세기의 조선은 '기차가 있는 풍경'이 뿜어내는 조급함의 열기로 끓어올랐다. 그러나 선진제국의 철도가 근대문명 건설의 동맥이었던 반면 일제강점기 한국의 철도는 제국주의 지배와 수탈의 동맥이었다는 사실을 직시한다면(정재정, 앞의 책), '기차가 있는 풍경'의 조급함이 얼마나 맹목적인 것이었는지 짐작할 수 있다. 무엇보다 그것은 자신에 대한 성찰을 결여한 눈먼 뜨거움이었다.

갓과 두루마기를 떨쳐입고 산천을 유람하는 선비의 풍류를 하루아침에 낡아빠진 것으로 전락시킨, '뽀마드'에 양복을 걸치고 서구 문예사조에 열광하는 인텔리의 낭만. 시원한 대청마루와 뜨끈한 온돌방을 대신한 피아노 있는 이층집의 꿈. 이런 식의 천지 개벽이 어떻게 해서 가능했을까. 그것은 서구적(일본적) 근대를 하루빨리 따라잡아야 한다는 '시간과의 경쟁' 또는 조급함 때문이었다. 주인공 형식과 같은 근대적 인간들에게 감정이입한 작가는, 내일의 유정(有情)함을 기약하기 위해서는 어제를 향한 무정(無情)함을 감수해야 한다고 힘주어 말했다. 도덕적인 사고에 익숙한 형식이 어제를 상징하는 은인의 딸 영채를 버리고 내일을 상징하는 재산가의 딸 선형에게 돌아서는 부도덕을 별다른 고민없이 감행한 것도 이 때문이다. 이같은 조급함은 등장인물들로 하여금 신중함과는 거리가 먼 즉흥적인 판단에 따라 삼각관계 같은 운명의 장난에 빠져들게 했고, 그에 따라 이 작품은 한국 최초의 베스트셀러 대중소설로 올라서는 달뜬 통속성을 확보했다.

시간과의 경쟁을 위해 기차가 있는 풍경 속으로 걸어들어간 근대 한국인의 내면은 어떤 것이었을까. 기차가 있는 풍경 속에 존재하는 사람은 달리는 방향을 향한 기차의 속도감을 온몸으로 느낀다. 이같은 사정은 기차에 올라타고난 다음에 훨씬 분명해지는데, 그것은 기차의 방향에 따라 존재의 방향이 결정되며 기차의 속도에 따라 존재의 속도가 결정되기 때문이다. 따라서 기차가 있는 풍경 속 근대 한국인의 내면을 한마디로 요약하면 그것은 조급함이다.

존재의 속도를 앞지르는 기차의 속도에 따라 생겨난 조급함의 열기는 시간을 거스르는 기억의 되새김질을 불가능하게 만든다. 근대 한국인의 불행의 근원은 여기에 있다. 시간의 흐름보다 앞서고자 하는 조급함의 열기에 휩싸인 나머지 가끔씩 시간의 흐름에서 뒤돌아설 때 확보되는 기억 속의 심상을 상실한 근대 한국인은, 마침내 인간적인 정체성의 토대가 흔들리는 비극에 직면했다. 이것이 바로 근대 한국인의 기억상실이다.

근대 한국인이 집단적인 기억상실에 빠진 징후는 그들이 오랜 세월 손때 묻히고 눈도장 찍어온 낯익은 취향과 결별한 데서 찾아진다. 취향이란 무엇인가. 그것은 오늘의 나를 구성하는 찰나인 동시에, 어제의 나에 대한 기억이 깃드는 영겁이다. 따라서 기억상실에 빠진 자들의 취향이란 영혼이 빠져나간 육체와도 같이 무의미하고 심지어는 추하기까지하다. 소설 『무정』에서 된장찌개에 구더기가 들어간 엽기적인 장면이 우스꽝스러운 톤으로 연출된 것도 그 때문이다. 기억의 상실은 취향의 상실로 이어졌고, 취향의 상실은 다시 기억의 상실을 요지부동의 것으로 만들었다.

기억의 상실이란 만취하여 '필름이 끊어진' 상태와도 흡사하다. '필름이 끊어진' 사람들이 그렇듯이 기억상실에 빠진 사람들은 성찰을 토대로 한 자기 통제력이 현저하게 낮다. 이것이 바로 한국병이라고 불리는 사회심리적 병폐의 원인이다. 하지만 근대 한국인이 기억상실에 빠졌다는 것은 역으로 무의식 속에 들어있는 기억을 되살려낼 수도 있음을 의미한다. 일상 속에 존재하는 취향의 도움을 받아 희미해져버린 '기억 속의 심상'을 되살려낸다면, 돌이켜 기억의 상실을 넘어설 수도 있는 것은 아닐까.

된장찌개와 샌드위치

소설 『무정』에는 대수롭지 않은 고명처럼 작품 한쪽에 얹혀 있지만 사실상 작품의 주제와 관련해서 의미심장한 무게를 지니는 한쌍의 기호가 등장한다. 된장찌개와 샌드위치가 그것이다. 주목해야 할 것은 전래의 된장찌개는 구더기가 들어 있는 혐오스러운 것으로 묘사된 반면 박래의 샌드위치는 낯설기는 하지만 매력적인 것으로 묘사된다는 것이다. 이같은 한쌍의 기호 - 된장찌개와 샌드위치 - 는 작품의 주된 갈등축인 전근대인 대 근대인이라는 대립구도의 상징으로도 읽힌다.

노파는 자기가 된장찌개를 제일 잘 만드는 줄로 자신하고 또 형식에게도 그렇게 자랑을 하였다. 형식은 그 된장찌개에서 흔히 구더기를 골랐다. 그러나 노파의 명예심과 정성을 깨뜨리기가 미안하여 '참 좋소' 하였다. 그러나 '참 맛나요' 하여 본 적은 없었다. 그러나 노파는 이 '참 좋소'로 만족하였다.

"자, 어서 잡수셔요" 하고 부인이 집어줄 때에야 또 하나를 받아먹었다. 별로 맛은 없으나 그 새에 낀 짭짤한 고기맛이 관계치 않고 전체가 특별한 맛은 없으면서 무엇인지 알 수 없는 운치 있는 맛이 있다 하였다. … 그것은 서양음식인데 샌드위치라는 것이어… "꽤 맛나지?" "응" 하고 고개를 까딱하며 '샌드위치' 하고 발음이 분명하게 외운다.

구더기가 들어 있는 된장찌개에는 하숙집 노파로 대표되는 전근대인에 대한 경멸의 감정이 얹혀 있고, 운치 있는 맛이 있는 샌드위치에는 신여성으로 대표되는 근대인에 대한 호의의 감정이 실려 있다. 따라서 작가가 노파의 된장찌개에 구더기를 넣은 것은 그녀의 성격을 궁상맞게 묘사하려는 악취미에 불과한 것이 아니라, 그녀로 대표되는 전근대인에 대한 무정한 결별의 의도를 드러낸 것이다. 이같은 작가의 의도는 된장찌개의 반대편에 놓인 샌드위치와의 대비를 통해 분명하게 드러난다. 몰락하는 전근대인의 취향을 대변하는 소품이 된장찌개라면, 낡은 껍질을 벗어던지고 새로운 면모로 거듭나는 근대인의 취향을 대변하는 소품은 샌드위치다.

　　그런데 낯익은 자신의 취향을 모욕적으로 내팽개치고 낯선 타인의 취향을 선망의 시선으로 받아들이는 것은 사소한 에피소드에 불과한 것이 아니다. 취향이란 무엇보다 타인과 자신을 구별함으로써 자신의 정체성을 확인하는 구체적인 계기이기 때문이다.

특수한 생활조건과 관련된 조건의 산물인 이 미적 성향은 동일한 조건의 산물인 모든 사람들은 함께 묶어주는 반면 그밖의 다른 사람들과는 구분시켜 준다. 그리고 핵심적인 측면에서 구분시켜 준다. 왜냐하면 취향이야말로 인간이 가진 모든 것, 즉 인간과 사물 그리고 인간이 다른 사람들에게 의미할 수 있는 모든 것의 원리이기 때문이다. 이를 통해 사람들은 스스로를 구분하며, 다른 사람들에 의해 구분된다. *삐에르 부르디외, 『구별짓기: 문화와 취향의 사회학』

　　취향이란 저마다의 몸 속에 자리잡은 나름의 척도인 까닭에, 낯익은 취향 속에 들어 있는 자신의 척도를 향해 침을 뱉고 낯선 취향 속에 들어 있는 타인의 척도를 향해 미소짓는 것은 결국 저다움에 대한 자기 부정을 의미한다. 지난 세기 한국인의 내면은, 이처럼 습득해야 할 낯선 취향과 청산해야 할 낯익은 취향의 쌍들의 들고남으로 온통 분주했다. 여기서 새삼 돌아보지 않을 수 없는 것은, 형식의 후예인 우리 역시 자신의 취향을 혐오하고 타인의 취향을 선망하는 데 익숙하다는 것이다.

　　하지만 취향이란 '기억 속의 심상'이라는 영혼이 깃드는 육체와 같은 것이며, 영혼과 육체는 하나로 통합되어 인간적인 정체성의 토대를 이룩한다. 그렇다면 낯익은 취향을 청산하고 기억상실에 빠진 지난 세기 한국인의 내면은 참으로 어처구니 없는 것이었다. '기억 속의 심상'을 거느린 낯익은 취향을 회복하는 일이 오늘의 과제로 새롭게 떠오르는 까닭이 여기에 있다.

자신의 취향 위에 타인의 취향을 겹쳐놓는 것은 새로운 창조를 위해 반드시 필요한 창조적 모순이다. 문제는 타인의 취향과 자신의 취향을 양자택일의 제로섬 게임으로 받아들이도록 강요한 서구화로서의 근대화의 비극에 있다. 하지만 된장맛이 살아 숨쉬는 찌개가 보글보글 끓는 식탁에 발사믹 식초가 상큼한 맛을 더하는 샌드위치가 나란히 놓인 풍경은 얼마나 풍요로운 동시에 얼마나 센서티브한가. 한국적인 것의 항목에 한국화한 샌드위치라는 새로운 메뉴가 덧붙는 것. 이것이 바로 자신의 취향과 타인의 취향이라는 모순을 창조적으로 통합시킴으로써 새로운 결실을 수확하는 만고불변의 공식 아니겠는가.

2부

야나기 무네요시의 한국 예술론

미적인 위계질서 또는 오리엔탈리즘

지금까지의 한국 인식, 또는 한국 연구를 보면, 먼 옛날은 그만두고 현재만 이야기하자면, 일본사람들이 한국을 보았던 그 눈, 또는 이러한 외부적인 관점에 자극되어 우리 나라를 보고 연구하는 흐름이 지금까지 이어져 오지 않았나 생각됩니다. *이용희, 『한국민족주의』

한국인의 미의식에 대해 말하는 이 책에서, 일본인 야나기 무네요시(柳宗悅, 1889 ~ 1961)에 대한 이야기를 빼놓을 수 없다. 그는 기억상실에 빠진 지난 세기의 한국인들에게, 당신들에게는 미의식 대신 무의식이 훨씬 잘 어울린다고 말한 사람이다.

미의식 대신 무의식이 잘 어울린다니, 이게 무슨 터무니 없는 말인가. 그럼에도 불구하고 한국인들은 그의 말에 귀를 기울였다. 그의 말맞다나 기억상실에 빠진 자신들이 미의식을 가진다는 것은 불가능한 것으로 느껴져서, 무의식을 가지는 것이라도 그나마 다행으로 여겼기 때문일까. 게다가 야나기는 한국의 예술을 사랑하며 한국의 역사를 동정한다고 말했다.

조선 사람들이여, … 나는 당신들 나라의 예술을 사랑하고 인정을 사랑하며, 그 역사가 맛본 쓸쓸한 경험에 끝없는 동정을 가지고 있는 사람이다. 또 당신들이 예술로써 오랫동안 무엇을 구하고 무엇을 호소했는가를 마음으로 듣고 있다. 나는 마음 속으로 그 점을 생각할 때마다 쓸쓸함을 느끼고 솟아나는 사랑을 당신들에게 보내지 않고는 견딜 수 없다. *야나기 무네요시, 「조선 사람을 생각한다」

이렇게 해서 '한국 예술에 대한 일본인 야나기의 사랑'이 시작되었는데, 마음 둘 곳 없는 식민지 백성들은 마음을 내주는 것처럼 보이는 제국 지식인의 예외적인 호의에 감격해서 그를 향해 마음의 문을 열고 그를 사랑하기 시작했다.

내가 지금 그 시대적 양상이 너무나 비슷한 관계로 간간이 펼쳐보며 40여 년 전의 옛날과 다름없이 그 고귀한 인간 정신에 대한 감격을 되새기는 한 권의 책이 있으니 그것은 바로 『조선과 그 예술』이다. 야나기 무네요시는 일본인, 아니 한국계 귀화인일지도 모른다. *이한기, 「야나기 무네요시와 한국」, 『신동아』 1974년 5월

1984년 일본인 야나기는 대한민국 정부가 일본인에게 준 최초의 훈장인 대한민국 보관(寶冠) 문화훈장을 받았다. 어떤 한국인은 누가 야나기만큼 한국의 미술을 사랑해 보았냐고 반문하면서 야나기가 지녔던 사랑과 존경의 자세를 배우고자 하며 그를 존경한다고 말하기도 했다. 일본인 야나기에 대한 한국인의 사랑은 어느덧 존경이 되어버렸다.

야나기가 한국 예술에 대한 글을 발표하기 시작한 1910년대 이래 한 세기에 걸쳐, 그는 한국 예술에 대한 자신의 사랑에 못지 않은 사랑을 한국인들로

부터 되돌려 받았다. 특히나 한국인들을 감동시켰던 것은 한국 예술에 대한 그의 태도가 객관적인 연구가 아니라 주관적인 이해를 표방하고 있었다는 것이다.

내가 여기서 피력하려는 것은 사상이지 학술이 아니다. 사모이지 설명이 아니다. 시간상으로 나타나는 예술에 대한 서술이 아니라 마음의 표현으로서 미술에 대한 이해이다. 또한 과학적으로 연구하는 자의 보고가 아니라 예술을 사랑하는 자의 통찰이다. … 나에게는 작품의 객관적인 연구가 주제가 아니다. 그 작품을 통해 민족의 심리를 해명하려는 것이다. *야나기 무네요시, 「조선과 그 예술」의 서문

야나기는 한국 예술에 대한 자신의 글이 사모이지 설명이 아니라고 말했다. 얼핏 보기에는 따뜻한 사모가 차가운 설명보다 바람직하게 느껴진다. 하지만 달리 보면 이것은 객관적인 관점을 외면하고 주관적인 관점을 합리화하는 출발점이 될 수도 있다. 그리하여 한국 예술에 대한 야나기의 사랑이 피카소가 아프리카 예술에서 영감을 얻고 고갱이 타히티 풍경의 원시적 생명력을 자신의 작품을 위해 활용한 것과 유사한 것이라면 어쩌겠는가.

하지만 이것은 결코 기우가 아니다. 고대의 일본이 그랬듯이 근대의 일본도 조선 예술을 돌봄으로써 마음을 기를 수 있다는 야나기 자신의 주장처럼, 실제로 조선 예술에 대한 그의 사랑은 조선 도자기에 대한 에도시대 일본 다인들의 사랑이 그랬듯이 일본인의 미의식을 풍성하게 가꾸기 위한 참고자료로 사용되었다.

마치 고대 일본이 조선 예술에 의해 그 문명의 첫걸음을 내딛었듯이, 지금의 일본도 그것을 돌봄으로써 마음을 기를 수 있는 것이다. 미의 마음이 풍성한 일본은 이미 이러한 진리를 받아들일 준비가 되어 있을 것이다. 이러한 생각을 할 때면, 조선 예술에 대한 소개가 젊은 일본인들에게 새로운 경악을 가져다주리라는 것을 믿어 의심치 않는다. *야나기 무네요시, 「그의 조선행」

하지만 '미의 창을 통해 볼 때 조선은 놀라운 나라였다'고 하는 그의 말대로, 그 자신은 더욱 더 많은 것을 조선 미술로부터 얻어냈다. 조선 미술은 그의 직관과 사유에 심층을 부여하였으며, 그로 인해 그는 일본과 일본 미술에 대한 새로운 시각을 구비할 수 있었다. 그리고 나아가 미의 본질에 대한 이해를 강화시킬 수 있었다. *조선미, 「야나기 무네요시의 한국미술관」, 「미술사학」

그렇다면 한국인에게는 어떤 일이 일어났을까. 한국 예술을 사랑하고 이해한다고 말한 야나기의 눈으로 자신의 예술을 바라본 한국인들은 일본인의 눈으로 한국 예술을 바라본 셈이다. 남의 시선으로 나를 바라보게 됨으로써, 고유의 시선을 잃어버린 것이랄까. 바로 그 순간 '당신들 한국인에게는 미의식 대신 무의식이 훨씬 잘 어울린다'는 야나기의 말이 들려왔다.

일본의 미술사가인 야나기 무네요시는 한국의 고대 예술인들의 세계는 '사고(思考) 이전' '인위(人爲) 이전'이라고 말한 일이 있다. 한국미의 정신은 실로 이 평언(評言)으로써 적중되었으며 여기에 더 덧붙일 말을 찾을 수 없다. 다시 말하면 미를 만들어내자, 완전한 형을 만들어보자 하는 따위의 예술가적인 사고를 하기 이전, 마치 자연이 산천초목을 만들어내는 것과 같은 '인간 이전' '조작(造作) 이전'의 경지에서 만들어진 것이 한국의 미며, 그렇기 때문에 한국 미술품의 미는 특출하다는 것이다. *김원룡, 「한국의 미」

하지만 한국인은 한국인의 미의식에 따라 자신의 예술을 바라보아야 하며, 그것은 일본인의 미의식과는 다른 것이다. 따라서 한국 예술을 소중하게 여긴 일본인의 사랑에 감격하여 그를 사랑하고 존경한 나머지, 그의 '사랑' 뒤에 숨은 '진실'도 알아보지 않은 채 그의 한국 예술론을 고스란히 자신의 것으로 받아들인 한국인의 태도는 달라져야 한다. '사랑과 진실'이라는 드라마 제목처럼, 중요한 것은 한국 예술에 대한 사랑 자체가 아니라 그같은 사랑 뒤에 숨은 진실이기 때문이다.

이같은 불공정 거래가 발생한 까닭은 무엇일까. 한국 예술에 대한 일본인의 사랑이, 일본인에게는 미의식을 풍성하게 가꾸는 영감의 원천으로 활용된 반면, 한국인에게는 미의식을 상실하는 계기로 작용한 어처구니 없는 불공정 거래 말이다.

일본인이 특별히 교활하고, 한국인이 특별히 어리석었기 때문일까. 그렇지는 않은 것 같다. 왜냐하면 아프리카 예술에 대한 피카소의 애호와 타히티 풍경에 대한 고갱의 집착을 통해서도 엿볼 수 있듯이, 근대라는 역사의 페이지 속에서 권력적인 위계질서를 형성한 서구와 동양, 제국과 식민지 사이에는 이처럼 상위 사회의 미의식을 하위 사회의 미의식에 덮어씌우는 미적인 위계질서 만들기가 유행했기 때문이다. 에드워드 사이드는 하위 사회와 그 예술에 대한 사랑을 내세워 그들의 미와 상상력을 교묘하게 착취하고 그들의 영혼을 자기 소외의 구렁텅이로 몰아넣는 근대 속의 야만을 동양주의 또는 오리엔탈리즘이라고 불렀다.

궁극적으로 허용되어야 할 유일한 동양 또는 동양인 또는 주체란 철학적으로 말하면 소외된 존재, 곧 자기 자신과의 관계에서 자기 자신이 아니고, 타인에 의해 제기되며, 이해되며, 정의되며 기능하는 존재이다.

서양은 어디까지나 행위자(actor)이고 동양은 수동적인 반응자(reactor)이다. 서양은 동양의 행동의 모든 측면에 관하여 관찰자이고, 재판관이며, 배심원이다.
*사이드, 『오리엔탈리즘』

한국인은 자신과의 관계에서 자신이 아니고, 일본인에 의해서만 제기되며 이해되며 정의되며 기능하는 존재라는 것. 한국 예술은 자신으로부터 소외된 존재이기 때문에 일본인이라는 타인에 의해서만 존재의 장으로 초대된다는 것. 일본인은 행위자이고 한국 예술은 반응자라는 것. 이같은 오리엔탈리즘적 담론이 한국 예술에 대한 야나기의 주장을 처음부터 끝까지 관통하는 본질이라는 사실에는 의문의 여지가 없다. 일본인의 안목이 한국 예술을 '평범한 밥공기'로부터 '천하명물'로 건져올렸다는 주장이 전형적인 예다.

저 평범한 밥공기가 어떻게 사람들에게 이름답다는 인정을 받았을까? 거기에는 다인들의 눈물겨운 창작이 있었다. 밥공기는 조선인들이 만들어냈다 하더라도 천하 명물은 다인들이 만들어낸 것이다. *야나기 무네요시, 「기자에몬 오이도'를 보다」

한국인의 무의식과 함께 아무렇게나 나뒹굴었던 한국 예술은 혼자서는 어떤 이름으로도 불릴 수 없는 평범한 밥공기였으며, 일본인의 미의식의 세례를 받고 나서야 비로소 천하 명물이라는 이름으로 불릴 수 있었다.

그가 한국인에게서 주체에 걸맞는 '인격'을 박탈한 대신 주체에 미달하는 '사물적인 격'을 부여한 까닭이 여기에 있다. 이것은 한편으로는 '동물적인 격'의 윗자리에 놓이면서도 다른 한편으로는 '인격'에 못 미치는 자리에 놓인 것이다.

이렇게 말하면, 새나 벌이 본능으로써 맵시있게 지붕을 짓는 것이나 다름 없다고 할는지 모른다. 그러나, 한쪽은 생래의 본능이지만, 한쪽은 인간의 기(技)를 통해 자연을 살리는 것이다…. 이지(理智)의 작품이 아니므로 멍청한 구석도 있지만 그만큼 티없고 순박한 데가 엿보인다. *야나기 무네요시, 「한국의 목공품」

멍청하고 순박한, 인간이라기보다는 동물에 가까운 삶을 살아가는 한국인의 흙 묻고 지푸라기 묻은 모습이 눈 앞에 떠오른다. 그러나 이것은 어디까지나 일본식 오리엔탈리즘의 산물로서, 제국 일본에 의해 조작된 식민지 조선의 왜곡된 자화상이다. 인격을 상실하고 '사물적인 격'을 지닌 존재에게 미의식 대신 무의식이 주어지는 것은 당연하다. 이것이 바로 야나기의 조선 예술론의 핵심이다.

조선 도공의 무지와 일본 다인의 안목

흔히 '무의식의 미' '무작위의 미' '무기교의 미'로 표현되는 야나기의 한국 예술론의 핵심은 일본인의 미의식을 한국인의 미의식에 덮어씌우면서 그것을 미의식에 미달하는 무의식으로 격하시킨 것이다. (이같은 격하의 이면에는, 이것을 최고의 미로 격상시킴으로써 왜곡의 면죄부를 스스로 발행하는 교묘한 심리적 메커니즘이 장착되어 있다.) 주목해야 할 것은 그가 이것을 창작(創作)이라는 단어를 빌어 표현했다는 것이다. 일본인의 미의식이 한국 예술을 새롭게 창작하거나 발견했다는 것인데, 이것은 일본으로 끌려간 조선 도공들과 일본 다인들의 사연으로까지 거슬러 올라간다. 일본 다인들은 한국 도자기를 새롭게 창작하거나 발견한 한국 도자기의 어머니이며, 일본이야말로 한국 도자기의 진정한 고향이라는 것이다.

거기에 다인들의 놀라운 창작이 있었다. 밥공기는 조선인들이 만들어냈다 하더라도 천하명물은 다인들이 만들어낸 것이다. … 다기는 다인들을 어머니로 하여 태어나는 것이다. 이도(井戸)가 일본으로 건너오지 않았더라면 조선에서 존재할 수 없었을 것이다. 일본이야말로 그 고향이다. *야나기 무네요시, 「기자에몬 오이도를 보다」

이제 한국인은 일본인 야나기가 한국 예술에 쏟은 사랑의 대가를 톡톡히 치러야 한다. 그가 이같은 사랑을 발판으로 삼아 돌연 감상자에서 창작자의 자리로 올라섰기 때문이다. 한국의 도자기는 한국인이 만들었다고 해도 그것의 아름다움은 일본인의 안목의 산물이라는 것이다.

오리엔탈리스트가 동양에 관하여 말하는 것은 일방통행의 거리 속에서 얻어진 서술로서 이해되어야 한다. 곧 '그들'이 말하고 행동하는 것을 '그'는 관찰하고 기록한다. *사이드, 앞의 책

그렇다면 정작 한국인의 미의식은 어디에 있는가. 이같은 질문에 대한 야나기의 대답은 단호하다. 그런 것은 도무지 존재하지 않는다는 것이다. 그는 미의식 대신 지적(知的) 의식이라는 표현을 사용해서 다음과 같이 주장한다.

저 아무것도 배우지 못한 조선 도공들에게 그러한 지적 의식이 있었다고는 생각할 수 없다. 아니, 이러한 의식에 사로잡히지 않았기 때문에 자연스러운 그릇이 만들어진 것이다. … 이도는 태어난 기물이지 만들어진 기물이 아니다. 그 아름다움은 부여된 것이고, 은총이며, 주어진 것이다. 자연에 순종하는 태도가 이러한 은총을 받은 것이다. *야나기 무네요시, 「기자에몬 오이도를 보다」

한국 예술의 위대한 아름다움은 한국 예술 자체의 오롯한 영광을 의미하는 것이 아니다. 그것은 창작자인 일본인의 은밀한 영광을 의미한다. 한국인의 몫은 어디에도 없으며, 한국인에게는 단지 벌거벗은 임금님과도 같은 자기 소외의 무의식이 주어질 따름이다.

일본인과 미의식의 위계질서

미국의 인류학자 루스 베네딕트는 『국화와 칼』이라는 책에서, 일본인을 이

해하기 위해서는 먼저 '각자 알맞은 위치를 갖는다'(take one's proper station)
는 말에 담겨진, 위계질서에 대한 일본인의 확신을 염두에 두어야 한다고 주장했
다. 일본인은 국내문제는 물론이고 국제관계 역시 같은 관점에서 바라보는데, 특
히 국제관계의 경우 일본인 자신이 꼭대기에 자리잡은 위계질서의 피라미드를 구
상한다는 것이다.

각국이 절대적 주권을 가지고 있는 동안은 세계에 무정부 상태가 계속된다. 일본
은 위계질서를 수립하기 위해 싸우지 않으면 안된다. 이 질서의 지도자는 물론 일
본인이다. 왜냐하면 일본은 위로부터 아래까지 계층적으로 조직된 유일한 나라이
며, 따라서 '저마다의 알맞은 위치'를 가져야 할 필요성을 가장 잘 이해하고 있기
때문이다. … 세계 모든 나라는 국제적 계층 조직 속에 제각기 일정한 위치가 주
어져야 하며 하나의 세계로 통일되어야 하는 것이다.

일본인을 이해하기 위한 시도로서는 먼저, '각자 알맞은 위치를 갖는다(take
one's proper station)'는 말이 무엇을 뜻하는가에 관한 일본인의 견해가 어떠한
지를 생각하지 않으면 안된다. … 일본인은 국내문제를 위계질서의 견지에서 바라
보아왔지만, 국제관계 역시 이와 같은 관점에서 보아왔다. 최근 10년 동안 그들은
일본이 국제적 위계질서의 피라미드의 정점에 차츰 도달하고 있다고 생각해 왔
다. *루스 베네딕트, 『국화와 칼』

이같은 주장을 염두에 두고 야나기의 주장을 돌아볼 때, 흥미로운 사실
하나가 발견된다. 일본 다인의 안목과 조선 도공의 무지, 일본인의 미의식과 한
국인의 무의식을 대비시키는 그의 주장에서 일본인 특유의 위계적 관점이 발견
된다는 것이다. 이같은 관점은 조선인 도공은 조선의 도자기를 잡기(雜器) 이상
의 명물(名物)로 바라보는 미의식을 가져서는 안된다는 주장을 통해 잘 드러난다.

조선인들이 천하 제일이라는 말을 비웃는 것도 무리가 아니다. 있을 수 없는 일이 일어나고 있기 때문이다. 그렇지만 웃는 자나 칭찬하는 자 모두가 옳다. 이러한 조롱 없이 밥공기는 평이하게 만들어질 수 없기 때문이다. 만약 직인들이 헐값의 잡기를 명물이라고 자랑한다면 곧 잡기가 될 수 없기 때문이고, 잡기가 아니었다면 다인들은 천하 명물로 인정하지 않았을 것이기 때문이다. *야나기 무네요시, 「'기자에몬 오이도'를 보다」

하나의 도자기에 대해, 일본인은 그것을 명물로 받들고 한국인은 잡기로 대한다. 명물과 잡기가 엄연히 신분을 달리하는 것처럼, 일본 다인의 안목과 조선 도공의 무지, 일본인의 미의식과 한국인의 무의식은 계층을 달리한다. 양자는 계층을 달리하는 '저마다의 알맞은 위치'를 지켜야 한다. 조선 도공은 '무지함'이라는 자신의 처지를 언제까지나 운명적으로 받아들여야 하고, 일본 다인은 '안목 있음'이라는 자신의 위치를 언제까지나 명예롭게 유지해야 한다. 조선 도공이 그것을 잡기로 대하지 않는다면, 일본 다인은 그것을 명물로 인정하지 않을 것이다. 한국의 도자기는 잡기라는 '저마다의 알맞은 위치'를 지킬 때에만 일본 다인에 의해 명물로 인정받을 수 있다.

이렇게 미의식에도 위계질서가 적용되며, 일본인에게는 윗자리의 미의식이, 한국인에게는 아랫자리의 무의식이라는 '저마다의 알맞은 위치'가 주어진다. 따라서 한국인은 감히 미의식을 넘보는 따위의 어줍잖은 행동을 해서는 안된다. 이같은 미의식의 위계질서는 한국의 미를 '타력의 미'로, 일본의 미를 '자력의 미'로 규정하는 논리를 통해 체계적인 틀거리를 갖춘다. 한국의 미는 타력(他力)의 도움을 받아야만 성불할 수 있는 반면 일본의 미는 자력(自力)으로 성불할 수 있다는 것이다. 나아가 이들은 위계질서에 의해 서로 다른 위치와 역할을 부여받은 다음 하나의 체계로 통합된다. 이것은 선가(禪家)를 자처한 일본 다인과 그들의 다기가 된 조선 도자기의 대비를 통해 선명하게 드러난다.

그가 있어서 만들었다고 하기보다 그가 없어서 물건이 만들어졌다는 쪽이 맞을 것이다. 이것을 알면 자력의 작품이라고는 도저히 할 수 없다. 이도는 타력에 의한 이도인 것이다. 그 아름다움은 타력의 한 도를 통해서 피어난 꽃이다. 여기서 흥미롭게 생각되는 것은 이와 같은 이도의 타력의 아름다움이 자력의 입장에서 선가에 의해 먼저 우러러 받들어지고 사랑받았다는 것이다.

다기가 선의(禪意)에 맞는 다기라고 할 경우 그것은 자력의 도를 철저하게 행하여 나타난 것처럼 생각될 것이다. 그러나 재미있는 것은 선을 행하는 사람들이 즐기고 우러러 받드는 그들 다기는 조금도 자력의 도를 밟아온 것이 아니다. 실은 앞에서도 예로 삼았던 이도 찻잔은 전형적인 타력의 작품이라고 해야 할 것이다.

*야나기 무네요시, 「젠차로쿠(禪茶錄)를 읽고」

　　한국 예술에는 어린아이에게 어울리는 '이행(易行)의 도'와 타력의 성불이, 일본 예술에는 어른에게 걸맞는 '난행(難行)의 도'와 자력의 성불이 있다는 것. 따라서 한국 예술과 일본 예술이 하나로 합쳐지는 '미래의 동양문화'를 위해서는, 한국의 타력의 미와 일본의 자력의 미의식이 만나야 한다는 것. 이것이 바로 한국 예술을 사랑하고 이해한다고 말한 일본인 야나기가 미의식의 위계질서를 토대로 해서 그려낸, 한일문화의 아름다운 만남에 대한 장밋빛 청사진이다.

　　하지만 일체의 이론 또는 분별적 사유를 떠나 실재에 투철하는 것을 궁극적인 목적으로 삼는 선은 본래 자력적인 것일 수밖에 없는 까닭에, 타력적인 선이란 중생의 구제를 위한 방편일 따름이다.

"我有一卷經不因紙墨成 展開無一字常放大光明"이라는 글이 있다. 이 일권경은 사람마다 가진 것이나 사람이 이를 스스로 보지 못함이니, 이 일권경을 보게 하는 것은 오직 스스로 보게 할 뿐이다. 그러므로, 선종을 자력종(自力宗)이라 한다.

'如魚飮水 冷溫自知'라는 것이다. 다만 어떤 방편을 써서 미인(迷人)으로 하여금 이 자성(自性), 즉 일권경을 보게 하는 것을 이심전심이라 하나니 … 곧 바꿔 말하면 일권경은 마음이다. 마음이 없는 이 뉘 있으랴. 이 용(用)이 다름은 번뇌망상에 시달려 본성을 잊기 때문이다. *조지훈, 「선의 예비지식」

선의 수행에서 타력이니 자력이니를 말하는 것은 중생의 타고난 근기(根氣)의 얕고 깊음에 따른 것이요, 지식의 있고 없음이나 신분의 귀하고 천함에 따른 것은 아니다. 특히 '해동(海東—우리나라)'의 선은 오수(悟修)가 둘 아니요, 선교(禪教)가 둘 아니요, 자력타력이 둘 아닌 한 독특한 선종을 이룬 것이다' (조지훈, 앞의 글). 따라서 조선의 도공이 '아무 것도 배우지 못한', 비천한 하층민이기 때문에 그들이 만든 도자기가 이행의 타력미를 지녔다고 못박는 야나기의 주장은 지식과 귀천에 따라 자력과 타력을 나누는 상식 이하의 것이다. 그렇다면 야나기가 말하는 타력의 정체는 무엇일까.

자기에게 힘이 없으면 뭣인가가 그들을 보호해 주어야 한다. … (힘없는 자가) 구원을 받지 못하는 것은 힘없는 자기 자신에 의존하기 때문이다. 자기의 작은 것을 안다면 자기에게 무슨 집착이 있을까. 그저 다른 큰 힘에 자기를 맡겨두면 살아나가는 것이다. 이것이 타력교(他力敎)이다. … (공인들은) 자기 자신의 힘으로 그것(걸작, 미)을 만들어낸 것이 아니고 타력의 부축을 받고서 그런 기적을 이룬 것이다. *야나기 무네요시, 『종교선집1』 / 김원룡, 「한국의 미」에서 재인용

타력교야말로 신토(神道)를 근간으로 하는 일본 사상의 본질이 아닐까 하는 생각도 든다. 이쯤에서 짚고 넘어가야 할 것이 있다. 그것은 조선의 도자기가 조선 도공의 손길 너머에 존재하는 조선 선비의 취향을 반영한 것이라는 사실이다. 이같은 사실을 짚는 것은 조선 예술에서의 조선 도공의 역할을 백안시하는 것

과는 구별된다. 조선 예술에서의 조선 도공의 역할은 정당하게 평가받아야 마땅하다. 그럼에도 불구하고 비교되어야 할 것은 일본 다인의 안목과 조선 도공의 무지가 아니라, 일본 다인의 미의식과 조선 선비의 미의식이다.

본시 문화미(文化美)라는 것은 거의 예외없이 그 사회의 상류계급의 문화의식과 관련되어 있으며, 이것을 대변하는 것이 문화적 선량(選良), 곧 지식인의 미관이다. 동아시아 회화권에 있어서는 소위 선비와 중, 특히 선비계층이 이에 해당한다. 따라서 그림 그리는 사람이 미천한 화공이건, 혹은 취미삼아 화필을 농하는 사대부이건 간에, 그 배후의 미관은 필연적으로 상류계급의 그것이며 또 상류계급의 수요에 따른다. *이동주, 『한국회화소사』

이렇게 볼 때 조선 도자기의 미와 관련해서 조선 선비의 미의식은 언급하지 않고 조선 도공의 무의식만을 언급한 다음, 그 자리에 자신의 마음 속에 존재하는 일본 다인의 미의식을 덮어씌운 야나기의 주장은 근본적으로 잘못된 것이다.

한국 예술은 일본인의 미의식에 의해서만 가치를 인정받을 수 있다는 것. 한국 예술에는 자율적인 가치의 척도가 주어지지 않으며, 타율적인 척도로나마 가치를 인정받을 수 있다면 그것으로 만족해야 한다는 것. 이것이 바로 일본인과 한국인에게 차별적으로 적용된 미의식의 위계질서의 본질이다. 따라서 이같은 주장의 언저리에서 한국 예술에 대한 따뜻한 눈길 너머에 존재하는 일본적 오리엔탈리즘의 차가운 시선과 마주치는 것은 필연적이다.

타력의 존재인 조선 도공은 자신이 빚어낸 아름다움을 알아볼 수 없다. 조선의 도자기는 조선의 도공 앞에서는 아름다운 존재로 빛날 수 없다. 하지만 걱정할 것은 없다. 조선의 도자기를 아름다운 존재로 빛나게 해줄 구원의 두레박이 일본인으로부터 드리워질 것이기 때문이다.

자력의 일본인이 타력의 산물인 조선 도자기의 아름다움을 알아보고 보호해준다는 것. 이것은 제국의 일본인이 식민지 조선인의 사정을 알아보고 보호해준다는, 저 흉악한 제국주의의 논리와 다를 바 없다. 게다가 그는 가장 낮은 층에서 가장 높은 질을 찾은 이같은 타력과 자력의 관계가 역사상 유례가 없다는 주장까지 덧붙인다.

이도는 어째서 아름다운가. … 첫째는, 원래부터 무엇이 진정으로 깊은 아름다움인가를 간파할 안목이 다인들에게 있었던 것이다. … 게다가 그 공예품 중에서도 가장 싸고 가장 흔한 민중의 그릇 속에서 놀라움을 발견했던 것이다. 즉 가장 낮은 층에서 가장 높은 질을 찾았던 것이다. 이러한 감상은 아직 역사상 유례가 없다. *야나기 무네요시,「젠차로쿠(禪茶錄)를 읽고」

일본 국학과 야나기의 미의식

야나기가 한국 예술에 덮어씌운 일본인의 미의식은 어떤 것일까. 그가 진리의 본질이자 사상의 기초라고 말한 '자연스러운 인정'이라는 표현에 그 본질이 담겨 있다.

사람은 지적 근거만이 정확한 것의 모든 기초라고 생각해서는 안된다. 나는 차라리 변증이 없는 자연스러운 인정 같은 것이 오히려 진리의 본질에 가깝다고 생각한다. … 자연스러움에 기초를 둔 감정은 항상 바르고 따뜻한 진리의 세계를 드러내준다. 그런데 이지(理智)를 위한 이지 때문에 이 자연스러운 진리가 얼마나 자주 사라지고 있는지 모른다. … 일찍이 이지가 따뜻한 우의(友宜)를 보증한 예가 있었는가. 그것은 정(情)이 따뜻하게 해주는 복지가 아니겠는가. 나는 이와 같이 자연스러운 바탕 위에 나의 사상의 기초를 세우려고 했던 것이다. *야나기 무네요시, 『조선을 생각한다』의 서문

'자연스러운 인정'이라니, 이것은 대체 무엇을 말하는가. 한국과 그 예술을 사랑한다고 고백한 야나기의 글에 반복해서 등장하는 이 구절 때문에, 한국인들은 그가 자연스러운 것을 좋아하는 사람일 뿐 아니라 인정 있는 사람이라고 생각하게 되었다. 한국인들이 그의 것에 못지 않은 사랑을 야나기에게 되돌려준 이유 중의 하나가 이 '자연스러운 인정'이라는 구절 때문이었을 거라는 생각도 든다. 하지만 일본인 야나기의 글에 반복해서 등장하는 이 구절은 그렇게 소박한 뜻으로 사용된 것이 아니다.

사실인즉슨 야나기가 즐겨 사용한 '자연스러운 인정'이라는 구절에는 일본 국학의 핵심 주제가 포함되어 있다. 이것은 야나기 자신이 일본 귀족 자녀들의 교육기관이자 국학 엘리트의 산실인 학습원(學習院) 고등학교의 우등생이었다는 사실에서도 미루어 짐작된다.

일본의 대표적인 귀족 교육기관 학습원 고등학교. 야나기는 어떻게 여기에 들어 갔을까. 야나기는 해군 소장의 아들이다. 일본 군벌의 주류인 사쓰마벌에 속하는 그의 아버지 야나기 나라요시(柳楢悅)는 일본 '해군 창립에 대한 건의서'를 냈으며, 1870년대의 한국 침략시에 실무급의 영관 장교였다. 그러니까 그는 일본이 메이지유신 이후 군국주의의 길로 들어서면서 제국주의의 주춧돌을 놓을 때 실무급의 지휘관 역할을 한 인물로서, 1888년 해군 제독으로 퇴역한 이후 곧바로 원로원에 들어갔고, 1890년에는 귀족원 위원이 되었다. *김정동, 「조선을 사랑한다고 말한 어느 일본인의 궤적」

야나기 무네요시는 해군 제독을 지냈으며 일본 제국주의의 원로 대열에 들었던 아버지 야나기 나라요시 덕분에 황족, 화족의 자식들이 들어가는 학습원을 다녔다. 참고로 덧붙이자면 야나기의 누이는 인천 총영사와 결혼한 뒤 해군대장과 재혼했으며 여동생은 조선 총독부의 내무국장과 결혼했을 정도로, 그의 주변에는 조선 침략과 식민지 경영에서 핵심적인 역할을 담당한 일본 제국주의의 엘리트들이 자리잡고 있었다.

일본의 국학이란 무엇인가. 그것은 중국을 중심으로 한 동북아시아의 질서에 동참하는 '세계인'이기를 거부하고 '일본인'이기만을 고집한, 이를테면 동북아시아 세계의 왕따를 자처한 일본의 독자적인 사상이다. 물론 일본이 이런 길을 밟게 된 결정적인 이유는 그들의 주관적 선택 때문이 아니라 외따로 떨어진 섬나라라는 그들의 지리적 환경과 객관적 조건 때문이다. 따라서 이것이 자신들의 독창적인 사상이라는 일본인 자신의 주장과는 달리, 이것은 동북아시아 사상의 주류인 중국 사상에 대한 비주류적 자의식을 토대로 해서 만들어진 것이다. 요컨대 그것의 독창성이란 카라고코로(漢意) 즉 중국의 사상을 거울에 비친 모습과도 같이 거꾸로 뒤집어놓은 것에 불과하다.

모토오리 노리나가가 일본의 이니시에노미치(古道)에서 그러한 것을 보았다고 해도 좋다. 노리나가는 카라고코로(漢意)나 불의(佛意)를 비판하고 야마토타마시이(大和魂)를 칭송했다. 야마토타마시이라고 하면 왠지 열광적(fanatic)이며 관념에 사로잡힌 것으로 생각되지만 사실은 그 반대다. 관념적인 원리에 달라붙은 편집증적 태도야말로 '카라고코로'인 것이다. … 반대로 노리나가는 감정이 지성이나 도덕성보다 심오한 것이 될 수 있다고 생각했다. 야마토타마시이란 그렇게 세세한 감정을 존중하는 것이다. … 지적 도덕적 원리에 의해 부정되고 은폐되어버리는 작은 감정(모노노아와레)를 소중하게 생각하는 것이 야마토타마시이라고 말한다. *가라타니 고진, 『일본정신의 기원』

일본의 국학은 '좋건 나쁘건 태어나면서부터 지니고 있는 그대로의 마음'으로 이해되는 마고코로(眞心)를 최고의 덕목으로 내세우면서 이것을 '지나치게 영악한 마음'으로 이해되는 카라고코로(漢意)와 대비시킨다(마루야마 마사오, 『일본

정치사상사연구」). 야나기식 말투에 따르면, 마고코로란 '자연스러운 인정'과 같으며 카라고코로란 '이지를 위한 이지'라든가 '지적 근거'와 같다.

　동북아시아 질서에 동참하는 '세계인'이기를 거부하고 '일본인'이기만을 고집한 결과, 카라고코로(漢意)와 대립하는 마고코로(眞心)를 내세운 일본의 국학. 이들이 카라고코로를 추종한다고 여겨지는 조선을 비롯한 이웃나라의 문화를 마음으로부터 경멸하면서 그들의 모든 것을 오로지 자민족 중심주의에 따라 재단하거나 폄하한 것은 필연적이다.

한학적 전통을 능가하는 힘으로 조선 연구에 작용하여 자민족 중심주의를 부추기게 되는 이 국학적 전통은 대체로 1700년 무렵에 일기 시작한 일본 고전에 대한 관심에서 출발한다. … 국학자들에게는 조선이 태고적에 일본의 신들이나 천황이 다스리던 곳이며, 일본의 신이 그곳에 가서 그곳의 신이나 왕이 된, 그런 곳에 지나지 않았다. … 이러한 조선관은 특히 국학자들에게서 강하게 나타난다. … 일제의 인접지역 연구와 식민정책에 큰 영향을 미친 것은 이 국학의 전통이었다. 일본 중심의 세계인식, 특히 인접 민족을 폄하하는 일본민족중심주의는 이 국학적 세계관에 의존한다. *박현수, 「일본의 조선지도와 식민주의」, 『한국의 옛지도』

　따라서 국학적 세계관에 사로잡힌 일본인이 조선을 비롯한 이웃나라의 문화를 존중하는 예외적인 태도를 취한 것은 거기서 '일본적인 것'을 발견했을 경우에 한정된다. 야나기가 바로 그런 경우다. 야나기가 한국 예술을 '사랑'한 것은 거기서 중국적인 작위를 따르는 도학(道學)의 삶 대신 일본적인 자연스러움을 따르는 인욕(人慾)의 삶을 중시하는 국학의 이상을 발견했기 때문이다. 이에 따라 그는 조선의 도자기를 인정과 마음의 하소연을 간직한 '정의 기물'인 동시에 '무작위의 미'와 '무기교의 미'의 표본이라고 말했다. 그런데 시바 료타로가 다음 글에서 지적하듯이, 이것이야말로 많은 일본인이 기회 있을 때마다 자신의 미의식으로 표나게 자임하며 내세우는 것이 아닌가.

도대체 무엇이 일본적인가. 가키에몬(柿右衛門) 같은 것이 아니라, 시노(志野) 나 오리베(織部) 등 그러한 것이 가장 일본적이라고 생각합니다. 어느 의미에서는 매우 수수하게 보이는 것, 물론 일부러 수수함을 나타내기 위해 노력한 것입니다만, 잘 다듬어진 이마리 야키(伊万里燒)라든가 가키에몬 야키보다 그쪽이 아무래도 일본적이라고 나는 생각합니다. … 그쪽 사람들(한국인, 중국인)은 그것은 농민이 사용하는 조잡한 것이라든가 또는 품질이 나쁜 것이라고 생각했겠지만, 그러나 일본인은 일부러 그런 수수한 느낌을 내려고 노력했던 것입니다. *시바 료타로·도널드 킨 지음, 『일본인과 일본문화』

여기서 시바 료타로가 이야기하는 '일본적인 것'은 야나기가 한국 예술에서 발견한 '무작위의 미'나 '무기교의 미'와 다를 바가 없다. 결국 야나기가 사랑한 것은 한국인의 미의식에 따라 창조된 한국 도자기가 아니라, 일본인의 미의식에 따라 향유된 또하나의 한국 도자기였다.

가모노 마부치(1679~1769)는 『만엽집』 연구를 통해 일본의 고대 정신이 작위를 배제한 무위자연의 세계라고 파악했다. 즉 거기에는 사람들이 '천지 그대로의 마음'으로 살았던 원시 자연의 세계가 있다고 말하였다. 그는 일본에서 국학운동을 일으킨 사람들 중 하나인데 일본 고대 정신의 파악을 통해 일본적인 것을 발견하려 했다. 이로부터 약 170년 후 야나기 무네요시는 동양 예술에서 조선은 독자적인 위치를 차지하며, 그 독자성은 비애의 미, 가느다란 선의 미, 무작위의 미라고 제시했다. 이후 어떤 이유에서인지 모르지만 무작위의 미가 한국미의 요체처럼 자리잡았다. *탁석산, 「한국미의 정체성」, 『월간미술』 2000년 8월

비애의 미와 거세된 일본인

　한국의 미를 비애의 미로 규정한 야나기의 주장은 한국사를 사대주의에 따른 비애의 연속으로 본 식민사관의 산물로 비판받았다. 그러나 그가 한국 예술에서 발견한 비애의 미가 일본 국학의 정서적 핵심이라는 사실을 지적하고 이를 비판하는 주장은 제기된 적이 없다. 야나기는 이것을 쓸쓸한 정감이나 남모르는 정의 세계, 인정이나 마음의 하소연 등으로 표현했는데, 이렇게 해서 그는 모노노아와레(物の哀れ)라는 일본인 특유의 정서와 거기서 우러나는 정서적 아우라를 식민지라는 특수한 상황에 처한 한국 예술에 덮어씌웠다.

　그는 언제나 곁에서 떼어놓지 않던 조선의 자기에 또다시 마음을 빼앗기고 있었다. 그는 언제나 그 자기들과 이야기를 할 수가 있었다. 그러나 서로 통하는 그 마음은 언제나 그에게 쓸쓸한 정감을 자아내게 했다. 그는 그 모습에 나타나는 미의 쓸쓸함을 생각하지 않을 때가 없었다. … 조용하고 차분한 하얀 유약이나, 그 속에서 소리도 없이 떠올라오는 푸른 화초, 또는 그것들을 둘러싸는 우아한 선이 그의 눈에 남모르는 정(情)의 세계를 보여주었다. 그는 갖가지 일들을 생각해보았다. 거기에 표현된 인정이나 마음의 하소연이나 또는 그곳에 살고 있는 사람들의 운명이 그의 마음 속을 빈번히 오고 갔다. 그리하여 마침내는 언제나 그의 눈에 눈물이 어리는 것이었다. *야나기 무네요시, 「그의 조선행」

　그렇다면 정 또는 인정이라고 불리는 일본인 특유의 정서는 구체적으로 어떤 것일까. 그것은 일본을 대표하는 문학작품으로 손꼽히는 『겐지 이야기』 속에 잘 드러나 있다. 『겐지 이야기』는 뛰어난 미모를 지닌 일본 황실의 귀공자 겐지와 그의 아들이 2대에 걸쳐 여성 편력을 벌이는 이야기를 감상적인 분위기를 배경으로 아름답게 그려낸 소설이다. 이것이 일본을 대표하는 문학작품으로 손꼽히는 까닭은 겐지 부자의 일대기가 '타고난 자연스러움'에 따르는 일본적인 삶의 전형을 보여주기 때문이다. 이 소설의 등장인물들은 윤리나 도덕 대신 인정이나 욕망에 몸을 맡기는 삶을 살아가는데, 그것은 이들이 인정이나 욕망이야말로 사람의 자연스런 마음이라고 여기기 때문이다.

아씨의 이름은 등호(藤壺)였다. 과연 얼굴이며 자태가 이상하리만치 죽은 동호와 비슷했다. …죽은 동호에 대한 임금의 그리움은 다른 사람으로 하여 잊을 수 있을 만한 것이 아니었지만, 애정은 자연히 등호에게로 옮아가서 각별한 위로를 받았다. 이것도 사람의 자연스런 마음이었다. *무라사키 시키부, 『겐지 이야기』

주목해야 할 것은 이같은 인욕(人慾)의 삶에는 반드시 쓸쓸함의 정감이 뒤따른다는 것이다. 이것이 바로 엔카의 애상이나 빛꽃의 허무로 대표되는 일본적 감상주의의 본질이다. 『겐지 이야기』에 등장하는 다음과 같은 장면은 이같은 일본인 특유의 정서를 한눈에 보여준다.

가는 길가에 그 여인의 집이 있었습니다. '거친 매축지(埋築地)의 허물어진 곳에서 달마저 쉬어가는 집에 내가 그냥 지나갈 수는 없지요'라고 하면서 그가 그 집 앞에서 내리는 것이었습니다. 전부터 정을 주고받는 사이여서일까 그 사람은 몹시 들떠있는 것 같았습니다. 중문 근처의 덧문밖 툇마루에 앉아서 잠시 동안 달을 쳐다보더군요. 빛이 바랜 국화가 퍽 아름답게 보이고, 바람에 다투듯 지는 단풍들이 과연 슬픔을 느끼게 하는 정경이었습니다.

이같은 정경 속에 존재하는 사람의 정이나 인정에 다음 장면에서 배어나오는 것 같은 쓸쓸함이나 슬픔이 덧칠되는 것은 필연적이다. 풍경화 속의 인물이 풍경을 닮아가는 것처럼.

두중장은 눈물을 글썽이고 있었다. 겐지가 물었다. "그래서 편지는 무슨 내용이었나요?" "그거요. 별로 중요한 것은 없었습니다. '산에 사는 사람의 집 담은 거칠어졌어도 때때로는 정이 담긴 이슬을 뿌려 주세요. 담 위에 피는 패랭이꽃 위에.' 이것을 보고 생각이 나서 여인의 집에 갔는데, 여느 때처럼 맺힌 감정이 없는 태도이긴 하였으나, 깊은 생각에 잠긴 얼굴을 하고 있었습니다. 거칠어진 집의 뜰 안에 내린 이슬을 보면서 벌레 우는 소리에 지지 않으려는 듯 울고 있었습니다. 그 애처러운 모습이 옛이야기에 나오는 사람 같았습니다."

일본 국학의 완성자 가운데 한 사람인 모토오리 노리나가는 이처럼 정이라고 불리는 일본인 특유의 정서를 모노노아와레라고 이름 붙였는데, 그가 모노노아와레의 전범으로 내세운 것이 바로 『겐지 이야기』였다. 참고로 덧붙이면 모노노아와레는 마루야마 마사오에 의해 'sadness of things'라고 번역되기도 했다.

다시 말해서 "감동을 받는 것은 바로 사람이 타고난 마고코로(眞心)에 들어맞는 것이며, 감동을 받지 않는 것을 자랑스러워 하는 사람은 마치 나무와 돌맹이와도 같다"라고 한 것이야말로 바로 노리나가의 주정주의(主情主義)이며, … 노리나가의 문학론은 … "이런 것들은 모두 자연스러운 인간의 감정이므로, 누구나 그런 감정이 일게 될 것이다. 그런 정이 없다면 마치 바위나 나무와도 같은 사람일 것이다. 그것을 있는 그대로 그려낼 때, 마치 어린 여자아이처럼 어쩔 줄 몰라 하며 맹한 부분이 많게 되는 것이다"라고 하여 '마스라오 부리'(호쾌한 남성스러움)의 한층 더 깊은 곳에 있는 심정에서 우타 모노가타리의 본질로서의 모노노아와레(sadness of things)를 찾아냈다. … '노래가 말하고자 하는 것'인 '모노노아와레'는 그대로 신토 그 자체의 본질로까지 오르게 된 것이다. *마루야마 마사오, 『일본 정치사상사 연구』

타고난 자연스러움을 따르는 인간의 정이 이처럼 비애의 감정으로 귀결되는 것은 무슨 까닭인가. 그것은 중국적 작위 대신 일본적 자연을 내세운 국학의 자연주의가 자연의 배후에 존재하는 초인격인 신(神)을 창조한 사실과 관련이 있다. 타고난 자연스러움에 따르는 일본적인 삶이란 결국 신이 마련한 길(神道)에 순종함으로써 신의 은총을 구하는 삶인 것이다.

「이웃집 토토로」나 「센과 치히로의 행방불명」 같은 애니메이션(미야자키 하야오 감독)에 등장하는 정령적인 자연의 세계는 국학적 자연주의를 대표하는 상징적인 공간이다. 끝없는 감탄사를 자아내게 하는 정령적인 자연은 신의 작위(作爲)를 상징하며, 그 속에서 유영하듯이 살아가는 동심의 인간은 인간의 무작위(無作爲)를 상징한다. 「센과 치히로의 행방불명」은 신의 세계에 우연히 발을 들여놓는 인간의 이야기다. 그곳의 음식에 허락없이 손을 대었다가 돼지로 변하는 치히로의 부모는 '저마다의 알맞은 위치'를 지키지 않고 상급의 위계질서에 천방지축 끼어드는 불순종으로 인하여 벌을 받으며, 그곳의 위계질서를 지혜롭게 살펴서 적절한 일을 맡는 데 성공한 치히로는 '저마다의 알맞은 위치'를 지키는 순종으로 인하여 은총을 받는다.

신이 마련한 길에서 한 발자국도 벗어나지 않는 순종을 통해 신의 은총을 구하는 것이랄까. 순종과 은총의 함수관계 속에서 은총을 대가로 순종을 강요당하는 거세된 존재인 일본적 인간상이 그들의 마음에 달콤한 비애의 감정을 불러일으키는 것이다. 그렇다면 일본인에게 있어 거세된 순종을 의미하는 무작위(無作爲)의 자연스러움과 달콤한 비애(悲哀)를 의미하는 모노노아와레는 하나인 것이며, 따라서 조선 예술론의 '무작위의 미'와 '비애의 미'도 하나인 것이다. 신을 정점으로 해서 인간 사회의 위계질서로 이어지는 은총과 순종의 함수관계. 이같은 일본 국학의 핵심을 토대로 하여 피어오르는 미가 '무작위의 미'와 '비애의 미'인데, 야나기는 이같은 위계질서의 끄트머리에 한국인과 한국 예술을 끌어들이고자 한 것이다.

보이지 않는 어떤 무한한 외부적인 힘이 그들로 하여금 아름다움을 만들어내게 한 것이다. 이도는 태어난 기물이지 만들어진 기물이 아니다. 그 아름다움은 부여된 것이고, 은총이며, 주어진 것이다. 자연에 순종하는 태도가 이러한 은총을 받은 것이다. 만약 만들어내는 사람들에게 자기 자신만 의지하는 오만함이 있었더라면 은총과 사랑을 받을 기회는 오지 않았을 것이다. 미의 법칙은 그들의 소유가 아니다. 그것은 '우리'라든가 '나의 것' 등을 초월한 세계에 있는 것이다. 법칙은 자연의 작업이지 인간 노력의 산물이 아니다. *야나기 무네요시, 「기자에몬 오이도'를 보다」

제국의 신민 야나기가 식민지의 백성 조선인의 마음에서 자신의 비애를 몇 배로 부풀린 비애를 읽어내고, 그것을 향해 무한한 동정을 보낸 것은 필연적이다. 왜냐하면 일본인 야나기의 생각에 따르면 신의 바로 아랫자리에 있는 일본인과는 달리 다시 그 아랫자리에서 '저마다의 알맞은 위치'를 찾아야만 하는 조선인은 곱절로 거세된 삶을 영위할 수밖에 없기 때문이다.

일본문화 특유의 미의 범주에 시부사(しぶき)라는 것이 있다. 야나기에 따르면, 시부사에서는 '조작을 떠난 고요함' 즉 '자연스러움의 정취'를 볼 수 있다고 한다.

다섯 번째 특질은 자연스러움(Naturalness) 또는 필연성이라고 할 수 있다. 쉽게 말하면 의도가 없는, 저절로 된 것이라는 성질이다. 진정한 시부사는 결코 의도적인 것에서 나오지 않는다. 의도가 노출되면 그 때문에 차분함을 잃고 시끄러운 것으로 기울어 시부사에서 멀어진다. 은근한 멋이 있는 것은 이와 같은 뜻에서 생겨나는 것이고 만들어야 하는 것이 아니다. 다인들이 '은근한 아취가 있는 것은 좋고 억지로 아취 있게 만드는 것은 나쁘다'라고 한 것은 과연 명언이다. 임제 선사는 '겸손함에는 조작이 없다'고 했지만 시부사에서는 조작(Artifice, Artificialness)을 떠난 고요함 즉 자연스러움의 정취를 볼 수 있다. *야나기 무네요시, 「시부사에 대하여」

시부사의 아름다움이란 여기서 한 걸음 더 나아간다. 이것은 한마디로 함축성이라고 할 수 있는데, 본래 시부사의 말뜻은 감즙의 '떫은 맛'에서 감색의 '차분함'으로, 다시 차분함의 '내면적인 깊이'로 확장된 것이다.

시부사라고 할 경우는 이와 같은 맛에서 더욱 벗어나 차분하다라는 의미가 있어서 오히려 감즙이 주는 색깔의 차분함이나 깊이를 좋아하여 거기에서 시부사라는 형용사가 생겨났다고도 생각할 수 있다. … 두 번째 특성은 이것을 함축성(Implication)이라고 해도 좋겠다. 쉽게 말하면 함축으로 안에 담겨진 성질이어서, 때로는 이것을 내면성(Inwardness 또는 Intrinsic nature)이라고 해도 좋을 것이다. 다른 낱말로 하면, 안에서 안으로 지향하는 성질이기 때문에 이것을 깊이(Depth)라고 해도 좋고, 이 깊이가 결여된 것은 진정한 시부사에 도달할 수 없다. *야나기 무네요시, 「시부사에 대하여」

흥미로운 것은, 시부사라는 미적 범주 자체가 에도시대 일본 다인들이 조선 도자기를 사랑한 경우나 야나기가 조선 도자기를 사랑한 경우처럼, 일본인이 조선 예술에 대한 사랑을 통해 영감을 얻음으로써 생겨났을 가능성을 배제할 수 없다는 것이다.

마치 고대 일본이 조선 예술에 의해 그 문명의 첫걸음을 내딛었듯이, 지금의 일본도 그것을 돌봄으로써 마음을 기를 수 있는 것이다. 미의 마음이 풍성한 일본은 이미 이러한 진리를 받아들일 준비가 되어 있을 것이다. 이러한 생각을 할 때면, 조선 예술에 대한 소개가 젊은 일본인들에게 새로운 경악을 가져다 주리라는 것을 믿어 의심치 않는다. *야나기 무네요시, 「그의 조선행」

일본문화 특유의 미적 범주인 시부사의 기원이 한국문화라고 주장하는 근거 중 하나는, 일본인 자신이 인정하듯이 시부사의 본질에 좀더 가까운 예술적 성과가 일본문화 아닌 한국문화에서 발견된다는 사실로부터 찾을 수 있다. 여기서 다시 한걸음을 나간다면, 한국 예술에서 시부사를 창작(創作)하고자 한 일본인의 소망과는 달리, 일본의 시부사가 지닌 '함축적인 차분함의 느낌'과 조선 도자기의 소색(素色) 또는 비색(秘色)의 차분함 속에 담긴 '풍요로운 단색조의, 생기 넘치는 깊은 맛' 사이에는 일본인 야나기의 애절한 노력에도 불구하고 결코 뛰어넘을 수 없는 낭떠러지가 가로놓여 있다. 일본문화 특유의 미적 범주인 시부사를 염두에 둔 채 한국 예술의 미를 설명하고자 한 야나기의 글이 끝내 뛰어넘을 수 없는 불가해한 신비주의에 빠져들고 만 것도 이 때문이다.

국학적인 자연주의에 토대를 둔 일본인의 미의식을 한국 예술에 덮어씌운 '무작위의 미'나 '비애의 미'와 한국 예술의 아름다움은 아무 관련이 없으며, 만약 관련이 있다면 도리어 일본인의 미의식이 한국 예술의 아름다움으로부터 영감을 받아 형성된 것이다. 그렇다면 가이사의 것은 가이사에게로, 그들의 것은 그들에게로 되돌려줘야 한다.

선의 미와 야나기의 환상

야나기의 한국 예술론은 한국 예술의 선(線)의 아름다움을 이야기하는 대목에서 절정에 달한다. 한국 예술의 선의 아름다움은 이것을 처음으로 언급한 야나기만이 아니라 한국의 문화예술을 사랑하고 이해하는 사람이라면 누구나 마음으로 느껴온 것이다.

예술에서 선의 요소를 다량으로 포함하고 있는 경우를 찾는다면, 조선의 예술이야말로 그 적절한 예가 되지 않겠는가? … 시험삼아 조선의 수도를 방문하여 남산에 올라가 시가지를 내려다 보기로 하자. 눈에 비치는 것은 가옥 지붕에 나타나는 한없는 곡선의 물결이 아닌가. … 시대를 거슬러 올라가지만, 저 대동강 부근에 있는 고구려 시대의 벽화에서도 마찬가지이다. 중국 양식을 모방한 것이겠지만, 조선의 아름다움이 번져나오고 있다. 벽에 그려진 네 신, 즉 현무와 주작과 청룡과 백호를 보라. … 그것은 선 속에 있는 무늬라 해도 좋을 것이다. 가늘고 긴

곡선이 모든 것을 지배하고 있다. 선에 의해 표현된 무늬의 극단적인 실례일 것이다. *야나기 무네요시, 「조선의 미술」

야나기는 여기서 한 걸음 더 나아간다. 한국의 선에는 밀의(密意)가 있기 때문에 '선의 비밀'을 풀지 못하면 '조선의 마음'에 들어갈 수 없다고까지 말한 것이다.

그 민족은 올바르게도 선의 밀의(密意)에 마음을 표현해낸 것이다. 형태도 아니고 색도 아니고 선이야말로 그 정을 호소하기에 가장 적합한 방법이었다. 이 선의 비밀을 풀지 못하면 조선의 마음에 들어갈 수 없다. *야나기 무네요시, 「조선의 친구에게 보내는 글」

그런데 야나기가 말하는 선의 아름다움은 취향보다는 이데올로기의 성격을 강하게 지닌다. 전자가 마음 속에서 자연스럽게 배어나온 심상(image)에 가깝다면, 후자는 의도적으로 조작되어 강압적으로 주입되는 표상(representation)에 가깝다. 야나기에 따르면 누구든 '저 호소하는 듯한 선'을 대하는 자라면 그 속에서 '말할 수 없는 정'을 읽어야만 한다. 구체적으로 말하면 그 속에서 '쓸쓸함의 아름다움'과 '동경하는 마음의 눈물'을 보고 그것을 '정의 기물'로서 인식해야만 하는 것이다.

저 호소하는 듯한 선 속에서 말할 수 없는 정을 읽지 못할 사람이 있을까. 그 기물은 하나의 확실한 실체라기보다는 오히려 흐르는 곡선이라 말하는 쪽이 사실에 더 가까울 것이다. … 끊어질 듯하면서도 계속 이어지는 그 선은 무엇을 말하는 것일까? 선은 쓸쓸함의 아름다움을 우리에게 보여준다. 동경하는 마음의 눈물을 유도한다. 선에 사는 기물은 정의 기물이다. *야나기 무네요시, 「도자기의 아름다움」

여기서 새삼스러운 사실 한 가지가 확인된다. 야나기가 한국 예술의 '저 호소하는 듯한 선'에서 읽어낸, 말할 수 없는 정과 쓸쓸함의 아름다움과 동경하는 마음의 눈물이 바로 모노노아와레라고 불리는 일본 국학의 정서적 핵심이라는 것이다. 야나기가 말하는 한국 예술의 '선의 아름다움'이란 일본인 야나기의 미의식에 의해 새롭게 창작된 것이며, 그것의 배후에는 일본인의 미의식을 한국 예술에 덮어씌우는 일본식 오리엔탈리즘이 자리잡고 있다.

제국의 지식인 야나기는 제국과 식민지의 위계질서에 따라 한 단계 높은 자리에서 식민지의 예술을 내려다 보았다. 그는 한국인의 미의식을 통해서가 아니라 일본인의 미의식을 통해 한국 예술을 바라보았고, 마침내 한국 예술의 '선의 아름다움'에서 모노노아와레라는 일본의 정서를 발견했다. 이것이 바로 제국주의의 후광 앞에서 오리엔탈리즘의 안경을 쓰고 있던 일본 청년 야나기의 눈에 비친 환상의 실체였다.

그렇다면 이제는 야나기의 환상과 무관한, 한국 예술의 '선의 아름다움'의 실체를 규명할 차례. 짚고 넘어가야 할 것은 한국 예술의 선은 직선이 아니라 곡선이며, 자유곡선이 아니라 자연곡선이라는 것이다. 이같은 사실은 한국적인 '선의 아름다움'을 이야기할 경우 첫손가락으로 꼽히는 한옥의 지붕곡선을 통해 분명히 드러난다. 한옥의 지붕곡선은 제비가 물을 차고 올라가듯이 끄트머리로 감에 따라 자연스럽게 들려 올라간 자연곡선으로서, 끄트머리까지 직선으로 가다가 추녀께에서 갑자기 치솟아오르는 중국집 지붕의 자유곡선이나 시종일관 직선적인 요소에 의해 주도되는 일본집 지붕의 선과 구별된다. 이에 대해 조지훈은 "멋의 형태미는 직선보다는 항상 곡선에 있으나 과도하게 곡절된 형상에는 멋이 없다"고 말하면서 저고리 깃이나 버선코의 선, 한옥의 지붕곡선을 예로 들었다.

그렇다면 한국적인 '선의 아름다움'을 대표하는 한옥의 지붕곡선이 '제비가 물을 차고 올라가듯이 자연스럽게 들려올라간' 자연곡선이 된 까닭은 무엇일까. 그것은 다음과 같은 집짓기의 과정을 통해 밝혀진다.

평고대(平高臺)는 추녀와 추녀를 연결하는 가늘고 긴 곡선부재이다. 추녀끝에 올라가는 지붕 가구에서 추녀 다음에 거는 것이 바로 평고대이다. 이 평고대에 의해 한옥의 지붕곡선은 만들어진다. 평고대는 곡선으로 만들어지기 때문에 미리 재료를 구해서 양쪽을 받치고 가운데 돌을 달아매 자연스럽게 처지도록 만든다. 결국 지구의 만유인력에 의해 처진 평고대의 곡선이 한옥의 지붕곡선이 되는 것이다. 한옥의 처마곡선은 입면상에서 볼 때 중앙에서 양쪽으로 갈수록 들려 올라간 곡선인데, 이를 처마의 앙곡이라고 한다. 또 입면에서뿐만 아니라 위에서 내려다 볼 때도 추녀쪽으로 갈수록 처마를 점점 많이 내미는 곡선으로 만들어지는데 이를 처마의 안허리곡이라 한다. 그래서 한옥은 처마의 앙곡과 안허리곡이라는 3차원적인 곡선으로 만들어진다. *김왕직, 『한국건축용어』

양쪽을 받치고 가운데 돌을 달아매 자연스럽게 처지도록 만든 평고대의 곡선에 의해 한옥의 지붕곡선이 틀거리 잡힌다는 것. 이 때문에 이것은 현수(懸垂) 곡선이라는 이름으로도 불린다. 그렇다면 한옥의 지붕곡선을 이런 식으로 만든 까닭은 무엇일까.

처마의 이러한 곡선은 단지 이름답게 하려는 이유만은 아니다. 근본적인 이유는 지붕의 물매가 곡선인 데 있다. 곡선으로 만들어진 지붕의 물매가 팔작지붕처럼 네 면에서 만나면 자연스럽게 이러한 앙곡과 안허리곡이 만들어지기 때문이다. 그러므로 처마의 앙곡과 안허리곡은 곡선으로 만든 지붕 물매에 기인한다고 볼 수 있다. 지붕 물매 곡선은 서양의 수학적 용어로는 '사이클론 곡선'이라고 한다. 물매를 직선으로 하지 않고 곡선으로 하는 이유는 빗물을 빨리 배수하기 위한 이유이다. 직선으로 거리가 짧아서 더 빨리 배수될 것 같지만 그렇지 않다. 사이클론 곡선으로 만들었을 때 가속도가 붙어서 더 빨리 배수된다는 것이다. 또 빗물의 양이 석은 용마루 부분에서는 빗물을 빨리 내려가게 하고 빗물이 많은 추녀

부분에서는 조금 속도를 줄여 기와의 마모를 비슷하게 하려는 이유도 있다고 본다. *김왕직, 앞의 책

　여기서 우리는 취향 또는 미의식은 결코 제멋대로의 것이 아니라 고유의 풍토와 역사 속에서 형성된 인문적 지혜의 산물이라는 사실을 확인할 수 있다. 한옥의 지붕곡선이 현수곡선으로 만들어진 것은 장마철의 집중 호우를 특징으로 하는 한국의 풍토에서 빗물을 빨리 배수시키기 위한 과학적인 노력의 산물이다.
　하지만 이야기는 거기서 끝나지 않는다. 한옥의 지붕곡선이 현수곡선으로 만들어지고 다시 그것이 저고리 깃이나 버선 같은 한국적인 '선의 아름다움'을 이루게 된 것은 이같은 과학적 노력에 더하여 주변의 산세 특히 뒷산과의 조화를 고려한 미학적 노력의 산물이다. 가운데가 솟아올라가고 양끝이 처진 뒷산을 배경으로 집을 짓는 까닭에 지붕의 양끝이 처져보이지 않도록 양끝을 살짝 들어올린 결과 그같은 자연곡선이 고안된 것이다. 이에 따라 가옥을 닮아가는 의복 역시 저고리 깃이나 버선의 경우처럼 유사한 형상을 띠게 된 것이다.
　다음에는 야나기가 선에 의해 표현된 무늬의 극단적인 실례라고 말한 평안남도 강서군 강서대묘의 사신도를 살펴보자. 이 그림에 대해 김용준은 "실물과 같지 않더라도 그대로 살아 있는, 다시 말하면 외형을 아름답게 꾸미는 그림보다 내면적인 생명이 약동하는 그림이고서야 비로소 좋은 예술이 될 수 있다는 것을 이 벽화를 통해서 우리는 배울 수 있다"(『한국미술대요』)고 말했는데, 과연 나는 이 그림을 대할 때마다 특히 현무도 앞에서는 마치 살아 꿈틀거리기라도 하는 듯한 환상을 체험한다. 이에 대해 고유섭은 다음과 같이 말했다.

그러나 그 힘이란 장중하기만을 위하여 즉 안정율의 크기만 보이기 위한 정지태의 힘이 아니라 무서운 힘으로서 움직여 왔었고 또 무서운 힘으로써 움직여 나가려는 세력적 운동의 선상의 순간적 계기를 잡아 표현한 힘이다. 즉 그곳에 표현된

창룡이면 창룡, 백호면 백호가 그대로 힘있게 버티고 선 그러한 정지태의 것이 아니라 무서운 기세로서 달려오는 순간에 실로 극히 찰나적인 순간에 땅에 붙을 듯한 계기와 동시에 벌써 그것은 다음의 운동 계열로 몸이 뛰어들어간 순간의 표현이다. 즉 결론을 간단히 말하면 그들의 미의식은 주제가 정지태에 있지 않고 힘찬 운동 계열에 있는 것이다. *고유섭, 「고대인의 미의식」

그들의 미의식은 주제가 정지태에 있지 않고 힘찬 운동 계열에 있다는 것. 자웅이 합체되고 음양이 하나되어, 마치 태초에 내딛는 첫 발자국과도 같이 고도로 응축된 힘을 발산하고 있다는 것. 이같은 미의식의 특성은 비단 사신도에서만 발견되는 것이 아니라, 한옥의 지붕곡선이나 의복의 선, 도자기의 선에서도 마찬가지로 발견된다. 그것들은 근엄하게 팔짱을 낀 듯한 정지태에서 벗어나, 살아숨쉬며 꿈틀거리며 심지어는 슬쩍 말까지 걸어오는 듯한 움직임의 기미를 드러낸다. 이렇게 볼 때 한국적인 선의 아름다움을 '원한과 슬픔과 동경'이라고 못박은 야나기의 주장은 적어도 한국인의 미의식의 관점에서는 참으로 터무니없는 것이다.

흐르는 듯이 길게 길게 여운을 남기는 그 곡선은 연연하게 무한히 호소하는 마음의 상징이다. 말할 수 없는 온갖 원한과 슬픔과 동경이 얼마나 은밀하게 그 선을 타고 흘러오고 있는가. *야나기 무네요시, 「조선의 친구에게 보내는 글」

말할 수 없는 온갖 원한과 슬픔과 동경. 이것이 일본 국학의 정서적 핵심인 모노노아와레의 확대 적용이라는 사실을 지적하는 것은 이제는 번거로울 따름이다. 그렇다면 이처럼 터무니 없는 한 일본 청년의 주장이 적지 않은 한국인들에게 그토록 호소력 있게 받아들여진 까닭은 무엇일까. 일제 강점기의 한국인들이 한국적인 선의 아름다움에서 '원한과 슬픔과 동경'이나 '정과 쓸쓸함' 같은 일본적 성서를 발견한 야나기의 환상에 덩달아 빠져드는 어처구니 없는 경험을 한 까닭은 무엇 때문일까. '조선 역사의 운명은 슬픈 것이었다'는 명제가 그 해답이다.

조선 역사의 운명은 슬픈 것이었다. 그들은 억압에 억압을 받으며 3천 년의 세월을 보냈다. … 나는 조선의 예술, 특히 그 요소로 볼 수 있는 선의 아름다움은 실로 사랑에 굶주린 그들 마음의 상징이라 생각한다. … 눈물로 넘쳐 흐르는 갖가지 호소가 이 선에 나타나 있다. 그들은 그 적막한 심정과 무엇인가를 동경하는 괴로운 정을 아름답고도 잘 어울리는 길고 우아한 선에 담아낸 것이다. … 그들은 아름다움에서 적막함을 이야기하고, 적막함 속에 아름다움을 포함시킨 것이다. *야나기 무네요시, 「조선 사람을 생각한다」

물론 '조선 역사의 운명은 슬픈 것이었다'는 명제가 야나기의 발명품은 아니다. 그는 조선사의 본질을 지정학적 숙명에 따른 사대주의로 규정한 일본 관학자들의 발명품인 식민사관의 뒤통수에 일본인 특유의 정서인 모노노아와레의 꼬리표를 달아놓았을 따름이다. 그런데 일본 관학자들이 식민사관의 근거로 제시한 조선의 사대가, 어떠한 비애의 감정도 불러일으킨 적이 없는 쿨한 느낌의 동북아 국제질서의 일환이었다는 사실은 새삼스러울 것도 없는 상식에 속한다.

약소국이기 때문에 큰 것을 섬긴다고 하는 자괴지심 같은 것이 있지 않았을까 생각되지만 문제는 오히려 사실은 그렇지 않았다는 말씀으로 이해가 됩니다. … 아까 말씀드렸듯이, 현재의 어감으로는 사대와 사대주의는 시원치 않은 의미입니다. 이에 대해서 조선 5백년간에 쓰인 사대의 예는 그런 어감을 갖고 있지 않았던 것 같아요. … 일본 어용학자 중에는 사대주의를 한국 역사의 특정한 경향 또는 방식으로 보는 사람도 있는 모양입니다만, 나는 사대주의는 역사적 가치관이라는 입장에서 말씀드립니다. … '명분으로서의 사대의 예법에 대하여는 선인들의 의식에 하등 굴욕감이나 열등의식을 발견하기 어려운 이유가 여기에 있었던 것이

죠. 마치 오늘날 우리가, 유럽적인 국제법 사회에 속해 있는 것에 조금도 굴욕감을 안 느끼듯이, 선인들도 그러한 사대의 국제질서는 당연하다고 의식한 면이 있습니다. *이용희, 『한국민족주의』

사대와 사대주의는 구별되어야 한다. 특히 동북아시아 국제질서의 일환이었던 조선의 사대란 적극적인 세계화 정책의 일환이었을 따름이지 (자주성이나 주체성과 대립하는) 소극적인 사대주의 근성과는 무관한 것이다.

조선왕조의 대명관계는 사대외교를 통해 전개된 것이 특징이다. 이는 조선이 명과 전근대 동아시아적 국제질서의 일환으로서 전형적인 책봉·조공 관계를 맺고 있음으로써 나타나는 외교형태였다. 사대외교를 흔히 사대주의와 혼동하여 자주성이나 주체성과 대립되는 개념으로 이해하는 경우가 있으나, 사대외교는 어디까지나 민족보전을 위한 현실적 외교정책으로서 결코 자주성과 모순되지 않는다. *한영우, 『정도전 사상의 연구』

동북아시아 세계질서의 구성원이었던 조선이 대표격인 중국을 향해 사대의 예를 갖춘 것은 널리 알려진 사실이다. 그러니까 사대는 분명한 역사적 사실이다. 하지만 그것을 일본의 떳떳한 자주의식과 대비되는 조선의 비굴한 사대주의로 손가락질한 것은 역사적 사실을 왜곡하는 것이다. 이같은 손가락질의 끄트머리에는 동북아시아 세계질서에서의 세계화에 성공하지 못한 채 오랑캐로 불리며 소외되었던 아웃사이더 일본의 뒤틀린 자의식이 자리잡고 있다.

첫째는 일본 같은 나라와는 애당초 지리적 조건도 다르고 문화권 내의 위치도 달랐습니다. 이미 성호선생(星湖先生)이 갈파한 대로 일본은 섬나라라, 원래 작전지리상 유리했고, 또 문화권 내의 변두리요 미개국이라고 관념된 나라에 당시 누가

하지만 일본인의 자의식을 잣대로 한국사를 해석할 까닭은 없다. '작은 것을 보살피고 큰 것을 섬기는' 자소사대(字小事大)의 준말인 사대는, 동북아 세계 질서의 중심인 중국과 중국의 문화적 선진성을 인정한 주변 국가들 사이에서 형성된 자율적 질서의 메커니즘이었다. 이같은 사대의 질서 속에 비애의 정서 따위가 끼여들 자리는 처음부터 존재하지 않았다. 물론 이같은 동북아의 세계질서 자체도 조선시대라는 특정 시기에 국한된 것이었다. 따라서 이같은 사대의 질서를 사대주의로 바꿔치기하여 한국사의 전 시기에 걸친 민족성 따위로 확대 해석하는 것은 분명 역사왜곡이자 식민사관이다.

일본의 기교와 한국의 격

진실을 말하자면, 야나기는 한국 예술의 아름다움에 대해 누구보다 밝은 눈을 지닌 사람이었다. 식민주의와 오리엔탈리즘이 눈에 씌운 콩깍지 탓에 그것을 끝까지 직시하지 못하고 중간에 환상으로 빗나갔을 따름이다. 따라서 우리는 그의 밝은 눈에 대해서는 경의를 표하되, 그의 어두운 환상에 대해서는 비판하지 않을 수 없다. '무기교의 미'가 대표적인 경우다.

무기교의 미란 무엇인가. 한국 예술에는 도무지 기교라고 할 만한 것이 없지만, 바로 그 때문에 최고의 미가 창조된다는 것이다. 그는 이것을 '무기교의 기교'라고도 했다.

아니, 일정한 그림조차 그리지 않는 경지로 나아가기까지 한다. 다만 두셋의 분방한 필치로 놀라운 문양을 그려냈다. 실로 꼼꼼한 기교란 그들이 모르는 수법이었다. *야나기 무네요시, 「조선시대 도자기의 특질」

질이 떨어지는 경우는 조잡하다고 할 수 있지만 뛰어난 작품은 천진스러우며 자연스러워서 최고의 미를 만들어낼 수 있는 요소를 갖추고 있다. 거기에는 천연이 부여해준 무기교의 기교가 있다. 인공적인 작위가 적기 때문에 자연스럽게 살아 있다. 시대가 내려옴에 따라 기교는 복잡해지는 것이라고 하지만 조선시대의 요에 만은 놀랄 정도로 예외이다. *야나기 무네요시, 「조선시대 요(窯) 만록(漫錄)」

야나기의 밝은 눈에, 한국 예술에는 기교라는 것이 존재하지 않는 것으로 비친 것은 무슨 까닭인가. 먼저 그가 생각하는 기교가 무엇인지부터 따져보자. 야나기가 생각하는 기교 특히 일본적인 기교는 구체적으로 무엇이었을까. 일본인이 아닌 사람들은 가부끼나 모노가타리(物語), 우끼요에(浮世繪) 같은 일본 예술을 처음 대할 때, 먼저 그것들이 뿜어내는 기교적인 화려함에 눈길이 간다. 일본 예술에서 받는 첫인상이 기교, 기괴 따위의 느낌인 것도 이 때문이다. 그것은 온갖 분칠을 하고 갖가지 장신구로 치장한 일본 게이사의 분위기나 엄격한 위계질서 속에서 '저마다의 알맞은 자리'를 지키는 일본 사무라이의 분위기와도 통한다.

여기서 흥미로운 사실 한 가지가 발견된다. 한국인의 미의식 속에서는 야나기의 말맞다나 일본적인 기교에 해당하는 '꼼꼼한' 무엇을 발견할 수 없으며, 그보다 훨씬 스케일이 큰 '분방한' 무엇을 발견할 수 있을 따름이라는 것이다. 흔히 격이라고 불리는 이것은, 빈틈없이 맞추어야 하는 눈앞의 실선 같은 것이 아니라 느슨하게 의식되는 머리 속의 점선 같은 것이다. 그러니까 일본의 기교는 '반드시 지켜야 하는 규범'인 반면, 한국의 격은 '때에 따라 넘나드는 틀거리'라고나 할까. 달리 말하면 한국의 격은 '격식에 맞으면서도 격식을 뛰어넘을 때'를 어림하기 위한 가상의 척도 같은 것이다. 이것은 한국미의 이상에 해당하는 멋이 '격식에 맞으면서도 격식을 뛰어넘을 때' 느껴진다고 말하는 다음의 글에서 잘 드러난다.

다시 말하면, 멋은 먼저 형식상의 격식을 바탕으로 한다. 즉, 격에 맞지 않으면 안

된다. 그러나 격식에 맞는다는 것만으로 멋이 성립되는 것은 아니다. 우리는 격식에는 빈틈없이 맞으면서도 멋이 없는 예술과 행위를 얼마든지 볼 수 있기 때문이다. 이런 뜻에서 본다면, 멋은 격식에 맞으면서도 격식을 뛰어넘을 때, 바꿔 말하면 격이 맞는 변격(變格), 변격이면서 격에 제대로 맞을 때 거기서 멋을 느낀다는 말이다. 그러므로, 우리는 이것을 초격미(超格美)라고 부르는 것이다. 다시 말하면, 이는 '변격이합격(變格而合格)'이요 '격에 들어가서 다시 격에서 나오는 격'이라 할 수 있다. *조지훈, 「멋의 연구」

한국의 격은 들어갔다가 다시 나오기 위한 열린 틀거리에 가까운 것이다. 이같은 사실은 조선 예술의 성과를 총결산하는 최고의 경지를 이룩한 추사 김정희의 다음과 같은 글을 통해 짐작할 수 있다.

此爲瘦式, 寫蘭之最難得格者. 居士
此爲終幅也. 不作新法, 不作奇格, 所以斂華就實. 居士 寫贈茗薰 (「蘭盟帖」)

여기서는 수식(瘦式)과 득격(得格)이 댓구가 되고, 부작기격(不作奇格)과 염화취실(斂華就實)이 댓구가 된다. 이것을 문장 전체에서 발라내어 의미를 부각시켜보면, 첫째 수식 득격이란 식(式)을 최소화해야 격(格)을 최대화할 수 있다는 것이며, 둘째 부작기격 염화취실이란 화(華, 형식)를 거두어야만 실(實, 내용)로 나아갈 수 있기 때문에 격식만을 좇는 기이한 격식은 사용하지 않는다는 것이다.
이같은 추사의 글을 통해 우리는 격에 대한 한국인의 애증을 만날 수 있다. 그것은 형(形)의 격, 육체의 격을 멀리하고 상(象)의 격, 정신의 격을 가까이하는 것이며, 궁극적으로는 진선미를 종합한 정신성으로 나아가는 것이다.

이에 이르러 멋은 이미 도의 경지임을 알 것이다. 다시 말하면, 미적 가치의 하나인 멋은 특수미로서 도리어 진(眞)의 가치, 미(美)의 가치를 종합하고 넘어서 성(聖)의 가치에 도달한 것을 알 수 있다. 미로 들어가 미를 벗어나는 '멋'은 미 이상 곧 선이미(善而美), 진이미(眞而美)이면서 또한 그대로 미의 범주인 셈이다.

*조지훈, 앞의 글

그렇다면 일본에는 기교보다 스케일이 큰, 도의 경지와 견줄 만한 정신성이 포함된 격의 개념이 존재하지 않는 것일까. 물론 일본에도 격이 있다. 그러나 그것은 한국의 격과는 구별되며, 차라리 일본의 기교와 통하는 것이다. 이를테면 스타일에 가까운 것이랄까.

예를 들면 봉건적 하이어라키(위계질서)의 표현인 격식(格式, the rank and status system)처럼, 그에 의하면 "무릇 오늘날의 세상에서는 누구에게나 격이라는 것이 있다. 사물의 도리를 알지 못하는 사람은 마치 제도가 그런 것처럼 생각한다. 그러나 오늘날 세상에 있는 격이라는 것은 옛날부터 전해져 내려온 예(禮)도 아니며, 또 위에서 만든 것도 아니다. 그 속에는 때로 위에서 정한 것들이 있긴 하지만, 그 어느것이나 모두 그 시대의 풍속으로 자연스럽게 생겨난 것으로서… 그야말로 제도라는 것은 일찍이 존재하지 않던" 그런 것이다. *마루야마 마사오, 『일본 정치사상사 연구』

일본의 격이란 위계질서의 표현인 격식을 의미한다. 따라서 그것은 첫째 '때에 따라 넘나드는 틀거리'인 한국의 격과는 달리 '넘나듦이 가능하지 않은 세부항목'을 말한다. 둘째 그것은 '옛날부터 전해져 내려온 예'가 아니라 '그 시대의 풍속으로 자연스럽게 생겨난 것'으로서, 풍속의 덧없음을 특징으로 하는 물질적이며 가변적인 것이다. 주목해야 할 것은 격과 관련된 일본의 글들에서 정신성 또는 진리에 대한 언급을 찾을 수 없다는 것이다. 이것은 일본의 사상을 대표하는 신토 또는 가쿠고쿠가 카라고코로(漢意)라고 불리는 중국적(한국적) 도학을 부정하고 마고코로(眞意)라고 불리는 일본적 인욕을 긍정하는 것과도 통한다.

… 따라서 신토에 어떤 도덕적인 가르침을 논한 책이 없다는 사실이야말로 바로 진정한 길이라는 증거이다. 무릇 사람을 가르쳐서 어떤 방향으로 나아가게 하는 것은 원래 올바르고 적절한 길이 아니다. … 그런 가르침이 없다는 것 자체를 존중해야 할 것이다. *마루야마 마사오, 앞의 책

　　그렇다면 한국인은 '때에 따라 넘나드는 틀거리'인 격을 중시한 반면, 일본인은 '넘나듦이 가능하지 않은 세부항목'인 기교를 중시한 까닭은 무엇일까. 그것은 한국인의 미의식과 일본인의 미의식이 본질적으로 성격을 달리하기 때문이다. 그렇다면 양자의 차이는 무엇일까. 그것은 서예의 근본을 밝힌 추사의 글에서 잘 드러난다.

비었다는 것은 그 형태이고 충실하다는 것은 그 정기(精氣)다. 그 정기라는 것은 제 몸뚱이의 충실한 것이 지극히 빈 가운데에서 무르녹아 맺힌 것이다. 오직 그 충실한 까닭으로 힘이 종이를 뚫고, 그 빈 까닭으로 정기가 종이에 맑게 배어나온다. *「서결」, 「추사집」

　　비어 있는 형태에서 충실한 정기가 배어나오는 것. 육체의 기교를 멀리하고 정신의 격을 가까이하는 것. 이같은 한국의 미를 직접적으로 이해할 수는 없고 다만 일본인의 미의식을 통해 간접적으로 짐작할 수밖에 없던 야나기는, 그것을 완전하지 못하고 갖추어지지 못한 비어 있는 형태로서 받아들였다. 사물은 상과 형이 하나로 결합하여 이루어지는 것인데, 양자는 서로 반비례 관계에 있어 하나가 평균 이상으로 빼어나면 다른 하나는 평균 이하에서 어릿거리는 경향이 있

기 때문이다.

그 반면 건축이 갖는 조형미에 직접 영향을 미치지 않은 세기(細技) , 즉 극히 세부적인 부분에 가해진 공예적인 장식적 또는 양식적 의장에 대해서는 이를 과감히 버리고 있는 사실도 간과할 수 없는 우리의 건축 활동의 한 기본태도였다. … 또 우리 목조 건축이 한 조형 미술로서 건축물 전체를 미적 대상으로 삼는 데 반해서 일본의 목조 건축은 건축 전체의 조형미는 거의 잃어버리고 단지 건축을 구성하는 부분적인 요소에만 치밀하고 복잡한 장식적 의장을 부가하여 건축을 부분적인 공예품의 집합체로 타락시키고 말았다. *김정기, 「한국의 건축과 미의식」

따라서 상의 아름다움을 추구하는 한국의 미를 형의 아름다움을 추구하는 일본인의 미의식을 통해 바라본 야나기는 거기에 불가사의한 신비의 분위기를 덧씌워 부정형, 불균제, 불균등 같은 것으로 정리해낼 수밖에 없었다.

이것을 부정형(不定形)이나 부정형(不整形) 등으로 말해도 좋지만, 알기 쉽게 기수(奇數)의 아름다움이라고 부르고 싶다. 기란 그냥 기괴란 의미가 아니라 우(偶)에 대한 기(奇)로 '정리되지 않은 상태'이다. 형태를 불균제 부정비한 채로 두는 것으로, 요컨대 파형은 불균등(Asymmetry)과 상통한다. 이것을 간단히 기라든지 기수라는 말로 나타내는 것은 나누어 떨어지지 않는 것의 깊이를 나타내기 위한 것이다. *야나기 무네요시, 「기수의 아름다움」

중국과 조선의 도자기가 왜 이렇게나 아름다운가 하면, 불규칙 속의 규칙, 미완성 속의 완성이 흐르고 있기 때문이다. 일본의 많은 작품은 완성의 버릇에 치우치는 까닭에 종종 생기를 잃는다. *야나기 무네요시, 「도자기의 아름다움」

그가 일본의 도자기를 한국의 도자기와 비교하면서 내보인, 가벼운 한숨 같기도 하고 썰렁함 같기도 한 느낌 역시 이같은 차이에서 비롯된다.

그러므로 '고려의 것'에서 '일본 것'으로 간 것은 역사적 추이지만, 고양된 것이라고는 할 수 없다. 자유스러움이 '일본 것'에서 오히려 흐려졌기 때문이다. 자유의 부족이나 자유의 혼탁이라고도 할 수 있다. 오히려 사로잡힌 모습으로 나타나는 것은 큰 모순이라고 할 수 있다. '라쿠'는 자연스러움이 아니라 인위적인 것으로 일관하였다. 이것이 '라쿠'의 약점이라고 할 수 있다. *야나기 무네요시, 「기수의 아름다움」

그러나 차이와 다름을 쌍방적인 취향의 시선으로 바라보는 대신 일방적인 이데올로기의 시선으로 바라보는 오리엔탈리즘의 욕망은, 이같은 슬몃한 열패감을 또다시 슬며시 뒤집도록 만들었다. 한국의 미를 타력의 소산으로, 일본의 미를 자력의 소산으로 왜곡하는 '제논에 물대기'로 이야기를 끝맺은 것이다. 일본인이 난행(難行)을 감수해야 하는 까닭은 그들이 선택한 자력 성불의 대가이며, 조선인에게 이행(易行)이 허락되는 까닭은 그들이 자의식을 포기하는 타력 성불을 선택했기 때문이라는 것이다. 바로 이 '자의식을 포기한다'는 대목이 그가 말한 한국 예술의 '무의식의 미'와 관련된다 .

어쨌든 자력의 일문(一門)을 빠져나가는 '라쿠'인 이상 난행이 따라다니기 마련이다. 조선의 물건들이 타력의 도에 의해서 성불을 이루었던 것과는 종류가 다른 것이다. *야나기 무네요시, 「앞의 책」

그러나 조선의 둥근 달항아리는, 그의 말처럼 한국의 미가 타력에 기대어 이루어진 것이 아님을 빙그레 곰삭은 웃음으로 전해준다. 그것은 철없는 아이의 천진함이 아니라 철없는 아이와도 같은 경지에 올라선 대가의 원숙함에 비유된다. 그것은 고도의 정신적인 수양을 비롯한 피나는 단련을 거쳐야만 도달할 수 있는 경지이며, 다시 그같은 경지에 집착하지 않는 자유로움을 얻을 때 비로소 머물 수 있는 경지이다.

그러나, 이 원숙성은 원숙하여 도리어 아졸미에 도달하기도 한다. 이것이 바로 대오하고 보니 대오하기 전과 같더라는 소식이다. 늙으면 도리어 아이와 같아진다는 얘기다. 그러므로, 멋은 원숙을 발판으로 하면서도 그 원숙에서 오는 능란함의 무난을 뛰어넘지 않으면 안 된다. 그러므로 원숙은 초규격의 바탕이지만 초규격이 곧 원숙은 아닌 것이다. 추사의 글씨가 이러한 문제의 좋은 예가 될 수 있다. *조지훈. 「멋의 연구」

근대적 자의식과 한국 예술의 민예성

야나기의 한국 예술론은 민예라는 한마디로 요약되는데, 그것은 도자기를 비롯한 조선 예술에 조테모노(上手物, 예술적 명물)와 게테모노(下手物, 일상적 잡기)의 명확한 차이가 없다는 것이다. 야나기의 민예론은 조선 예술의 경우 대부분의 조테모노가 게테모노의 성격을 지닌다는 그의 '발견'에서 시작된다.

그러나 조선에서 말하는 조테모노는 일반적인 조테모노 개념과는 일치하지 않는다. 성질이 아주 특별하다. 보아서 알 수 있듯이 조테모노에 따르게 마련인 정교함이 없다. 형태도 간소하고 그림도 간소하다. 더구나 회화풍의 묘사는 없다. 대부분이 약화이다. 보면 게테모노(보통 일상적으로 사용하는 잡기로 대량 생산되는 것, 조잡한 것)와 공통된 데가 얼마나 많은가. 저 청나라 때의 관요 오채(五彩)와 일본의 번요 이로나베시마(色鍋陶, 적·녹·황을 주로 한 회화가 아주 치밀하였다)와 비교해보면 얼마나 큰 차이가 있는가. 다시 말하면 이 조선시대에는 조테모노와 게테모노의 명확한 차이가 없는 것이다. *야나기, 『공예』 제13호의 「이번 호의 삽화」

조선 예술이 잡기나 민예의 성격을 지녔다는 야나기의 발견은, 조선 예술에는 기교도 없고 작위도 없고 의식도 없다는 그의 주장을 뒷받침하는 증거로 내세워진다. 조선 예술의 아름다움은 기교에 대한 특별한 의식 없이 작위에 의지하지 않고 만들어진 잡기나 민예의 성격에서 비롯된다는 것이다. 그런데 그는 이같은 조선 예술의 민예성을 조선사회의 전근대적인 정체성(停滯性)의 물증으로 내세운다.

… 근대 작품들의 놀라운 타락은 쓸데없는 기교의 착잡성에 있다고 할 수 있을 것이다. 자연을 떠난 작위는 미의 말살에 지나지 않는다. … 그럼에도 불구하고 예술의 역사에서 실로 흥미로운 이례를 조선시대의 요예에서 찾아볼 수 있다. … 실로 꼼꼼한 기교란 그들이 모르는 수법이었다. 도공은 그야말로 천진하고 자연스럽게 하나의 그릇을 빚어냈다. … 조선 도자기의 미는 자연이 보호해주고 있다고 생각한다. 아치(雅致)는 모두 자연이 준 혜택이다. 이것이야말로 말기 예술에 나타난 놀라운 이례가 아닌가. *야나기 무네요시, 「조선시대 도자기의 특질」

야나기에게 있어 기교와 의식과 작위란 거기에 불쾌함과 불미스러움과 불경스러움의 뉘앙스가 덧붙는다고 해도, 어쨌든 그것들이 경의를 받아 마땅한 근대와 동의어라는 사실이 달라지는 것은 아니다. 여기서 우리는 야나기의 의식을 일차적으로 규정한 것이 근대 일본인의 자의식이라는 자명한 사실을 새삼스럽게 확인할 필요가 있다. 이것은 그가 졸업한 동경제국대학이 일본의 근대적 작위를 위해 의식적으로 성립된 기관이라는 사실을 통해 분명하게 드러난다.

동경대학은 일본 최초의 관립대학으로서 메이지유신 정권의 수립 이후 10년이 지난 1877년에 기존의 동경개성학교와 동경의학교를 합하여 설립된 것이다. 바로 동경제국대학이야말로, 본서의 제2장의 제6절과 그리고 제3장의 주제가 밝히고 있는 '작위(作爲)'의 성격을 구현키 위한 매우 구체적인 의도에서 의식적으로 성립한 기관인 것이다. 다시 말해서 토오바쿠(討幕)를 부르짖은 손노오죠오이(尊王壤夷)론자들이 내세운 새로운 작위관, 그것은 흑선으로 상징되는 외부세력에 대한 강력한 중앙집권의 새로운 정체의 탄생을 의미하는 쿠니즈쿠리(國造り)라는 바쿠마쯔(幕末)의 시시(志士)들의 열망을 실현키 위한 구체적 방법론의 성립을 의미하는 것이다. 동경제국대학이야말로 메이지 텐노오의 테이코쿠(帝國)를 구체적으로 운영해나갈 영재들을 수급하기 위한 의도된 목적으로 수립된 것이다. *김석근이 번역한 마루야마 마사오의 『일본정치사상사』에 김용옥이 붙인 해제에서

같은 맥락에서, 우리는 한국 최초의 근대적 미학자인 고유섭의 주장을 의미심장하게 되새겨봐야 한다.

이 뜻에서 보자면 조선에는 근대적 의미에서의 미술이란 것은 있지 아니하였고 근일의 용어인 민예라는 것만이 남아 있다. 즉 조선에는 개성적 미술, 천재주의적 미술, 기교적 미술이란 것은 발달되지 아니하고, 일반적 생활, 전체적 생활의 미술 즉 민예라는 것이 큰 동맥을 이루고 흘러내려왔다. … 고구려, 백제는 물론이요, 신라의 미술도 고려의 미술도 이조의 미술도 모두 다 민예적인 것이다. … 이렇게 된 원인은 죠닌(町人)사회, 시민사회가 형성되지 못하였던 데도 큰 이유의 하나가 있을 듯하다. *고유섭, 「조선 고대미술의 특색과 그 전승문제」

조선에는 근대적인 의미의 미술은 없고, 전근대적인 의미의 미술 또는 민예만이 있다는 것. 고구려, 백제, 신라의 미술도, 고려의 미술도, 조선의 미술도 모두 다 민예라는 것. 이렇게 된 큰 이유는 조선에 시민사회가 형성되지 못했기 때문이라는 것.

조선에 시민사회가 형성되지 못했다는 것. 야나기에서 고유섭으로 이어지는 민예론의 전제를 이루는 이 명제는 일본의 관제 사학자들이 주장한 식민사관의 핵심이다. 왜냐하면 그것의 실천적인 의미는 근대 국민국가를 형성하여 탈아입구적 진보의 길로 들어선 일본이 동아시아적 정체의 늪에 빠진 조선에게 식민을 통한 근대화의 길을 열어주겠다는 것이기 때문이다.

야나기가 한국 예술에서 민예성을 발견한 것은 무엇 때문일까. 단도직입적으로 말하면 그것은 일본인의 눈으로 한국 예술을, 형식의 기교로 정신의 격을 바라봄으로써 생겨난 발견이자 창작이다. 난쟁이의 잣대로 거인의 키를 잰 것이라고 할까. 그것은 한국 예술의 상의 미의식을 일본인의 형의 미의식으로 바라봄으로써 생겨난 발견이다. 본래 상과 형은 한데 어우러져 사물의 형상을 이루되, 근본적으로 양자는 서로 반비례하기 때문이다.

그러므로 이것을 형상의 대립이라고 한다. 다시 말하면 형(形)과 기(氣)는 언제나 그 세력이 병행하는 것이 아니고, 서로 소장(消長)하면서 외면을 형성한다는 원리를 말하는 것이다. *한동석, 『우주변화의 원리』

그러니까 원경에서는 아(雅)하되 근경에서는 졸(拙)한 한국예술을 일본인의 근경의 시선으로만 본 까닭에 오직 근경의 졸함만이 눈에 들어온 것이다. 이로부터 발견된 것이 바로 무기교, 무작위, 무의식의 민예성이다. 그렇지만 근경의 시선으로 전모를 포착할 수는 없었음에도 불구하고 어렴풋이 느껴지는 원경의 아름다움을 외면할 수는 없었을 터. 그래서 그럼에도 불구하고, 바로 그렇기 때문에 그토록 아름다운 불가사의로서 그것을 설명하고자 했던 것이다. 반복하자면 그는 정신의 격이 세련된 까닭에 형식의 기교는 서투른 것처럼 보이는 한국 예술을 형식의 기교를 앞세우는 일본인의 미의식으로 바라보았다. 따라서 세련됨은 지나쳐 버린 채 서투름만이 눈에 들어온 것이다. 그러나 어렴풋이나마 정신의 아름다움을 느낄 수는 있었기에, 볼 수 없으나 느낄 수는 있는 한국 예술의 아름다움에 불가해한 신비주의를 덧칠했다. 다음 글에 등장하는 '숨겨진 힘'이라든가 '밀의'라든가 하는 표현들이 그같은 신비주의의 편린들이다.

이상 이들 갖가지 성질을 통해 전체의 특성이 마침내 미추 중의 하나로 운명이 결정된다. 이것은 말로 표현하기 힘든 특성이다. 아무리 기공(技工)이 세련되었어도 맛을 잃어버리면 공허하다. 기품과 조용함과 깊이 등 모든 것을 숨겨진 힘이 낳는 것이다. 요컨대 밀의(密意)가 도공의 마음으로 되돌아가는 것이다. *야나기 무네요시, 「도자기의 아름다움」

　　밀의가 도공의 마음으로 되돌아가다니, 이것이 대체 무슨 말인가. 그는 한국의 미와 일본인의 미의식의 거리를 신비로서 메워버리고자 한 것이다. 이것이 일본인 야나기의 독백으로만 끝났다면, 우리는 그것을 초점이 빗나간 짝사랑쯤으로 여기고 지나쳐 버렸을 것이다. 그러나 그것은 제국의 지식인이 식민지의 예술에 대해 휘두른 오리엔탈리즘의 권력에 힘입어 식민지의 지식인들에게 덮어씌워졌고, 마침내 수많은 한국인들의 저다움을 비추는 거울로 자리잡았다. 따라서 그것은 결코 심상한 얼굴로 지나쳐버릴 수 있는 것이 아니며, 특히 우리 안의 그것은 정색을 하고 맞대면해서 청산해야 할 식민주의의 잔재다.
　　난행을 무릅쓰고 자력의 일문을 빠져나가는 일본인의 근대적 미의식과, 자유니 의식이니 하는 것들은 도무지 알지 못한 채 타력의 성불에만 의존하는 한국인의 전근대적 무의식의 선명한 대비. 그같은 선명함을 한층 도드라지게 만들어준 근대의 눈부신 태양 앞에서 아득히 자신을 놓아버린 사람들. 야나기가 마련해준 조선 예술의 천진한 민예성, 조선 도공의 순박한 무지 따위로 자신의 누추함을 가까스로 가린 근대 한국인의 슬픈 자화상. 이제는 이같은 식민의 담론과 결별할 때가 되었다.

자연과 작위를 통합시킨 일본의 세

그럼에도 불구하고 여전히 미진한 마음이 남는가. 그렇다면 그것은 한국 예술에 대한 야나기의 사랑에서 어딘가 간절한 느낌이 전해오기 때문이다. 바로 이것 때문에 한국인들이 그의 사랑을 돌아보게 된 것이라면, 이 자리에서 그것의 본질을 분명하게 짚고 넘어갈 필요가 있다.

흐르는 듯한 선과 쓸쓸한 모양에서 나는 종종 그 자연과 인정을 읽을 수 있었다. 언제나 그들은 나에게 아름다움을 선사하고, 나는 마음을 선사한다. 이처럼 내 마음이 그 모습에 강하게 끌릴 때 나는 그 작품들을 통하여 그 민족이 무엇을 구하고 무엇을 호소하는가를 친숙하게 들을 수 있다. 나는 종종 눈물을 흘리면서 엉겁결에 그것들을 내 손으로 감싸서 들어올린다. *야나기 무네요시, 「조선민족 미술관' 설립에 관하여」

야나기로 하여금 눈물을 흘리도록 만든 '자연과 인정'은 타고난 자연스러움을 내세우는 일본 국학의 자연주의를 배경으로 한 개념이다. 이 자연이라는 개념의 배후에는 작위로서의 '중국적인 것'에 대한 일본적인 자의식뿐 아니라, 작위로서의 '서구적인 것'에 대한 동양적인 자의식도 자리잡고 있다.

이제 우리는 일본사상사의 배후에 드리워진 작위와 자연이라는 한쌍의 개념과 정면으로 맞닥뜨리게 되었다. 그것은 중국적인 것과 서구적인 것을 망라한 비일본적인 것으로서의 작위와 일본적인 것으로서의 자연을 대립시킨 것이다. 이 경우의 자연은 신토와 가쿠고쿠의 뼈대를 이루는 일본정신의 핵심이다.

야나기가 이처럼 일본정신의 핵심인 자연을 미학 이론의 중심에 놓게 된 계기는 무엇일까. 그것은 그가 일본의 귀족 교육기관이자 일본의 관제학문 – 동양사학의 산실인 학습원 고등학교에서 가장 일본적인 인간으로 성장했기 때문이다.

여기서 한가지 의문이 생겨난다. 학습원 고등학교 출신인 야나기가 내세우는 일본적인 자연과 동경제대 출신인 야나기가 내세우는 근대적인 작위가 모순으로 느껴진다는 것이다. 그렇다면 양자는 그의 마음 속에서 어떤 방식으로 통합되었을까. 이와 관련해서 우리는 일본인 특유의 세 개념을 주목할 필요가 있다.

… 이와 같은 정치의 고유 법칙성에 대한 어느 정도까지의 통찰은 당연히 정치에 있어서의 비합리적인 모멘트의 인식으로 이끌어간다. 세(勢, the momentum of events)라든가 시세(時勢, the trend of the times)로 불리는 것이 그것으로서, 예를 들면 "담배 같은 것은 편리한 음식도 아니고 잘 듣는 약도 아닌데 남녀노소를 막론하고 그것을 좋아하거나" 혹은 "많은 경우 술이 사람들을 갑작스럽게 멈추게 할 수 없는 것. 이를 세라 하는 것이다." 그런데 속된 학문을 하여 입바른(俗學利口) 무리들은 세를 알지 못하면서 오히려 그것을 도리가 없는 일이라 하고, 그것이 길(道)에 어긋난다고 하면서, 그것을 사용하는 것을 즉각적으로 금지해야 한다고 도그마틱하게 주장한다. … 같은 근거로 풍속의 교화에 대해서도 "놀고 먹는

자리(遊宴)를 만들어서는 안되며, 풍류를 좋아해서는 안되며, 아래의 일반 민간인들과 어린아이들까지 길(道)을 일삼아야 하며, 책을 읽고 문장을 지어야 하며, 큰 소리를 내는 것은 물론이고 심지어 노래 부르는 것조차도 꺼리면서, 이를 풍속이 바른 것이라고 생각하는 것은 속된 유학자들의 다른 견해, 말세의 입바른 사람들의 말인데, 그것은 그들이 인간의 정을 모르고 있기 때문이다. 이것이 바로 송나라 유학자들이 백성들을 새롭게 한다(新民)는 마음"이라 한다. 여기서 일관되게 비판받고 있는 것이 도학적 합리주의라는 점은 분명하다고 하겠다. *마루야마 마사오, 『일본 정치사상사 연구』

세라는 것은 도학을 부정하고 인욕을 긍정하는 일본적 사고의 산물이다. 야나기는 일본적 자연을 토대로 삼은 위에, 근대적 작위를 동시대의 세로 쌓아올렸다. 이처럼 불변의 토대와 가변의 세를 하나로 통합한 일본인 특유의 사고는 도덕과 정치를 절충적으로 아우르는 다음의 글에서도 잘 드러난다.

일본은 중국과 러시아와 대항하여 싸워 이겼고, 그 결과 마침내 조선을 자기 소유로 귀속시켰다. 본디 이러한 일은 도덕적으로는 용납해서는 안 되는 행위이다. 그러나 정치적으로는 부득이한 일이었을 것이다. 불행하게도 오늘의 정치는 아직 도덕의 경지에 도달하지 못하였다. 그러므로 도덕적인 견지에서는 충분히 일본이 비난받을 여지가 있지만, 한일합방이라는 결과에 대해 조선 자신도 절반은 책임을 져야 한다고 생각한다. *야나기 무네요시, 『조선·일본 문제의 어려움에 대하여』

바로 이런 이유 때문에, 조선 예술이나 조선인에 대한 야나기의 글 속에는 언제나 정서적인 경애와 이성적인 폄하가 동시에 존재했다.

저 아무것도 배우지 못한 조선 도공들에게 그러한 지적 의식이 있었다고는 생각할 수 없다. 아니, 이러한 의식에 사로잡히지 않았기 때문에 자연스러운 그릇이 만들어진 것이다. 그렇다면 이도 다완에서 보이는 모든 '볼 만한 요소'는 자력의 소산이 아니다. 보이지 않는 어떤 무한한 외부적인 힘이 그들로 하여금 아름다움을 만들어내게 한 것이다. 이도는 태어난 기물이지, 만들어진 기물이 아니다. 그 아름다움은 부여된 것이고, 은총이며, 주어진 것이다. 자연에 순종하는 태도가 이러한 은총을 받은 것이다. *야나기 무네요시, 「기자에몬 오이도'를 보다」

　　우리는 그의 글 속에 들어 있는 경애의 태도에 귀를 기울일 뿐 아니라 폄하의 태도에도 눈길을 주어야 한다. 식민지 조선에 대한 제국 일본의 근대적인 우월감을 배경으로 해서 조선 예술을 '잡기적인 민예'로 깎아내린 폄하의 태도는 물론이요, 조선 예술을 일본 국학의 타고난 자연스러움을 실현한 '예술적인 명물'로 높여올린 경애의 태도 모두 조선 예술의 참얼굴과는 무관하다. 도대체 남이 억지로 들이댄 잘못된 근거에 따라 나를 터무니없이 깎아내릴 까닭도 없으며, 반대로 터무니없이 높여올릴 까닭도 없다. 이제는 열등감과 우월감으로 착잡하게 덧칠된 지난 세기의 서글픈 자화상으로부터 벗어날 때가 되었다.

3부
한국인의 미의식

음양오행과 상의 미의식

아름다움에는 설명을 덧붙일 필요가 없다. 봄이면 꽃피고 가을이면 잎지는 자연. 두 볼을 발그스레 물들이고 웃음짓는 어린아이. 고혹적인 여인의 자태 위에 신비스런 보살의 모습이 겹친 석굴암 관음보살입상. 마음을 황홀하게 들어올리는 천상의 음악을 들려주는 봉덕사 신종의 비천상. 이쯤 되면 아름다움에 대해 설명이 덧붙이는 것이 도리어 객쩍은 일이다. 그럼에도 불구하고 객쩍은 일을 시도해보자.

황금분할이라는 것이 있다. 선분을 나눌 때, 전체에 대한 큰 부분의 비와 큰 부분에 대한 작은 부분의 비를 같게 만드는 것이다. 황금분할이라는 이름을 붙인 사람은 르네상스 시대의 예술가 레오나르도 다빈치였다. 그러나 이것은 그의 발명품이 아니라 기원전 5세기의 아테네에 세워진 파르테논 신전에서도 발견된 고대의 전승품이다. 황금분할은 서구문화의 기념비적 건축물에서뿐만 아니라 한국문화의 대표적 유물에서도 발견된다. 부여에서 발견된 청동기 시대의 단검, 석굴암의 본존불, 조선 시대의 목가구 같은 것들이 그렇다. 모든 아름다움에는 황금비라는 특정한 비율이 숨어 있으며, 이같은 현상은 동서고금을 막론하고 공통적이다. (계영희, 『수학과 미술』)

서구식의 황금비를 한국식으로 고쳐 말하면 무엇이 될까? 사물의 이치를 수학적으로 계량화하기를 즐기는 서구적인 사고가 파악한 아름다움의 비밀이 황금비라면, 한국적인 사고가 파악한 아름다움의 비밀은 무엇일까? 의문은 이어진다. 서구식의 황금비를 굳이 한국식으로 고칠 필요가 있을까? 황금비가 한국 문화의 대표적인 유물에서도 발견된다면, 한국인 역시 그것을 받아들이면 될 것이 아닌가?

이렇게 생각해보면 어떨까. 깨달음에 도달하기 위한 구도의 길을 가는 사람들은 저마다 다른 화두를 짐지고 그곳을 향해 걸어간다. 아름다움에 도달하기 위한 구도의 길을 가는 사람들도 저마다 다른 취향을 손에 쥐고 그곳을 향해 걸어간다. 누구나 아름다움에 대한 저마다의 취향을 가지고 있으며, 남의 취향이 아닌 나의 취향을 통해 그곳에 도달한다. 서구인은 서구의 풍토와 역사 속에서 황금비라는 취향을 만들어냈고, 한국인은 한국의 풍토와 역사 속에서 다른 이름의 취향을 만들어냈다.

아름다움의 취향을 달리 말하면 미의식이 된다. 물론 서구인의 미의식을 통해서도 석굴암 불상의 아름다움과 만날 수는 있다. 그러나 그것은 장님 코끼리 만지기식이 될 수밖에 없다. 아름다움이란 창조에서 비롯되는 것이요, 창조란 성찰에서 비롯되는 것이며, 성찰이란 백인백색의 취향에서 비롯되는 것이기 때문이다. 따라서 석굴암 불상의 아름다움을 창조의 눈으로 바라보고 그것을 토대로 새로운 아름다움을 창조하기 위해서는, 창조의 주체인 한국인의 미의식으로 석굴암 불상의 아름다움을 꿰뚫어보는 것이 필수적이다.

아름다움이란 창조에서 비롯되는 것이요, 창조란 성찰에서 비롯된다는 것. 이같은 사실을 단적으로 말해주는 예가 성경의 창세기에 나오는 천지 창조의 장면이다. 신은 창조의 막바지인 엿샛날에 사람을 만들어냄으로써, 창조의 클라이맥스를 장식했다. 주목해야 할 것은 신이 '당신의 모습대로 사람을 지어내셨다'는 것이다.

하느님께서는 "우리 모습을 닮은 사람을 만들자! 그래서 바다의 고기와 공중의 새 또 집짐승과 모든 들짐승과 땅 위를 기어다니는 모든 길짐승을 다스리게 하자!" 하시고, 당신의 모습대로 사람을 지어내셨다. … 이렇게 만드신 모든 것을 하느님께서 보시니 참 좋았다. 엿샛날도 밤, 낮 하루가 지났다. 이리하여 하늘과 땅과 그 가운데 있는 모든 것이 다 이루어졌다.

신의 창조란 인간의 창조의 원형이다. 성경 역시 신화 즉 '신에 대한 이야기'의 일종이라면, 그것은 '인간에 대한 이야기'의 메타포에 해당한다. 신이 '당신의 모습대로 사람을 지어내셨다'는 것을 창조의 객체인 인간의 입장이 아니라 창조의 주체인 신의 입장에서 바라본다면, 이것은 창조가 자신을 돌아보는 성찰에서 비롯된다는 것을 의미한다. 그렇다면 다시 성찰은 어디에서 비롯될까. 그것은 백인백색의 취향에서 비롯된다.

흥미로운 사실은 한국어에서 아름다움의 고어인 '아름다옴'의 본뜻이 사호(私好) 즉 '제 마음에 어울린다'는 뜻이었다는 것이다. 그런데 이것이 바로 취향이 아닌가. 한국인은 예로부터 아름다움의 뿌리가 취향에 있음을 강하게 의식해 온 것이다.

그러면 아름답다는 말 그 자체는 무슨 뜻인가. 이 어원을 캐보는 것은 한국적 미의식의 구명에 도움이 될 것이다. … 아름다움이란 말의 고어원형(古語原形)은 '아름다옴'이다. … 이 아름다옴의 아람은 사(私)의 고훈(古訓)이다. … 아름다옴의 다옴은 답(如)이니 꽃답다, 사나이답다 등의 현행어에 그대로 살아 있는 말로서 같다는 뜻의 말이다. 그러므로 아름다움의 원의는 '私好'의 뜻으로 제 마음과 같다, 제 마음에 어울린다는 뜻이 된다. *조지훈, 「멋의 연구」

저다움의 취향이 성찰의 강을 거슬러 창조의 피안으로 올라간다는 것. 이 것은 취향이 단지 미(美)와 관련된 것만이 아님을 말해준다. 성찰의 강에서 피어 나는 안개에는 미뿐 아니라 진과 선도 한데 섞여 있다. 그리하여 고유의 풍토와 역사 속에서 형성된 삶의 지혜를 대표하는 미의식은 진선미를 아우르는 인문적인 가치를 대표한다. 진선미를 아우르는 인문적인 가치를 '멋'이라는 이름의 미의식으 로 이해하는 것은 한국문화의 특징 가운데 하나다.

'좋다'와 '됐다'는 인간의 요구에 부응하는 모든 가치에 통용되는 말이다. 따라서, 그것은 절대가치라는 진·선·미의 한국적 표현인 '참되다' '착하다' '아름답다'의 세 가지 어디에도 통용되는 말이다. '좋은 논문' '좋은 사람' '좋은 시'라는 말은 각기 학술적 가치, 도덕적 가치, 예술적 가치를 평가하는 말로서, 그것은 진실한 논문, 선량한 사람, 아름다운 시를 뜻한다. 뿐만 아니라 우리는 논리 간명한 글을 선필 (善筆) 또는 미문(美文)이라 하고, 선량한 행위를 미덕 또는 진심이라 하며, 아름 다운 예술을 진실 또는 순정이라 해서 진·선·미를 혼용하고 있다. … 이와 같은 사실에서 우리는 한국의 가치관념이 진·선·미의 합일을 지향하고 있음을 알 수 있다. *조지훈, 앞의 글

진·선·미의 합일을 지향하는 한국의 가치관념이 바로 '멋'이다. 멋은 미의 식일 뿐 아니라 정신미를 지향하는 생활의 이념이기도 하다. 따라서 한국인의 미 의식의 비밀을 푸는 일은 한국인의 가치관의 핵심을 탐구하는 일이 된다.

이와 같은 사실은 우리의 멋이 하나의 미의식에 그치는 것이 아니라 생활의 이념

으로까지 승화되었다는 증좌라 할 수 있다. 풍류와 낙천에서만이 아니라, 신의와 비장에서도 '멋'은 느껴지기 때문이다. 멋지게 사는 것은 풍류와 낙천에 있고, 비수(悲愁)와 우민(憂悶)으로 일생을 보내는 것을 멋지게 살았다고는 하지 않지만, 멋지게 죽는다는 것은 풍류낙천 외에도 숭고비장한 최후를 마치는 것을 멋지게 죽었다라고 하는 것을 보면, 멋은 그 근원이 정신미에 있음을 알 수 있다. *조지훈, 앞의 글

한국인의 미의식은 무엇인가. 그것은 한마디로 상의 아름다움을 추구하는 것이다. 상이란 무엇인가. 그것은 형과 대립하는 개념이다. 예로부터 한국인은 형과 상이 하나로 어우러져 사물을 이룬다고 생각했다. 그 결과 생겨나는 것이 사물의 형상이다. 하지만 사람의 눈에 익숙한 것은 어디까지나 형인 까닭에 무형의 상에 대해 말하는 것은 불가능하게 느껴진다. 하지만 그것이 반드시 불가능한 것만은 아닌 것이, 상이란 형의 기본을 이루는 것일 뿐 아니라 형을 통해 자취를 드러내는 것이기 때문이다.

상(象)이라는 개념은 형(形)과는 바로 반대되는 개념이다. 만일 형을 인간의 감각에 쉽게 느껴질 수 있는 것이라고 한다면, 상은 일반적인 인간 즉 명(明)을 잃은 인간이나 또는 자연법칙을 관찰할 줄 모르는 사람에게는 인식되기 어려운 무형을 말하는 것이다. 그렇다면 상은 사실상 무형인가 하면 반드시 그런 것은 아니다. 다만 세속적인 사회생활과 거기에서 오는 사욕 때문에 어두워진 근시안적인 사람의 이목에만 무형으로 나타나는 것뿐이다. … 형과 상은 이와 같은 관계에 있는데도 불구하고 인간은 형을 볼 수 있지만 상을 관찰하지는 못하는 것이다. 왜 그런가 하면 상이 비록 무형이라고 할지라도 그것이 바로 형 이전의 기본이라는 원리를 모르기 때문에 모든 형은 반드시 기미를 나타내고 있다는 사실에 몽매하게 됨으로 인하여, 형에서 상을 찾으려고 하지도 못하며 또는 그 법칙을 공부하려고도

하지 않는 것이다. *한동석, 『우주변화의 원리』

형을 통해 상의 자취를 포착한다는 것. 이것은 무슨 도사나 점쟁이의 소관인가. 하지만 한국인에게는 예로부터 이것이 장삼이사의 일상 속에 자리잡았는데, 한국인의 국민 상식인 음양오행사상의 기초가 바로 상이었기 때문이다. 한국인에게 있어 음양오행사상을 관통하는 상이란 언제든지 곁에 놓아두고 사용해온 일상의 척도였다. 음양오행사상은 크게 형이상의 측면과 형이하의 측면으로 나누어진다. 형이상의 측면이란 도가와 유가의 철학으로 전개된 우주의 생성론이며, 형이하의 측면이란 음양가에 의해 발전된 만물의 변화론이다. 음양오행사상은 이처럼 우주의 생성론과 만물의 변화론이 결합하여 인식과 실천의 체계를 이룬 것인데, 이것들은 모두 형 너머의 상이라는 프리즘을 통해 우주 만물의 본질에 접근하고자 했다.

물론 장삼이사의 한국인들 모두가 추상적인 이론인 음양오행사상을 철학적으로 이해하지는 못했을 것이다. 그러나 그들은 적어도 구체적인 척도인 음양오행사상을 일상적으로 체득했다. 이같은 사실은 의식주를 비롯한 한국문화 전반의 세부 항목을 주의 깊게 들여다본 사람이라면 누구나 쉽게 알 수 있다. 암키와와 수키와를 요철로 결합시킨 것도 음양의 조화를 염두에 둔 것이요, 한 개의 둥근 숟가락은 양이고 두 개의 긴 젓가락은 음으로 보아 수저를 함께 사용한 것도 마찬가지 이치다. 태극처럼 음양의 조화를 표현한 문양을 즐겨 사용한 것도 그런 것이요, 사상의학에 따라 화(火)로 분류된 '비장이 큰' 소양인은 찬 음식을 가까이하고 '비장이 작은' 소음인은 더운 음식을 가까이하는 섭생의 이치를 따른 것도 마찬가지다. 혼례함에 들어가는 색실이나 신방의 이부자리, 꼭두각시 놀음에서 보이는 벽사 기원의 인형에 이르기까지 양(陽)을 대표하는 홍색과 음(陰)을 대표하는 청색을 배합한 청홍색이 가는 곳마다 눈에 띄는 것도 역시 마찬가지다.

다시 음양오행이란 무엇인가. 그것은 우주와 만물의 성질에서 상을 취한

다음 음양의 개념을 붙이고 다시 오행의 개념으로 세분화한 것이다.

이와 같이 만물의 과정적 변화에서 그 원리를 연구할 수 있는 계기가 마련되었고, 그 계기에 의하여 수립된 법칙이 바로 음양오행의 운동법칙이며 동시에 만물과 우주의 본원도 여기에서 찾아낼 수 있게 되는 것이다. 이 법칙은 우주간의 모든 변화현상을 탐구할 수 있는 대본(大本)이기 때문에 … 이것은 그의 성(性)과 질(質)에서 상을 취하여 가지고 음양이란 개념을 붙인 것이다. … 그러므로 우주의 변화하는 상태는 사실상 음양운동인 바 이것을 좀더 구체적으로 보면 오행운동이고 추상적(요약하여서)으로 보면 음양운동인 것이다. *한동석, 「우주변화의 원리」

　　음양오행사상의 형이하의 측면에 해당하는 만물의 변화론이 한국인에게 일상의 구체적인 척도로 사용되어 온 것은, 상(象)이라는 것이 한국인의 삶에서 차지해 온 만만치 않은 비중을 짐작하게 한다. 음양오행사상은 눈에 보이지도 않고 이렇다고 집어 말할 수 없음에도 불구하고 한국인의 마음 속에 살아 숨쉬는, 언제든지 곁에 놓아두고 사용되는 일상의 척도였다.

　　나는 박수근(1914 ~ 1965)의 그림을 좋아한다. 거기에는 식민지와 전쟁을 연이어 겪고난 후 고단하고 지친 모습을 한 한국인의 자화상이 등장한다. 머리에 수건을 쓴 채 정담을 나누는 아낙들. 눈을 내리깐 채 아기를 업은 깜장고무신 단발머리의 소녀. 인생살이의 고단함을 말없이 삼키는 중늙은 여인과 곁에 놓인 항아리. 아이를 업거나 '다라이'를 이고 벌거벗은 나무 아래를 서성이는 여인들. 박수근의 그림을 보고 있으면, 그림 속 사람의 마음이 그림 밖 사람의 마음으로 다가오는 듯이 느껴진다. 그는 '눈에 보이는' 사람들이 아니라 '눈에 보이지 않는' 그들의 마음을 그리고자 한 것이 아닐까.

　　나는 우리땅 절벽마다에 새겨진 부처님들을 좋아한다. 마애불이라고 불리는 이분들은 하나같이 웃는 얼굴들이다. 하지만 마애불이란 게 어떻게 만들어졌을지를 한번 상상해보라. 바위 속에서 부처님 얼굴을 찾아낸 그이들은 깎아지른 바위 앞에 옹색하게 버티고 서서, 바위들 가운데 제일 단단하다는 화강암을 조심스럽게 깎아 내려갔을 것이다. 그런데도 부처님들은 저토록 넉넉한 웃음을 머금고 계시다. 경주 남산 탑곡의 부처님을 만나보았는가. 하늘에서 나리시는 일곱 분의 비천을 햇살처럼 드리운 채 밝은 해님처럼 웃고 계시다. 서산의 마애삼존불은 또 어떤가. 널찍한 이목구비에 걸맞은 숭굴숭굴한 자비의 미소가 백제의 미소라고 불림직한 정겨움을 느끼게 한다. 어쩌면 그이들은 '눈에 보이는' 부처님들이 아니라 그분들의 웃음 너머에 자리잡은 '눈에 보이지 않는' 보리심을 그리고자 했을 것이다.

박수근의 인물은 마애불의 부처님을 닮았다. 무엇보다 박수근 화폭의 독특한 질감이 마애불 표면의 질감을 연상시키기 때문이다. 하지만 정작 화강암 마애불과 박수근 인물의 닮은 점을 꼽으라치면, 그것은 질감 너머에 존재하는 무엇이다. 박수근이 도달한 어눌한 듯하면서도 격조 넘치는 성찰의 시선은, 우둘투둘 졸(拙)한 듯하면서도 부드러운 아(雅)를 발하는 화강암 마애불의 상의 미의식과 놀랄 만큼 겹치기 때문이다.

박수근은 한국인의 몸 속에 '기억 속의 심상'으로 저장된 화강암 마애불을 오늘의 살아 있는 전통으로 새롭게 창조해냈다. 박수근의 인물과 마애불의 부처님은 꿈 속에서처럼 흐릿한 모습을 하고 있다. 희한한 것은 이들의 모습이 흐릿해지면 질수록 이들의 마음이 한층 또렷하게 느껴진다는 것이다. 그렇다면 '눈에 보이지 않는' 것들을 보기 위해 눈을 감듯이, 박수근의 인물과 마애불의 부처님은 그들의 마음을 드러내기 위해 짐짓 흐릿한 모습을 한 것인지도 모른다.

또 비록 기교가 없이 소박하고 세부 표현이나 기술적인 완벽성이 어느 정도는 결여되어 있으나, 이는 더 큰 의미의 전체적인 통일감과 생동감을 위하여 희생된 것임을 알 수 있다. *김리나, 「한국의 고대 조각과 미의식」, 『한국 미술의 미의식』

'눈에 보이는' 형 너머에 존재하는 '눈에 보이지 않는' 상의 아름다움을 추구하기. 이 때문에 흔히 멋이라고 불리는 한국인의 미의식은 형태미를 넘어서는 정신미의 성격을 지닌다. 박수근의 그림과 마애불에서 흘러넘치는 격조 높은 성찰의 시선도 이로부터 비롯된다. 흥미로운 사실은 사상이 일상의 척도로 작용할 경우 취향의 형태를 띤다는 것이다. 따라서 본래 취향으로부터 형성된 사상은 다시 취향을 통해 전승되며, 취향을 통해 퍼져나간다. 따라서 취향으로서의 한국인의 미의식에는 음양오행사상으로 체계화된, 상에 주목하는 한국인의 사상이 담겨 있다. 특히 상이란 형상에서부터 심상에까지 걸친 다양한 스펙트럼을 지니고 있으므로, 그 속에는 미의 문제뿐 아니라 진과 선의 문제까지 포함된다. 그리하여 한국인의 미의식을 돌아보는 것은 한국인의 가치관 전반을 돌아보는 것이기도 하다.

화강암의 아름다움과 원경(遠景)의 미학

한국의 미를 대표하는 문화유산 가운데는 돌로 된 조각이 유난히 많다. 중국에는 벽돌로 만든 전탑이 많고, 일본에는 목탑이 많으며, 한국에는 석탑이 많은 것도 이 때문이다. 돌로 된 조각 가운데서도 특히 눈에 띄는 것은 화강암 조각이다. 유네스코의 세계문화유산으로 지정된 경주 남산의 불상을 비롯해서 온 나라에 지천으로 널린 불상이 대표적인데, 특히 절벽의 돌에 부조로 새긴 마애불이 눈에 띤다.

이처럼 한국에 화강암 조각이 많다는 사실은, 한반도 토양 모재(母材)의 3분의 2가 화강암과 화강편마암으로 이루어진 사실에 비춰보면 당연한 일이다. 하지만 화강암은 대리석이나 사암 등과 비교할 때 훨씬 단단한 데다 표면이 거친 탓에 조각의 재료로 삼기에는 적합하지 않은 것도 사실이다. 따라서 한국에 화강암 이외의 돌들 역시 많음에도 불구하고, 화강암이 한국인의 손에 유달리 익숙하게 다루어졌을 뿐 아니라 심지어 그것으로 만들어진 작품들이 한국의 미를 대표하는 것으로 손꼽힌다는 것은 주목할 만한 일이다. 반복하자면 그것은 가까이서 보기에는 졸한 듯하지만 멀리서 보면 아를 발하는 화강암의 질감이 상의 아름다움을 추구하는 한국인의 미의식과 맞아떨어졌기 때문이다.

상의 아름다움을 추구하는 한국인의 미의식. 상의 기미를 잡아내는 것이 도통 비현실적으로 느껴지는 오늘의 한국인에게 이것은 버거울 뿐 아니라 귀신 씨나락 까먹는 소리처럼 황당한 것으로 들릴 수도 있다. 그렇다면 다음과 같은 시도를 해보는 것은 어떨까.

박수근의 작품이든, 한반도의 어느녘에서 마주치는 화강암 마애불이나 여타의 화강암 조각이든, 아니면 일상에서 만나는 여느 문화유산이든 간에 그것을 조용히 바라보되, 그로부터 적어도 몇 걸음이나 몇 마장 떨어진 자리에서, 육체의 눈을 가늘게 뜬 대신 영혼의 눈을 크게 뜨고, 근경의 미학이 아닌 원경의 미학으로 바라보라. 만약 그것이 코앞에서 조목조목 뜯어보던 지금까지와는 달리 거칠기보다 부드럽고, 졸(拙)하기보다 아(雅)하며, 어눌하기보다 격조 있게 보인다면, 그때 비로소 당신은 상의 아름다움에 주목하는 한국인의 미의식에 눈뜨기 시작한 것이다.

그러기 위해서는 먼저 지난날의 한국인으로 하여금 자신의 취향과 결별하게 만든 타인의 취향 즉 서구적(일본적) 근대의 산물이자 과학, 지식, 문명의 시선인 근경의 미학 또는 형의 아름다움과 적당한 거리를 유지해야 한다. 물론 이것은 원경의 미학 또는 상의 아름다움을 토대로 그것을 주체적으로 소화해내야 한다는 뜻이지, 그것을 애당초 거부해야 한다는 뜻은 아니다.

아졸미 또는 고졸미

달항아리는 도자기 가운데 가장 규모가 커서 항아리에 가깝다는 느낌을 주는 조선시대 백자호의 별칭인데, 앞에 '달'자가 붙은 것은 둥실 떠오르는 보름달을 연상시키기 때문이다. 달항아리 가운데는 간혹 한옆이 살짝 일그러진 것이 있다. 본래 달항아리는 큰 대접 같이 생긴 것 두 개를 따로따로 빚어 위아래로 마주 엎어서 만드는 것이기 때문에, 위쪽의 무게를 이기지 못한 아래쪽이 약간씩 내려앉기도 하기 때문이다.

한옥을 지을 때 기둥을 세운 다음 기둥 위에 얹는 것이 보인데, 보 위에 도리를 얹고 다시 서까래를 얹으면 한옥의 가구(집을 만들기 위해 뼈대를 얽는 것)가 완성된다. 보 가운데 가장 큰 것이 대들보인데, 이것은 아래쪽의 기둥과 위쪽의 지붕을 연결시키는 핵심적인 구조물이다. 대들보는 한옥의 얼굴마담이라고 할 만한 것이어서, 집 안에 들어갔을 때 가장 먼저 눈에 띄는 것도 이것이다. 재미있는 것은 대들보 가운데 간혹 심하게 휘어 있는 것들이 발견된다는 것이다. 이처럼 휘어진 목재가 대들보로 심심치 않게 쓰이기 시작한 것은 조선 후기에 들어와서의 일인데, 이것은 한반도의 소나무들이 이웃나라의 것들에 비해 상대적으로 휜 것들이 많아 곧은 나무들을 잘라다 쓰고 나면 휜 나무들만 남게 되는 데다가, 특히 임진왜란과 병자호란 같은 난리를 겪으면서 나무들이 많이 불탔기 때문이다.

일그러진 달항아리와 휘어진 대들보. 물론 달항아리와 대들보가 언제나 그랬던 것은 아니다. 사실인즉슨 일그러지지 않은 달항아리와 휘어지지 않은 대들보가 더 많았을 것이다. 하지만 주목해야 할 것은 한국인들은 달항아리가 일그러졌다고 해서 깨뜨려 버리거나, 대들보감이 구부러졌다고 해서 고쳐서 쓰거나 하지 않았다는 것이다. 나아가 살짝 일그러진 달항아리나 그럴싸하게 휘어진 대들보, 입술이 약간 휘어져 삐뚜름 능청거리는 사발이 오히려 멋있다는 생각을 했던 것 같다.

옛날에는 부잣집에서도 좀 삐딱허게 꾸어진 것도 그대로 사갔어라우. 뜯어보믄 잘 못 생겨서 잘 생긴 것도 있어라우. *박나섭 구술·오현주 편집, 『나 죽으믄 이걸로 끄쳐 버리지』

물론 도공이 달항아리를 의도적으로 일그러뜨리거나 목수가 굳이 휘어진 목재를 대들보로 사용하지는 않았을 것이다. 무엇보다 그들은 형과 관련된 최소한의 규칙을 지키도록 훈련된 장인들이었기 때문이다. 하지만 이야기가 거기서 끝나지는 않는다. 왜냐하면 여느 한국인들처럼 상의 문제를 일상의 척도로 사용해 온 그들은 상과 관련된 최대한의 성과에 도달하는 것을 궁극적인 목표로 삼고 있었기 때문이다. 따라서 만약 상이 만족스럽다면 설령 형이 약간 허물어지더라도 너그럽게 눈감을 수 있다는 생각을 했을 뿐 아니라, 때로는 형이 약간 허물어졌을 때 도리어 상이 만족스러울 수도 있다는 생각을 했던 것 같다.

비로소 우리는 일그러진 달항아리와 휘어진 대들보를 통해, '형의 어눌함'

의 후광에 해당하는 '상의 세련됨'을 볼 수 있게 되었다. 달리 말하면 '상의 세련됨'을 머금은 '형의 어눌함'이 되는데, 바로 이것이 한국 문화를 마음으로 겪은 이들이 한결같이 이야기하는 고졸이나 아졸, 무관심성이나 비균제성의 본질이다. '그 만듦새는 극히 소박하여 전체적으로의 조화와 균제의 미를 찾았을지언정, 부분 부분 뜯어보면 차라리 거칠다 할 만큼 잔손질이 가지 않은 것이 한층 우리의 주의를 끈다(김용준).' 그러나 볼수록 여운이 남는 아름다움이 있어서, 초라한 육신에 깃들인 품격 있는 정신이 느껴지는 것.

다시 한번 주목해야 할 것은 평균치를 넘어서는 우아함을 갖춘 상은 어느 정도 형의 졸함을 수반하는 경향이 있다는 것이다. 이것은 사진기의 셔터를 누를 때 하나의 장면에 대해 정확하게 초점이 맞는 거리는 하나뿐인 까닭에, 원경에 초점을 맞출 경우 근경의 초점이 흐려지는 사실에도 비유된다. 이것은 도인의 격조를 지닌 선비의 글씨가 어린아이 같은 치졸한 맛을 풍기는 이치와도 같다. 상의 아름다움은 형의 어눌함을 수반하며, 높은 경지의 그것은 필연적으로 그렇게 되는 경향이 있다. 이같은 성격을 지닌 형상을 가리켜 아졸(雅拙)하거나 고졸(古拙)하다고 하는데, 한국문화는 이렇게 상의 세련됨과 형의 어눌함이 어우러진 아졸함이나 고졸함의 형상으로 넘쳐난다.

그러나 이 원숙성은 원숙하여 도리어 아졸미에 도달하기도 한다. 이것이 바로 대오하고 보니 대오하기 전과 같더라는 소식이다. 늙으면 도리어 아이와 같아진다는 얘기다. 그러므로 멋은 원숙을 발판으로 하면서도 그 원숙에서 오는 능란함의 무난을 뛰어넘지 않으면 안된다. 그러므로 원숙은 초규격의 바탕이지만, 초규격이 곧 원숙은 아닌 것이다. *조지훈, 「멋의 연구」

사실상 한국문화에는 격조높은 세련됨이 언뜻 보기에는 치졸한 서투름을 통해 드러나는 경우가 적지 않다. 찌그러진 듯이 보이는 백자 달항아리, 현대의 세련된 무늬를 연상시키는 분청사기의 삐뚤빼뚤한 문양, 언뜻 보면 차라리 졸한 느낌을 풍기지만 다시 뜯어보면 세상의 어느 달필과도 견줄 수 없는 경지에 도달한 추사의 글씨가 그러하다.

한국문화의 아름다움과 관련해서 시선을 끄는 다른 하나는 절집이나 살림집, 궁궐 같은 건축의 창호를 장식하는 창살의 무늬다. 건축의 창호는 빛과 공기가 드나드는 창(窓)과 사람이 드나드는 호(戸)로 구분되는데, 울거미라고 불리는 사각형의 틀 속에 다양한 무늬의 얇은 살대를 짜넣고 그 위에 창호지를 발랐다. 어느날 오후 옛집의 정원을 거닐던 필자는 다채롭기 그지없는 화사함으로 시야를 어지럽히는 창살 무늬의 환타지를 경험했다. 가로살, 세로살, 띠살, 빗살에 용자(用)살, 아자(亞)살, 만자(卍)살, 정자(井)살, 귀갑(龜甲)살, 그리고 꽃살과 불발기창. 다시 이것들을 다양한 방법으로 조합하여 만든, 헤아릴 수 없을 만큼 다양한 창살 무늬들.

이같은 창살 무늬들은 기하학적인 형태로 이루어져 있음에도 불구하고, 형의 미의식이 아니라 상의 미의식에 따라 만들어졌다. 하나의 가옥에 들어 있는 창살 무늬가 다양한 나머지 종잡을 수 없는 느낌을 주는 것도 이 때문이요, 다시 그같은 종잡을 수 없음이 마침내 어떤 일관성 있는 느낌으로 수렴되는 것도 이 때문이다. 그러니까 창살 무늬의 화사함 속에는 상의 미의식에 따른 고졸함이 들어 있음으로 해서, 그같은 창살무늬의 고졸함이 가옥 전반의 고졸함과 어우러져 헐렁한 통일성을 만들어내기 때문이다. 가옥을 가만히 응시해보면, 시초에는 가옥 앞면의 전체를 차지하는 창호의 화사한 무늬들이 무한대로 확대되다가 마지막에는 가옥 전반의 차분한 고즈넉함 속으로 조용히 스며들어 잦아지는 것도 이 때문이다. 상의 미의식과 고졸함은 이처럼 한국인의 일상 속에 별다를 것도 없는 낯익은 얼굴로 너울을 드리워 왔다.

즉 상하나 좌우가 규격적으로 동일치 않은 점이다. … 단일 건축의 절반이 나머지 절반과 반드시 동일치 않은 점도 그 특색이며, 가람 배치에 있어서도 역연함을 본다. 제일 알기 쉬운 것은 조선의 민가 제도이니, 그것은 결코 중국의 그것과 같은 균제적인 것이 아니다. 이러한 비균제성은 도자공예 같은 형태로서의 파조적인 곳에서 나타나 있지만, 또한 가장 알기 쉬운 것은 조선의 목공예 같은 데서와 창호, 영창에서도 볼 수 있는 점이다.

이러한 무관심성은 도처에 드러나 있어 조선의 건축에는 목재의 자연적 굴곡이 아무런 정리를 받지 않고 그대로 사용되어 있다. 구례 화엄사의 각황전 같은 데서 그 심한 예를 볼 수 있을 것이다. 그러나 굴곡진 재료를 규격있게 정제는 하지 않을지언정 목재의 본형을 그대로 양식 구성에 사용하여 양식 감정의 표현을 순리적으로 한다. 예컨대 합천 해인사 구광루의 하층 목주 같은 것이 그것이니, 굴곡져 배부른 면을 전면으로 하여 소위 엔터시스적 효과를 내었다. 보통 민가에 있어서도 추녀의 번앙전기(飜仰轉起)를 형성할 때, 직목을 굴곡지게 기교적으로 계획적으로 깎아하지 아니하고 이미 자연대로 있는 굴곡진 목재를 그대로 얹어 만들어 낸다. *고유섭, 「조선 고대미술의 특색과 그 전승문제」

창호의 다양한 창살 무늬들은 뜻밖에도 균제적이거나 대칭적이지 않다. 분청이나 철화, 달항아리 같은 도자기 역시 예상과는 달리 균제적이거나 대칭적이지 않은 경우가 많다. 이같은 비균제성이나 비대칭성이란 인위적인 것을 배제한 결과 생겨난 무의식의 산물이 아니라 형의 어눌함을 수반하는 상의 미의식의 산물이다. 이것은 신과도 같은 상위 존재인 자연이 자신에게 순응하는 하위 존재인 인간을 자동인형처럼 움직인 결과가 아니라, 상호 유기적으로 관련된 천지인의 한복판에서 스스로 천지를 품은 인간이 자신의 삶을 통해 천지인의 조화를 이룩하기 위해 의식적으로 노력한 결과다.

자연을 신이나 인간처럼 존중하는, 그렇다고 두려워하는 것은 아닌 천지인 상관적(天地人 相關的) 사고 관념을 보다 투철히 함으로써, 자연의 이용에 있어 하늘을 무서워하지 않고 사람을 소외시키는 온갖 요소들을 점차적으로 줄여나가는 자세를 견지한다는 점을 배울 수 있을 것이다. 천지인을 하나의 커다란 유기체로 이해했던 풍수사상가들의 생각을 받아들인다면 … *최창조, 「한국 풍수사상의 이해를 위하여」

깃과 옷고름을 비대칭으로 배치하여, 균형을 깨는 듯하면서도 차원을 달리하는 새로운 균형을 만들어내는 한복 저고리의 구조적인 아름다움도 이같은 비균제성의 구체적인 예다. 의복의 구조적인 아름다움이 무의식의 산물일 수는 없다는 것이 분명하다면, 이같은 비균제성이 상의 아름다움을 추구한 결과 생겨난 미의식의 산물임을 다시 한번 확인하게 된다.

셋째, 우임(右袵)인 저고리와 옷고름으로 인한 비대칭의 아름다움이다. 깃과 옷고름의 비대칭은 저고리의 색과 다른 색의 옷고름을 사용함으로써 부각되어, 균형을 깨는 '비균제성'의 특징을 갖게 한다. 옷고름의 위치는 오른쪽으로 치우쳐 있으나 그 정도가 지나치지 않아서 균형을 이루고 있고, 율동을 연상시키는 비균제성이 미적 관심의 표출로 유추된다. *금기숙, 「조선복식미술」

발효맛과 생기의 미감

상의 아름다움이란 무엇인가. 그것은 살아 있는 유기체가 발산하는 생기의 느낌이다. 유기체의 생기야말로 육체라는 형 너머에서 정신이라는 상을 느끼게 하는 근원이다. 한점의 도자기나 한구의 조각에서 살아 있는 유기체를 연상시키는 생기의 아름다움이 느껴지는 까닭은, 그것의 배후에 상의 미의식이 살아 숨쉬기 때문이다. 그리하여 다시금 마음의 눈을 크게 뜬 상태에서 원경의 미학으로 그것을 바라보라. 거기서 문득 유정한 생명의 에너지가 느껴진다면, 그때 당신은 상의 아름다움에 주목하는 한국인의 미의식에 한 걸음 다가선 것이다.

흥미로운 사실은 이같은 생기의 미감이 기운생동(氣韻生動)이라는 동북아시아의 미학 원리와 통한다는 것이다. 기운생동이란 무엇인가. 그것은 중국 남북조시대의 화가이자 화론가인 사혁이 동진의 고개지 이래 태동하기 시작한 원시적인 화론들을 집대성하여 내놓은 동북아 최초의 체계적인 화론인 육법(六法)의 첫째 항목이다. 이것은 육법의 항목들 가운데서도 서양의 화론이 아닌 동양의 화론에만 존재하는 항목으로, 서양 회화에 비해 일견 싱겁고 단순한 것처럼 보이는 동양 회화에 정신적인 깊이를 더해주는 동북아 특유의 예술적인 화두다.

그렇다면 생기의 미감 또는 상의 아름다움이란 중국의 기운생동이 한국에 수입되어 정착된, 중국적 화론의 한국적 변용일 따름인가. 이에 대해서는 고구려 벽화인 사신도에서 표출된 바 생동적 운동성을 지향하는 한국인의 미의식이 중국의 기운생동론을 낳게 한 선구였다는 고유섭의 주장에 귀를 기울일 필요가 있다. 다소 장황한 감이 있으나, 찬찬히 뜯어서 읽어보자. 그의 지적의 요점은 한국인의 생기의 미감이 오히려 중국의 기운생동론의 선구였다는 것이다.

그곳에 나타난 동물상의 무한히 긴장된 장력이란 실로 뻗댈 힘이 대단한 장력인 것이다. 그러나 그 힘이란 장중하기만 위하여 즉 안정율의 크기만 보이기 위한 정지태의 힘이 아니라 무서운 힘으로서 움직여 왔었고, 또 무서운 힘으로써 움직여 나가려는 세력적 운동의 선상의 순간적 계기를 잡아 표현한 힘이다. … 즉 결론을 간단히 말하면, 그들의 미의식은 주제가 정지태에 있지 않고 힘찬 운동 계열에 있는 것이다. 신라 공예품 중 금관에 달린 저 우익형(羽翼形) 편금(片金)의 곡선도 그러한 기세의 곡선을 갖고 있다. 바꾸어 말하면 이 운동태의 기세는 하필 왈 생물적인 것에만 표현된 것이 아니라 비생물적인 것에도 표현되어 있는 것이다. 예컨대 산악도, 수렵도 같은 것도 모두 이 운동태적인 것으로 표현되어 있다. 문제는 즉 이곳에 있는 것이니, 그러므로 당대의 운동태에 대한 미의식이란 단순히 형이하적인 물리적인 운동성에 대한 관심이라기보다도 형이상적으로 그것이 일반적인 생명이란 것을 상징하는 즉 생명성을 고조하려는 데서 나온 일종의 신교적(信敎的) 방면의 의식의 발로가 아닐까 한다. … 이러한 생동적 운동성은 마침내 지나에 있어서 저 유명한 기운생동론을 낳게 한 선구적 경향이었으나, 지나의 기운생동이란 오대 이후 인간의 자아의식이 자각됨으로부터 현실적이요 인격적인 것으로 고화되어 버렸지만, 그 선구는 역시 이와 같은 원시적인 애니미즘적 사상에서 발족된 것이다. (고유섭, 「고대인의 미의식」)

한국인이 이처럼 살아 있는 유기체가 발산하는 생기의 느낌을 생활 속에서 물질적으로 확인하고 다시 확인하고 또다시 확인해온 감각적인 근원은 무엇일까. 그것은 한국의 맛을 대표하는 발효맛이다. 본래 음식과 결부되어 있던 물질 에너지인 맛은, 어느 순간 그로부터 떨어져나가 정신 에너지로 승화됨으로써 미감 또는 미의식을 파생시키는 경향이 있기 때문이다(따라서 미각이 고도화되고 특히 그것이 자연의 리듬에 공명하여 세시와 절기의 리드미컬한 흐름을 탄 미묘한 것일 경우, 그 미감은 훨씬 명징하고 수준높은 것이 된다). 이같은 사실은 '맛'이라는 단어에서 미감을 의미하는 '멋'이라는 단어가 파생된 사실을 통해서도 짐작된다.

멋이란 말의 어원이 맛에 있다는 것은 이미 통설이 되어 있다. … 멋이란 말은 애초에는 맛이란 말뜻을 좀 다른 어감으로 표현하기 위하여 발음적인 왜형(歪形)으로 시작되었던 것이 차츰 특이한 관념형태로 바뀌어 원의와는 별반의 의미를 가지게 되었다고 보기 때문이다. … 그 음상, 그 어감으로는 표현되지 않는 관념이 생김으로써 멋이란 말이 맛에서 파생했고, … 또 하나 멋이란 말이 맛에서 발생된 계기는 우리 민족어가 지닌 바 미의식은 미각적 표현으로써 그 바탕을 삼고 있다는 사실이다. *조지훈, 「멋의 연구」

하지만 미의식이 *미각적 표현으로 바탕을 삼고 있는 것은 한국 문화의 경우에만 한정되는 것은 아니다. 영어의 taste라는 단어도 '맛, 풍미, 미각'이라는 일차적인 의미로부터 '감상력, 감식력, 심미안, 안목'이라는 이차적인 의미가 파생된 것이며, 일본어의 시부사(澁さ)라는 단어 역시 '떫은 맛'이라는 의미로부터 일본인의 고유한 미의식을 가리키는 의미로 확장된 것이다.

원래 시부이라는 말은 미각에서 온 말이라고 생각된다. 시부(澁)는 확실히 덜 익은 감즙에 해당되는 말이다. 그래서 탄닌 성분이 많은 이 떫은 맛은 일단 Astringent라는 말이 되지만, 시부사라고 할 경우는 이와 같은 맛에서 더욱 벗어나 차분하다라는 의미가 있어서, 오히려 감즙이 주는 색깔의 차분함이나 깊이를 좋아하여 거기에서 시부사라는 형용사가 생겨났다고도 할 수 있다. 즉 탄닌 성분의 떫은 맛이 아니라, 감물 들인 차분한 색조가 시부사의 기조로 연상되어 이말이 발전되었다고도 상상할 수 있다. 즉 미각에서 시각으로 전환되어 말의 내용이 한층 깊어졌다고 느껴진다. *야나기 무네요시, 「시부사에 대하여」

이제 다시 발효맛에 대한 이야기로 돌아가보자. 흥미로운 것은 발효 음식은 살아 있는 유기체들의 덩어리로 이루어진 것이며, 발효맛은 잘 삭힌, 시원하고 칼칼한, 생기 있는 맛이라는 것이다. 이것은 다시 살아 있는 유기체가 발산하는 생기의 느낌을 추구하는, 상의 미의식과 통한다. 이렇게 해서 한국의 맛인 발효맛으로부터 한국인의 미의식의 물질적 측면인 미감이 유추된다. 잘 삭힌, 시원하고 칼칼한 맛인 발효맛을 연상시키는 미감이 그것이다.

잘 삭힌, 시원하고 칼칼한 맛

항아리에서 꺼낸 김장 김치의 맛이나, 멸치국물에 된장을 풀고 콩나물이나 무우를 넣어 끓인 된장국의 맛. 개인의 손맛과 집안의 내림맛, 지방색에 따라 다양한 스펙트럼을 지닌 발효음식의 맛. 이상으로부터 파생된, 잘 삭힌, 시원하고 칼칼한 생기의 미감.

중국 법화 화조문호(法花 花鳥文壺)와 조선 청백자 분재문호(青白磁 盆栽文壺)를 비교해보라. 법랑자기의 조선식 버전이 청화백자인 것이다. 양자의 비교를 통해 청화백자를 통해 구현된 한국인의 미감이 잘 삭힌, 시원하고 칼칼한 생기의 미감이라는 사실을 확인할 수 있다.

하지만 세계 여러 나라에는 이탈리아의 엔초비나 덴마크의 치즈, 불가리아의 야쿠르트, 일본의 납두처럼 고유한 발효 음식이 있는데, 유독 한국의 발효 음식만을 내세우는 것은 지나친 것이 아닐까. 그러나 한국의 발효 음식이 양과 질 모두에서 세계적으로 유례가 없다는 것은 전통적인 밥상을 눈여겨본 사람이라면 누구나 실감한다. 게다가 오랜 세월 한국인이 먹어 왔고 오늘날에도 변함없이 먹고 있는 음식의 주된 메뉴가 바로 김치나 된장찌개, 젓갈 같은 발효 음식이라는 사실을 모르는 사람은 별로 없다.

발효 미역(味域)이 발달한 이유는 간단하다. 수천 년 동안 우리 조상이 먹어온 음식의 주종이 발효음식, 곧 삭혀 먹는 음식이었기 때문이다. 한국 음식문화의 쌍벽을 이루어온 것은 간장, 된장, 고추장, 집장, 쪽장, 담북장, 막장 하는 장류와 배추김치, 무김치, 총각김치, 깍두기, 물김치, 파김치, 갓김치 하는 김치류이다. 그런데 이것 모두 삭은 맛으로 먹는 발효 음식이요, 그밖의 새우젓, 조개젓, 석화젓, 꼴뚜기젓 하는 젓갈류며, 그 많은 장아찌류도 발효음식이다. 평균 전통 밥상의 85퍼센트 이상이 발효음식이라는 조사도 있었다. *이규태, 『한국인의 밥상문화』

평균 전통 밥상의 85퍼센트 이상이 발효 음식이라는 것은, 굳이 조사를 해보지 않아도 한국 문화에 관심을 가진 사람이라면 짐작할 수 있다. 그런데 여기서 한 걸음 더 나아가 한국 문화에서 발효 음식의 중요성은 양적인 존재에만 있는 것이 아니라 질적인 역할에 있다는 다음과 같은 주장에 귀 기울일 필요가 있다.

김치가 한국 음식을 대표한다는 것은 발효식이 한국 음식의 기저라는 말과 같다. 세계 어디에나 있는 발효 음식을 한국의 독점물로 만들려고 하는 것이 지나친 아전인수의 논리처럼 보일지 모른다. 그러나 중요한 것은 발효 음식의 존재 여부가 아니라 그것을 요리의 시스템이나 코드로 사용하고 있느냐 그렇지 않느냐 하는 것이다. *이어령, 「김치맛과 한국문화」

발효 음식을 요리의 시스템이나 코드로 사용한다는 말은, 특정한 몇 가지의 음식이 발효 음식이라는 사실 이상을 의미한다. 그것은 조미료와 밑반찬의 대부분이 발효 음식이며, 입맛에 맞추기 위한 마무리 단계에서 발효 음식이 주로 사용된다는 것을 뜻한다. 한국인이 평상시에 즐겨 먹는 찌개와 국, 나물, 불고기는 된장이나 고추장, 간장 같은 발효 음식으로 간을 하며, 특별한 날에 즐겨 먹는 부침이나 지짐, 삶음이나 찜도 간장이나 고추장, 새우젓 같은 발효 음식을 곁들인다. 한국 음식의 특징 가운데 하나인 밑반찬의 다양함은 김치나 젓갈, 장아찌 같은 발효 음식에서 비롯된다. 예로부터 가난한 이들의 밥상은 '밥 한 사발에 간장 한 종지'로 묘사되었고, 요즘에도 반찬이 없을 때는 밥을 고추장에 비벼 먹거나 풋고추를 고추장에 찍어먹는 경우가 있다. 역사책에서는 구황을 위해 소금과 간장, 된장을 나누어주었다는 기록이 발견되기도 하는데, 발효 음식이 구황 음식이었다는 것은 그만큼 그것이 요리의 시스템에서 중요한 자리를 차지해왔음을 의미한다.

『고려사』(1058년) 식화지(食貨誌)의 기록에 의하면, "1018년(현종9년)에 거란의 침입으로 굶주림과 추위에 떠는 백성들에게 구황 작물로서 쌀, 소금, 장이 지급되었다"는 기록과 "1052년(문종6년)에 개경의 굶주린 백성 3만여 명에게 쌀, 조, 된장(鼓)을 내렸다"는 기록이 있다. *윤숙자, 「한국의 저장 발효음식」

그뿐이 아니다. 한국인은 밥상에 김치가 없으면 진수성찬을 앞에 놓고도 도무지 먹은 것 같지 않으며, 둘이 먹다가 하나가 죽어도 모를 음식으로 손꼽히는 것은 정작 별로 특별할 것도 없는 발효 음식인 경우가 많다. 중국 음식을 먹을 때도 초간장을 곁들여 먹지 않으면 어딘가 느끼한 기분이 들며, 심지어는 외국에 나갈 때 고추장을 가방에 넣고 다니기까지 한다.

한국인은 대체 어떻게 해서 이처럼 발효음식 위주의 음식문화를 창조하게 되었을까. 이에 대해서는 여러 가지 이유를 찾을 수 있겠지만, 그 가운데 눈에 띄는 두 가지를 살펴보자.

첫째는 한국의 풍토와 관련된 것인데, 기후가 온난하고 습윤하며 토양이 산성이어서 음식물이 부패하기 쉬운 조건을 갖추었기 때문이라는 것이다. 기후가 온난하고 습윤하다는 것은 한국의 기온과 습도가 미생물의 발육에 알맞다는 것을 의미하며(『한국식품사전』의 발효식품 항목), 토양이 산성이어서 음식물이 부패하기 쉬운 조건을 갖추었다는 것은 토양 특성에 가장 큰 영향을 미치는 토양 모재의 3분의 2가 화강암이나 화강편마암 같은 산성암으로 이루어졌기 때문이다.

둘째로는 삼면이 바다로 둘러싸인 농경국가인 한국은 육지와 바다 양쪽에서 먹거리를 거둬들였는데, 양쪽에서 거둬들인 다양한 먹거리 – 육지의 채소와 바다의 소금 및 생선 – 를 잘 조화시켜 풍요로운 발효 음식을 만들어냈다는 것이다. 특히 세계 5대 습지의 하나인 서남해안 갯벌에서 풍성한 음식 재료를 얻을 수 있었다는 사실과 발효 음식의 한 축을 이루는 장류의 주원료인 콩의 원산지가 한국이었다는 사실은, 한국의 발효음식 발달에 결정적인 조건이 되었다.

콩은 주대(周代)에서 춘추전국시대에 걸친 시를 모아놓은 『시경詩經』 속에 숙(菽) 이란 자로 비로소 등장한다. 그러면 시경 속의 콩은 본래부터 중국에 있었던 것일까. 그렇지 않으면 외래품일까. 춘추전국시대인 BC 7세기 초엽에 제(齊)의 환공이 산융(山戎)이라 이르는 지금의 남부 만주를 정복하여 콩을 가져왔다는 기록이 있다. 그리하여 콩을 두고 융숙(戎菽)이라 이르게 되었다는 것이다. 유명한 구 소련의 유전학자 Vavilov는 콩의 원산지는 옛 고구려 땅인 중국 동북부라 하였으며, 많은 학자들의 지지를 받았고 세계적으로 통설이 되어왔다. *이성우, 『한국 식생활의 역사』

이처럼 발효 음식으로 대표되는 한국의 음식문화는 발효맛으로 대표되는 한국의 맛을 낳았고, 이것은 어느 순간 물질에너지에서 얼에너지로 승화됨으로써, 잘삭힌, 시원하고 칼칼한, 생기의 미감을 탄생시켰다.

하지만 돌아보건대 지난 세기의 한국인은 된장찌개에 구더기를 처넣은 에피소드가 상징하듯이, 발효맛에서 생기의 미감으로 이어지는 자신의 취향과 결별하는 기억상실의 세월을 살았다. 따라서 우리는 먼저 발효맛의 취향과 화해하고 그것을 일상에서 되살려야 하며, 그러기 위해서는 우선 기억상실에서 비롯된 정신적인 허기에 따른 마구잡이식 뷔페에서 벗어나, '기억 속의 심상'과 알뜰하게 손잡은 입맛을 살리는 정갈한 밥상으로 돌아가야 한다. 한국인의 밥상에서 호사스런 취미와 구별되는 까다로운 취향이 옹골지게 자리잡을 때에만, 한국인의 미의식 역시 생기발랄하며 웅숭깊은 것으로 제자리를 찾을 것이다.

상극적인 것을 상생적인 것으로

한국인의 미의식이 상의 아름다움을 추구한다고 했을 때, 한국인은 이를 위해 구체적으로 어떤 노력을 기울여 왔을까. 이에 대한 해답을 얻기 위해서는 먼저 한국인에게 상의 아름다움이 무엇을 의미했는지를 알아야 하는데, 그것은 한마디로 음양과 오행의 상생적인 조화다.

상생이란 무엇인가. 그것은 말 그대로 서로 상 자(相)와 살릴 생 자(生)자가 합쳐져서 서로가 서로를 살린다는 뜻을 나타내며, 이것을 달리 말하면 서로를 돕고 이해하며 서로 생각해주며 더불어 살아가는 관계라고 할 수 있다. (어윤형·전창선, 『오행은 뭘까』 참조)

그러나 당연하게도 세상은 서로가 서로를 살리며 나도 살고 너도 사는 상생 관계뿐 아니라, 서로가 서로를 죽이며 너 죽고 나 살자는 상극 관계로 넘쳐 난다. 하지만 목(木)에게 생명력인 알맹이를 주는 것은 수생목(水生木)의 상생에 의해서 이루어지고 목이 한 줄기로 뻗어오르는 형태의 껍데기를 다듬어주는 것은 금극목(金克木)의 상극에 의해서 이루어지는 이치와도 같이, 봄이 되면 대지로부터 상생의 기운을 받아 성장하던 나무가 가을이 되면 상극의 원리에 따라 성장의 기세를 억제당하면서 열매를 맺는 이치와도 같이, 상극의 원리 역시 만물의 생성과 변화에 필수적이다.

목이 뚫고 나오는 데는 항상 두 가지 방법이 있습니다. 하나는 수생목의 상생의 힘이고, 또 하나는 금극목의 상극의 힘입니다. … 씨앗이 싹트려면 땅 속에 묻혀 꾹꾹 눌러야 하듯이 말입니다. 이를 수생목이라 합니다. … 즉 목의 생명력은 수에서 나왔습니다. 그런데 이러한 목의 생명력이 땅을 뚫고 나올 때 그 힘을 마아 잘 추슬러주는 남의 힘이 필요했습니다. 앞에서 공부했듯이 금은 목을 억제하는 천적입니다. 가을에 열매를 만들면 줄기는 말라 버리지만, 오히려 봄에는 줄기가 뻗쳐오를 때 금이 적당히 억제하여 목의 생명력이 흩어지지 않고 한 줄기로 힘차게 뻗어오르게 도와주고 있습니다. 이처럼 상극은 나를 죽이기도 하지만, 때로는 시련을 주어 나를 다듬어주는 고마운 힘입니다. *앞의 책

상극 역시 만물의 생성변화에 필요악인 까닭에, 상생적인 조화를 추구한다고 해서 상극관계를 애당초 부정하고 회피할 수는 없다. 그렇다면 상극관계를 부정하지 않은 채로 상생적인 조화를 추구한다는 것은 무엇을 의미하는가. 그것은 상극관계를 고스란히 껴안은 채 그것을 가능한 한 상생관계로 변화시키는 것이다.

발효와 비보의 원리

그렇다면 한국문화 속에서 이같은 변화를 이룩한 원리는 무엇일까. 발효의 원리와 비보의 원리가 그것이다. 먼저 발효의 원리부터 살펴보자.

단백질을 함유한 식품이 미생물의 작용으로 분해되어 악취나 유해물질을 생성하는 현상을 부패(腐敗, decay)라 하며, 탄수화물이나 지방이 미생물의 작용으로 분해되어 유해물질이 비교적 적게 생산될 때 이를 변패(變敗, deterioration)라 한다. … 넓은 의미의 부패란, 미생물의 증식으로 식품 성분이 분해되어 유해한 물질이 만들어짐으로써 가식성(可食性)을 잃는 과정이라 할 수 있다. 그와는 반대로 동일한 미생물의 작용이라 할지라도 사람에게 유익한 생산물로 변화한 현상을 발효(醱酵, fermentation)라 한다. *윤숙자, 『한국의 저장 발효음식』

발효의 원리에서 주목할 만한 점은, 그것이 부패와 관련된 미생물의 활동을 억누르고 발효와 관련된 효모균의 활동을 북돋운다는 것이다. 구체적으로는 소금을 첨가하여 음식물을 부패시키는 균들을 죽이고, 소금에 견디는 유익한 균들만 활동하도록 하는 식이다. 따라서 발효 원리의 핵심은 부패균을 죽이는 상극적인 방식이 아니라, 발효균을 살리는 상생적인 방식을 취한다는 것이다.

삭힌다라는 말은 시간 속에서 성숙해가면서 저절로 맛이 배어들게 하는 것이다. 화식 용어와 발효식 용어가 합쳐지는 교차점이기도 하다. 김치를 숙성시키는 것을 익힌다고도 하기 때문이다. 그러나 불에서 익히는 것은 폭력적 방법에 의해서 자연을 바꿔놓는 것이지만, 김치 같은 발효식의 익힘은 효모균을 이용한 상생의 방법에 의한 변용(變容)이다. *이어령, 앞의 글

발효를 '썩지 않으며, 처음 그대로 유지되지도 않는 은근한 곰삭음'이라고 말할 수 있는 까닭이 이것이다. 그러니까 발효의 원리란 자연의 이치에 따른 상극의 과정인 부패를 인간의 지혜에 따른 상생의 과정인 발효로 변용시키는 것이다. 그렇다면 발효의 삭힘이 상생의 과정으로, 부패의 썩음이 상극의 과정으로 해석되는 것은 무엇 때문일까. 발효의 삭힘은 음식물의 저장성과 풍미, 영양을 증진시

키기 위해 부패 미생물의 활동을 억제하고 발효 미생물의 활동을 촉진하는 것이다. 따라서 그것은 부패 미생물의 활동에 따라 음식물이 썩거나 열을 가하는 등의 살균처리로 모든 미생물을 죽이는 상극적인 변화의 과정과는 달리, 인간에게 유해한 미생물의 발육과 번식을 저지하여 그것들을 선택적으로 배제하고 인간에게 유익한 미생물과 효소가 작용하도록 함으로써 이것들을 선택적으로 북돋우는 상생적인 변용의 과정이다. 이것이 바로 발효맛이 잘 삭힌, 시원하고 칼칼한, 생기의 맛이 되는 까닭이다.

김치나 된장 간장 고추장 젓갈 등을 '담근다'는 말에는 '삭힌다' '익힌다'는 뜻이 포함되어 있다. 유해균의 번식 발육을 저지해 부패를 막고 유익한 미생물과 효소가 작용해 재료들이 '담가'지는 것이며, 이 과정에서 복합적 발효작용이 일어나 독특한 맛과 향을 생성하는 음식으로 '익는' 것이다. *김만조, 「김치의 기원과 과학」

　　다음에는 비보의 원리를 살펴보자.

도선이 말하기를 "산천에 병이 들었거나 다쳤을 때, 그것이 모자란다면 사찰로써 보할 것이고, 지나치다면 불상으로써 억제할 것이고, 달아나는 형세라면 탑으로써 멈추게 할 것이고, 배역의 자세라면 짐대로써 되돌려야 하리니, 도적의 기운은 방지하고 싸움의 기운은 금지시키고 착한 기운은 세워주고 길한 기운은 선양해주면, 이로써 천하가 태평해질 것이며 법륜이 스스로 잘 돌아갈 것"이라 하였다. 마치 사람 몸에 침을 놓고 뜸을 떠서 고치는 것과 다름없는 방법이다. *최창조, 한겨레신문사 주최 제2회 풍수학교 교재에서

　　비보의 원리가 무슨 거창한 술수인 것은 아니다. 한국의 산야 가운데 어딘가 빈 듯 허선하거나 사기 어린 듯 썰렁하거나 험악한 듯 편치 않은 곳에는 예

외 없이 소박하고 친근한 모양새의 장승과 솟대와 바위와 돌멩이, 단정하고 가지 런하게 조성된 나무와 숲, 옹색한 자리에 의연히 버티고 선 탑과 절 등의 비보물 이 오똑하니 자리잡고 있는데, 이것들은 분명히 장삼이사 한국인의 손을 빌린 것 이기 때문이다.

비보라는 말은 도와서 보충한다는 뜻인데 흔히 풍수지리에서 국면을 이루기 위 한, 그중에서도 이른바 명당의 조건을 갖추기 위하여 마을 형태에서 부족한 점을 인공적으로 만들어 보충한다는 것이다. 비보의 방법은 조림(造林), 조산(造山), 장 승, 골맥이 등이 있는데 … *김덕현, 「유교적 촌락경관의 이해」

　　그렇다면 그들이 그렇게 한 까닭은 무엇일까? 이같은 개입에 의해 상극적 인 것을 상생적인 것으로 변용시킬 수 있다고 믿었기 때문이다. 비보의 원리란 상 극의 원리가 관철되는 무정한 자연을 상생의 원리가 숨쉬는 유정한 자연으로 바 꾸려는 인문적인 자의식의 소산이다. 인과율에만 따르는 자연적인 상극을 목적률 을 지향하는 인문적인 상생으로 변화시키고자 한 것이랄까.
　　비보의 원리란 이처럼 상극적인 것을 향해 대립과 투쟁을 전개하는 대신 허전한 곳을 메우고 험악한 곳을 달래는 보완과 화해를 통해 상극적인 것을 상 생적인 것으로 변용시키는 것이다. 이것은 상생적인 조화로움을 통해서만 생기를 얻을 수 있고 상극적인 부조화를 통해서는 사기에 노출될 뿐이라고 생각했기 때 문이다.
　　이같은 사실은 한국의 도깨비상을 통해 잘 드러난다. 한국인은 사기를 물 리치는 벽사마저도 살벌한 느낌을 던지는 존재 대신 우스운 감이 도는 도깨비를 내세움으로써, 팔을 걷어붙이고 싸워 이기는 방식을 통해서가 아니라 지나침은 누르고 부족함은 북돋아 화해를 모색하는 방식을 통해 추구해왔다. 이것은 부정 을 금하고 잡귀의 출입을 막을 목적으로 절 입구에 세워진 나주 운문사의 석장승이 손톱만큼의 위압감도 주지 않는 어수룩한 표정, 심지어는 자애롭기까지 한 표정을 지닌 사실에서도 짐작할 수 있다.

중국에는 담론의 주인공인 요괴가 있고 일본에는 모노노아와레의 결정체인 원령(怨靈)이 있으며 서구에는 기독교적 선악 이분법의 산물인 악마가 있는 반면, 한국에는 상생적인 조화를 추구하는 비보적 벽사의 산물인 도깨비가 있다. 그런데 이같은 비보의 원리란 장승과 솟대, 나무와 숲, 바위와 돌맹이 같은 작은 의미에서의 비보물에만 적용된 것은 아닐 것이다. 천지인 상관의 사상을 지닌 한국인은 자신에게 맡겨진 인간의 문화 전체가 천지인의 상생적인 조화를 이룩하기 위한 큰 의미에서의 비보물의 역할을 담당해야 한다고 믿었다.

이제까지 우리는 발효의 원리와 비보의 원리를 통해, 상극관계를 상생관계로 변용시키는 한국인의 미의식의 실천적 원리를 규명했다. 이같은 사실은 장승과 솟대, 나무와 숲, 탑과 절, 바위와 돌맹이 같은 비보물을 통해 이루어지는 한국의 비보풍수가 궁극적으로 상의 아름다움에 대한 미적인 안목과 관련된다는 사실을 통해서도 짐작된다.

풍수무전미(風水無全美)라는 말이 있다. 완전한 땅이란 없다는 뜻이다. 사람이건 땅이건 결함이 없는 것은 없다. 일부러 결함을 취하여 그를 고치고자 함이 도선풍수의 근본이다. *최창조, 「땅의 눈물 땅의 희망」

그렇다면 완전한 아름다움(全美)을 지닌 완전한 땅이란 '자연적인 것'으로서 존재하는 것이 아니라 사람의 손길을 거친 '인문적인 것'으로서 존재한다고 볼 수도 있다. 여기서 사람의 손길이란 비보요, 완전한 아름다움이란 상의 아름다움이다.

해학과 신명

이제까지 우리는 발효의 원리와 비보의 원리를 통해, 상극관계를 상생관계로 변용시키는 한국인 미의식의 실천 원리를 살펴보았다. 이에 따라 생겨난 미적 범주가 바로 해학과 신명이다. 해학과 신명은 무엇보다 인물의 형상과 관련된 미적 범주이기 때문에, 우리는 그것을 통해 한국인의 자화상과 만날 수 있다. 다음과 같은 흥부의 형상이 대표적인 경우다.

흥부는 집도 없어, 집을 지으려고 집 재목을 내려가려고 만첩청산에 들어가서 소부등(小不等), 대부등(大不等)을 와드렁 퉁탕 베어다가 안방, 대청, 행랑, 몸채, 내외 분합 물림퇴에 살미살창 가로닫이 입구 자로 지은 것이 아니라, 이놈은 집 재목을 내려하고 수수밭 틈으로 들어가서 수수깡 한 뭇을 베어다가 안방, 대청, 행랑, 몸채 두루 짚어 아주 작은 말집을 꽉 짓고 돌아보니, 수숫대 반 뭇이 그저 남았다. 방안이 넓든지 말든지 양주 드러누워 기지개를 켜면, 발은 마당으로 가고

대가리는 뒤꼍으로 맹자 아래 대문하고 엉덩이는 울타리 밖으로 나가니, 동리 사람이 출입하다가, "이 엉덩이 불러들이소" 하는 소리를 흥부 듣고 깜짝 놀라 대성통곡 우는 것이었다. *『경판 25장본 흥부전』

　　흥부의 형상은 마땅히 받아야 할 것을 받고 누려야 할 것을 누리는 대신, 어처구니 없는 고통에 빠져 인욕의 세월을 보내는 모습이다. 따라서 대성통곡하며 우는 흥부의 모습을 통해 느껴지는 것은 한국인의 자화상에 포함된 눈물이자 한이다. 그런데 한국인의 자화상은 흥부의 내면적 형상뿐만 아니라 외면적 형상을 통해서도 표현된다. 전자가 대성통곡하며 우는 눈물이자 한이라면, 후자는 배꼽을 잡으며 웃는 웃음이자 흥이다. 결국 한국인의 자화상은 눈물을 웃음으로, 한을 흥으로 승화시키는 것인데, 이 과정에서 상극적인 것을 상생적인 것으로 변용시키는 해학과 신명의 본질이 관철된다.

가난한 중에 웬 자식은 풀마다 낳아서 한 서른남은 되니, 입힐 길이 전혀 없어, 한 방에 몰아넣고 멍석으로 씌우고 대강이만 내어놓으니, 한 녀석이 똥이 마려우면 뭇녀석이 시배(侍陪)로 따라간다. 그중에 값진 것을 다 찾는구나. 한 녀석이 나오면서, "애고 어머니, 우리 열구자탕(悅口子湯)에 국수 말아 먹었으면 … " 또 한 녀석이 나오며, "애고 어머니, 왜 올부터 불두덩이 가려우니 날 장가 들여주오." 이렇듯 보챈들 무엇 먹여 살려낼까. 집안에 먹을 것이 있든지 없든지 소반이 네 발로 하늘에 축수하고, 솥이 목을 매어 달렸고, 조리가 턱걸이를 하고, 밥을 지어먹으려면 책력을 보아 갑자일이면 한 때씩 먹고, 생쥐가 쌀알을 얻으려고 밤낮 보름을 다니다가 다리에 가래톳이 서서 종기를 침으로 따고 앓는 소리에 동리 사람이 잠을 못 자니, 어찌 아니 서러울 건가. *앞의 책

가동적인 정지태

한국인은 눈물과 한, 웃음과 흥이 한데 버무려져, '생짜의 것'이 '곰삭은 것'으로 발효되는 것을 지켜보면서, 자신의 한 위에 어느새 흥이 겹치는 것을 느낀다. 이것이 바로 한국인의 표정을 대표하는 얼굴이 눈물의 세월을 안쪽에 숨긴 곰삭은 웃음을 떠올리는 까닭이다. 서글픔일랑 진즉에 통과하여 저만치 흥에 겨운 얼굴. 해학과 신명의 가락 위에 얹어놓은 자화상. 이것은 한국인으로 하여금 시골 중늙은이의 보릿대춤과도 같은 어깻짓을 추어 올리게 하는데, 이것은 조지훈이 말한 바 멋의 형태미의 본질인 '가동적인 정지태'와도 통한다.

멋은 형상이나 가락이나 마음에 있어서 한 움직임에서 다음 움직임으로 이어가고 넘어가는 과정에 나타난다. 가동적인 정지태, 멈추려는 움직임이 연속되는 가동적인 경향상태가 멋의 형태미의 본질이다. *조지훈, 「멋의 연구」

가동적인 정지태. 박수근의 『기름장수』 김기창의 『아악』처럼, 움직이고 있으되 멈춰 있으며, 멈춰 있으되 움직이고 있는 것. 그런데 바로 그 멈춰 있음 때문에 움직임 이상의 움직임을 만들어내는 것. 이것은 웃고 있으되 울고 있으며, 그 울음 때문에 웃음 이상의 웃음을 머금게 하는 한국인의 미소와도 통한다. 이같은 멈춤의 그늘, 울음의 그늘은 한국인이 오랜 세월 온몸으로 부딪혀온 '상극적인 것'의 살아 있는 과거이며, 이같은 그늘을 슬며시 드리운 웃음 이상의 웃음, 움직임 이상의 움직임은 한국인이 오랜 세월 온마음으로 삭혀온 '상생적인 것'의 살아 있는 미래다.

그러니까 붉과 검이 하나로 어우러질 때 나타나는 지경이 조선미의 핵심이라고 그럽니다. 그러니까 환한 붉과 침침함 검, 즉 '빛'과 '검은'이 어우러진 것이 그늘인데 이것을 조선미의 핵심이라고 합니다. 나는 이것을 다시 흰 그늘이라고 불러 봅니다. *김지하, 「예감에 가득 찬 숲 그늘」

그렇다면 상극적인 것을 상생적인 것으로 변화시키는 원동력은 무엇인가. 그것은 살아 있는 유기체와도 같은 생기, 상의 아름다움을 추구하는 한국인의 미의식이다. 이것이야말로 한국인의 자화상으로 하여금 눈물과 한을 넘어 웃음과 흥으로 휘몰아치게 하는 원동력이다. 이와 관련해서 박래경은 '살아 있는 유기적 생명체가 역시 생명을 지닌 것으로 간주되는 자연 속에서 노닐면서 자신의 생명유지와 생명확장을 추구하는 과정에서 파생되는 갈등을 타넘은 결과 어떤 즐거움과 유희성이 동반되는 것'이라고 말했다. (박래경, 「한국 해학의 현대적 변용」)

상극적인 것을 상생적인 것으로 변용시키는 해학과 신명의 자화상이 '가동적인 정지태'로 출렁이는 까닭은 그것이 살아 있는 유기체와도 같은 생기의 느낌을 발산하기 때문이다. 주목해야 할 것은 이같은 생기의 느낌 또는 '가동적인 정지태'의 출렁거림이 해학과 신명이라는 인물의 형상과 관련된 미적 범주를 넘어 사물의 형상과 관련된 미적 범주로 확장될 경우, 그 자리에서 한국적인 선(線)의 아름다움이 창조되는 경향이 있다는 것이다.

다시 말하면 우리의 예술은 왜 선의 예술이냐 하는 문제이다. 이것은 바로 앞에서 지적한 바와 같이 우리의 예술은 흐름과 율동, 곧 멋을 특색으로 하기 때문이다. 이러한 가동적인 미는 그 수법으로서 색을 요구하지 않고 선을 요구하게 된다. … 선은 형체를 나타내는 경우에도 색과 같이 정지적으로 나타내지 않고 형태를 가동적 상태에서 표현한다. … 우리 예술에 있어서의 선의 의의는 가동적 형태미에 대한 지향의 바탕에서 설명될 성질의 것이다. *조지훈, 「멋의 연구」

가동적 형태미에 대한 지향인 선의 예술은 강서 대묘의 사신도나 석굴암의 인왕상을 비롯하여 한국의 문화예술 곳곳에서 발견된다. 상극적인 것을 상생적인 것으로 변용시킴으로써 생겨나는 '가동적인 정지태'의 절제된 움직임은 한국인의 '기억 속의 심상'을 대표한다. 오늘날에도 그것은 김기창의 「취발이」나 오윤의 「춤」을 통해 지난날 기억상실의 어두운 터널을 뚫고 우리 앞에 되살아나는 중이다.

한은 흥으로 발효된다

한국인의 자화상을 묘사하는 자리에서 가장 많이 언급되는 것은 한과 울음이다. 하지만 한국인의 자화상에서는 울음만이 아니라 웃음도 묻어난다. 결국 한국인 자화상의 울음이란 웃음으로 승화되어가는 전단계이며, 한이란 신명으로 승화되어가는 과정에 불과하다.

이것은 김치가 익어 시원하고 칼칼한 발효맛을 내기 전에 부글부글 끓어오르는 숙성의 과정을 거치는 것에 비유된다. 맛이 들고 난 후의 곰삭아 익은 맛을 김치맛이라고 하지, 맛이 들기 전의 설익은 맛을 김치맛이라고 하지는 않는다. 따라서 미처 승화되기 전의 한(恨)이 한국적인 정서를 대변하는 것으로 보는 것은 잘못이며, 그보다는 충분히 승화되고 난 후의 해학 또는 신명이 한국적인 정서를 대변하는 것으로 보아야 한다.

사람은 누구나, 그리고 민족은 어느 민족이나 각자 나름의 한을 지니고 살아가는 것이 세상의 이치이다. 문제는 각자가 간직한 바 자기 몫의 한을 어떻게 초극하느냐 하는 데에 있다고 할 것이다. 한국적 한이라는 말이 성립될 수 있다고 할 때, 이는 한민족에게만 한이 있다거나, 한민족의 한이 유달리 넓고 깊고 짙다거나, 그러한 이유에서가 아니고, 그것을 초극해가는 삶의 양식 자체가 다른 민족의 그것과 다르다는 이유에서일 것이다. … 한국 사람은 자기 몫의 한을 '삭이면서' 살아

왔던 것이다. 적어도 한을 '삭이면서' 살아가는 것을 윤리적 덕목으로 생각하였던 것이다. 한국인은 한을 삭이면서 인간으로 성숙해가고, 그 한을 즐기면서 멋을 구사하였던 것이다. 한은 한국인에 의하여 끊임없이 투사되고 표상됨으로써, 멋, 슬기를 생성하여온 것이다. *천이두, 『한의 구조 연구』

    물론 흥부의 자화상에는 웃음만이 아니라 울음도 묻어난다는 사실을 잊어서는 안된다. 하지만 울음이란 마침내 웃음으로 초극되고 만다는 것, 한이란 결국 흥으로 곰삭여진다는 사실을 간과한 채, 처음부터 끝까지 한에만 주목하는 한국적인 한에 대한 담론은 이제 청산되어야 한다.

    여기서 한 가지 의문이 생겨난다. 이처럼 반쪽의 논리에 불과한 한에 대한 담론이 지금껏 설득력을 얻어온 까닭은 무엇일까. 해답의 실마리는 한에 대한 담론이 발생한 시점이 일제 강점기라는 사실로부터 주어진다. 첫째 한을 삭일 여유가 없었던 까닭에 해학과 신명으로 승화시키지 못한 채 한의 늪에 주저앉을 수밖에 없었던 일제 강점기의 척박한 현실을 염두에 두어야 하며, 둘째 일본적인 정서인 모노노아와레와 신파의 퇴행적 영향을 고려하지 않을 수 없다. 말하자면 일제 강점기의 한국인은 김치가 익어서 '시원하고 칼칼한' 발효맛을 내기 전에 '부글부글 끓어오르는' 정서에 늘상 붙잡혀 있었는데, 이 틈새를 일본의 정서인 모노노아와레와 신파가 밀고 들어온 것이다.

    그렇다면 이제는 한국적인 정서의 한복판에 한이 자리잡고 있다는 식의 처량하고 자기연민으로 넘치는 주장은 그만두도록 하자. 일제 강점기의 정서 역시 한국적인 정서의 일부분을 이룬다는 것은 부인할 수 없는 사실이지만, 부분을 전체로 확대하고 과거의 상처를 미래의 청사진 위에 들이대는 어리석은 주장을 계속할 까닭은 없다. 다만 상극적인 것을 상생적인 것으로 승화시키지 못한 채 상극적인 것의 늪에 주저앉을 가능성이 우리 안에 존재한다는 사실을 경계하기 위해, 지난 세기의 한에 대한 담론을 역사책의 한켠에 선명하게 기록해둘 필요는 있을 것이다.

고지도와 명당론

윤두서의 자화상과 지도

시서화(詩書畵) 삼절(三絕)의 풍류인이었던 조선 선비 윤두서. 그의 이름을 들을 때 제일 먼저 떠오르는 것은, 강렬한 눈빛을 지닌 그의 자화상이다. 그것이 그토록 강렬한 인상을 뿜어내는 까닭은 무엇일까. 아마도 그것은 지성의 그릇에 미처 담아낼 수 없는 야:썽(野性) 때문일 것이다.

나는 십여 년 전 해남 윤씨 종가 녹우당 옆의 고산 유물전시관에서 그의 자화상과 처음 만난 이래, 그것이 뿜어내던 강렬한 야:썽을 좀처럼 잊지 못했다. 그래서 줄곧 그 야:썽의 근원에 대해 생각해왔는데, 최근 들어 그것이 그가 말을 소재로 한 그림을 즐겨 그린 사실과 무관하지 않을 거라는 생각이 들었다. 그의 자화상의 강렬한 야:썽이란 그의 말그림이 그렇듯이 지성으로 길들이고자 했으나 끝내 길들여지지 않았고, 선비의식으로 다듬고자 했으나 끝내 다듬어지지 않은 개성적인 자의식으로부터 비롯된 것은 아니었을까.

느닷없이 윤두서라는 조선 선비의 작품세계에 대한 감상을 늘어놓는 까닭은 그가 그린 한 장의 지도 때문이다. 나는 그것을 십여 년 전 해남의 박물관에서 자화상과 함께 발견했는데, 당시 조선의 고지도 자체에 낯설었던 나로서는 지금으로부터 삼백여 년 전 한반도의 남쪽 끝에서 살았던 선비가 그와 같은 지도를 그렸다는 사실이 놀랍게만 느껴졌다.

후에 그것이 당시 여러 사람에 의해 다양한 방식으로 행해진 지도 제작 열기의 한 자락을 반영하는 것이며 『조선팔도지도』나 『조선총람도』 계열의 다른 지도를 자기식으로 베껴낸 것임을 알게 되었지만, 그럼에도 불구하고 앞서의 놀라움은 사라지지 않았다. 조선 선비 가운데 정약용이나 이익처럼 세상에 대한 박물학적 호기심을 실천에 옮긴 레오나르도 다빈치형 인물도 있기는 했지만, 이처럼 지도 제작에까지 직접 손을 댄 경우는 없었다. 무엇보다 놀라웠던 것은 지도에 관한 한 내세울 만한 전문가가 아니었음에도 불구하고 기왕의 다른 지도들을 젖혀놓은 채 굳이 윤두서 버전의 지도를 그려냈다는 사실이었다.

그런데 얼마 전에 해답을 찾았다. 그는 지도 제작을 통해, 자신의 자화상에 담긴 강렬한 개성적 자의식을 공간적 자의식의 형태로 확인하고자 했던 것은 아닐까. 이것은 그의 자의식이 지닌 토속성의 한자락을 말해주는 것이며, 또한 이것은 그가 옥동 이서와 함께 조선 고유의 글씨체인 동국진체(東國眞體)를 창안한 사실과도 무관하지 않을 것이다.

나아가 선비 화가인 윤두서가 그린 동국여지지도는 조선시대 지도의 특징으로 손꼽히는 '풍수적 지리관과 음양오행의 성리학적 지도해석'의 전형을 찾을 수 있다. 백두산과 백두대간을 타고 흐르는 산맥과 강줄기의 강약 표현은 국토를 유기적 생명체 형태로 인식한 시각을 그대로 보여주는 것이고, 오방색의 색채 사용, 주요 산을 중심으로 한 산세와 산맥의 강조에 그러한 점이 선명히 표출되어 있다.

이쯤에서 우리는 문화에 대한 인간의 시간적 인식이 역사라면, 공간적 인식은 지리와 지도라는 다음의 글에 귀를 기울일 필요가 있다.

우리 역사와 문화에 대한 시간적 파악이 역사라면, 그 공간적 인식이 지리와 지도이다. 특히 지도는 국토의 자연 형세와 그 속에 담긴 유형적 문화재를 총체적으로, 그리고 회화 기법으로 묘사하고 있다는 점에서 시각 자료로서의 가치가 매우 높다. 지도에는 땅의 측량과 관계되는 과학의 영역이 있고, 땅을 생명체로 인식해 온 우리 조상들의 독특한 지리관·우주관이 있으며, 땅을 채색 그림으로 묘사한 화원들의 예술이 담겨 있다. *한영우, 『우리 옛 지도와 그 아름다움』

더욱이 현대의 지도와는 달리 회화적인 묘사의 기법을 사용한 고지도는 한국인의 공간 의식 속에 담긴 공간 취향을 확인시켜 준다는 점에서 주목할 만하다. 결국 윤두서의 자화상과 지도를 통해 우리는 인간의 정체성에서 공간 의식이 차지하는 비중의 무거움을 짐작할 수 있다.

사람은 위치와 장소 속에서 자신의 존재를 확인한다. 사람은 시간에 대한 사유보다 공간에 대한 사유를 더 절실해 한다. 자신의 위치를 확인하지 못하면 사람은 불안해한다. 국가로 조직된 조직체는 영역의 확보와 확인을 개인보다 더욱 필요로 한다. 그러므로 지도는 인간이 영역성을 의식한 오랜 옛날부터 시작되었다. *양보경, 「한국의 옛 지도」

여기서 우리는 지난 세기의 한국인이 서구적 근대를 향한 '시간과의 경쟁'에 빠져든 결과 공간 의식과 공간 취향을 상실해 버린 사실을 떠올리게 된다. 주위의 공간을 오로지 서구적 근대의 잣대인 돈 가치, 효율성, 편리성에 의해서만 판단한 나머지 개인이 사는 집이나 집단이 사는 도시에 대해서도 오로지 평수나 땅값 같은 돈 가치만을 따지는 데 익숙해졌으며, 그 결과 자신의 공간 취향이 발붙일 자리를 상실해버린 것이다.

하지만 공간 의식과 공간 취향이 인간의 정체성과 직결되는 미의식에서 얼마나 중요한 역할을 하는가는 새삼스럽게 말할 필요조차 없다. 흔히들 말하는 고향에 대한 그리움 역시 그런 것이거니와, 무엇보다 공간 의식이란 인간의 정체성을 속절없이 떠도는 천상의 것으로부터 든든하게 뿌리내린 지상의 것으로 잡아내리는 역할을 하기 때문이다.

예를 들면 삶터 관념에서는 그 땅에서 어떤 역사적 사건이 벌어진 곳이라든가, 예술품이 만들어진 장소라는 식의 역사적 관련성이 있는 공간 개념을 떠올린다. 인간사의 우연과 의무와 추억과 정서가 만나는 곳이다. … 삶터는 소속을 내포한다. 삶터는 정체성을 정립하고 소속감을 규정하며 운명을 가늠한다. 삶터는 뿌리와 방향을 제공하는 삶의 기억들로 가득 차 있다. *최창조, 『한국 풍수사상의 이해를 위하여』

고지도와 공간 취향

한국인의 공간 의식을 한눈에 실감하게 하는 아름다운 고지도는 매혹적인 아름다움을 지니고 있다. 고지도가 지닌 이같은 매혹의 근원은 무엇일까. 무엇보다 그것은 고지도가 오늘날의 지도와는 달리, 땅의 모습을 기록하는 실용적인 기호의 성격과 함께 땅의 형상을 묘사하는 예술적인 도상의 성격을 아울러 지녔기 때문이다.

조선시대를 통틀어 국가와 민간을 막론하고 지도 제작의 열기는 놀랄 만한 것이었다. 특히 조선 전기에는 주로 국가 차원에서 행해지던 지도의 제작이 후기에 들어서는 민간 차원으로 확산되었다. 민간의 지도 제작 열기는 정상기로 대표되는 하동 정씨 집안과 정철조, 정후조 형제의 해주 정씨 집안이 지도 제작에 바친 열정으로부터 물꼬를 트기 시작해서, 산천의 족보격인『산경표山經表』를 남긴 신경준의 공적과 이익의 후손으로 당대의 베스트셀러『택리지』를 쓴 이중환의 국토 사랑으로 이어지다가, 결국에는『대동여지도』를 완성하여 조선시대 지도 제작의 대미를 장식한 김정호의 지도 인생으로 마무리된다.

조선 전기에는 국가 중심의 지도 편찬이 이루어졌으나, 조선 후기에는 국가와 관청은 물론 민간에서도 지도의 제작에 중요한 공헌을 했다. 윤영 황엽 정상기 정항령 정후조 신경준 최한기 등은 이러한 지도 발전을 이끌었던 중요한 지리학자였으며, 그 마지막에 김정호가 위치하고 있는 것이다. … 그러므로『대동여지도』는 18세기 이후 조선사회가 성취했던 국가적 능력과 관심이 축적한 문화적 수준의 일부분이 김정호라는 큰 나무에 의해 열매를 맺은 것으로 보아야 옳을 것이다.

*양보경,「대동여지도를 만들기까지」,『한국사 시민강좌』제16집

조선 시대에 지도 제작의 열기가 갈수록 고조된 까닭은 무엇일까. 조선 초기에는 신흥국가인 조선 지배층의 강력한 자주의식과 관계가 있으며, 중기 이후에는 진경문화를 통해 절정에 도달한 토속적인 자의식과 관계가 있다. 결국 고지도에 담긴 공간 의식과 공간 취향은 토속적인 자의식을 배경으로 한 한국인의 미의식과 관련된다.

땅은 살아 있는 유기체다

「천하산천영락도」에서「도성도」에 이르는 고지도에 담긴 한국인의 공간 의식 또는 공간 취향은 무엇일까. 그것은 땅을 인체와 마찬가지로 뼈대(산줄기)와 핏

줄(물줄기)을 갖춘 살아 있는 유기체로 본 것이다. 그들은 땅에도 음양과 오행의 이치가 있어 다양한 요소들이 조화롭게 어우러져야 바람직한 삶의 터전을 이룰 수 있다고 보았다. 이에 따라 지도를 그릴 때에도 땅이 살아 있다고 보아 생명체적 요소를 강조해서 그렸고, 산과 강은 뼈와 혈관으로 이해하여 맥을 강조해서 그렸다.

지금은 땅에 어떤 이치가 있다든가, 살아 있는 유기체라는 시각으로 땅을 보지 않는다. 그러나 옛 사람들은 땅에 음양과 오행의 이치가 있고, 그 이치에 따라 땅이 살아 있다고 보아, 그 생명체적 요소를 강조해서 그렸다. 그래서 방위에 따라 오행의 색깔을 다르게 칠하고, 산과 강은 뼈와 혈관으로 이해하여 그 맥을 강조하여 그렸다. 우리가 옛지도를 볼 때 땅에 대한 애정이 솟구치는 것은, 땅이 생명체로서 살아서 약동하여 그 기운이 가슴에 와 닿기 때문이다. *한영우 안휘준 배우성, 『우리 옛지도와 그 아름다움』

땅을 살아 있는 유기체로 보는 생각을 체계화시킨 것이 풍수사상이다. 물론 이것은 오늘의 우리에게는 터무니 없는 생각으로 받아들여질 수도 있다. 왜냐하면 막스 베버의 말처럼 '주술로부터의 탈피'로 정의된 근대화의 깃발이 걸린 지난 세기 동안, 땅을 '살아 있는' 유기체로 보는 생각은 지혜의 자리에서 미신의 자리로 밀려났기 때문이다. 물론 이것은 '언제나 속뜻을 숨기고 비약된 은유를 사용함으로써 깊은 지혜를 품고 있으면서도 미신 취급을 당하는' 풍수 특유의 화법 때문이라고 볼 수도 있지만(최창조, 『땅의 눈물 땅의 희망』), 결과적으로 오늘날 그같은 생각 주변에는 한 세기에 걸친 음지의 삶에 따른 곰팡내와 미운살이 박혀 있는 것도 사실이다. 하지만 땅을 '살아 있지 않은' 것으로 간주하면서 돈 가치, 효율성, 편리성을 내세운 마구잡이 개발에 몰두한 결과, 아이러니컬하게도 이제는 그동안 살아 있지 않은 것으로 여겨온 지구를 살리자는 깃발을 내세우게 된 것이 오늘의 현실이다. 따라서 이제는 그것을 미신의 자리에서 지혜의 자리로 복권시켜야 한다는 공감대가 생겨나기 시작한 것도 사실이다.

어떤 이유에서건 현재 풍수가 받고 있는 수모는 너무 지나치다. 사람들은 풍수를 산소 잡기에 관계되는 지극히 이기적인 속신으로 알고 있는 경우가 대부분이다. 풍수가 본질적으로 지녀왔던 논리성이나 지혜성 그리고 엄격한 윤리성은 너무도 무시되어 온 반면, 풍수의 피상적이고도 술법적인 성격은 지나치게 과장되어온 것이 그 이유중의 하나라고 생각된다. *최창조, 「한국 풍수사상의 이해를 위하여」

오늘의 우리는 어제 우리의 자리로 멀찍이 에둘러서 돌아가는 중이다. 멀찍이 에둘러서 돌아간다는 것은 '시간과의 경쟁'에 쫓겨 성찰의 자세를 내던진 지난 세기의 선택에 대한 대가를 치르는 것이다. 하지만 한 세기 동안 공론적인 비판의 장에서 배제되었던 그것을 이제 와서 고스란히 되살린다는 것은 어불성설인 면이 없지 않다. 따라서 우리는 다음과 같은 주장에도 귀를 기울여야 한다.

… 우리들은 우리의 전통문화와 사상에 대해 철저한 비판을 가할 수 있는 기회를 얻지 못하였다. 개항 이후에는 겨를없이 식민지가 되어 버렸고, 해방 이후에는 자본주의의 길로 달려갔다. 일제는 식민정책의 일환으로 전통문화와 사상을 폄하하였고, 자본주의는 그것에 치명타를 입혔으나 그 과정을 통해 진지한 비판이 진행되었던 것은 아니었다. … 하지만 철저한 비판의 시기를 갖지 못하고, 그것을 완결하지 못하고, 이제 다시 계승을 이야기하게 되었다는 것은 우리의 비극이다. *양계초·풍우란 외 지음, 김홍경 편역, 『음양오행설의 연구』 편역자 서문

명당과 상의 아름다움

땅을 살아 있는 유기체로 본다는 것. 땅에서 살아 있는 유기체가 발산하는

생기를 감지하는 것. 특히 산과 강을 하나의 유기체적 구조로 보고 산자분수령(山自分水嶺) 즉 산이 물의 분수령이 된다고 보아, 한반도 전체를 백두산에서 시작되는 산줄기 백두대간을 뼈대로 하고 거기서 갈라져나온 물줄기를 핏줄로 하는 거대한 유기체로 보는 것. 이같은 생각은 한국의 고지도를 대표하는 「대동여지도」로 하여금, 다음과 같은 표현 양식상의 특징을 지니게 만들었다.

「대동여지도」의 표현 양식상에서 가장 특징적인 점으로 지적되는 것이 산지의 표현이다. 산도(山圖)에서 사용되는 산의 표현방식을 응용하여 개별 산봉우리를 그리지 않고, 끊어짐 없이 산줄기를 연결시켜 그렸다. 이는 우리 나라 지도 제작의 특징으로서 전통적인 자연 인식체계이기도 하며, 풍수적 사고가 반영된 것으로 지적되기도 한다. … 이러한 산계의 표현은 기본적으로 하계와의 관계 속에서 파악되는 것으로 하천을 가르는 분수계는 평지에 가까운 경우라도 산줄기로 표현되고 있다. *『한국의 옛 지도』 자료편 해설

그렇다면 이같은 표현 양식상의 특징이 생겨난 까닭은 무엇일까. 그것은 일차적으로 '산과 물이 짜임새 있게 어우러져 생기가 감도는'(『풍수 그 삶의 지리 생명의 지리』) 우리 나라의 자연으로부터 비롯된 것이다. 하지만 다시 그같은 고유의 자연이 낳은 전통적인 자연 인식체계를 돌아보지 않을 수 없는데, 그것이 바로 풍수(風水)다. 그렇다면 다시 풍수란 무엇인가.

풍수사상은 모든 지리적 요소들에 매우 인간적인 실존성을 부여한다. 추상적이고 기하학적인 공간을 구체적인 삶과 관련된, 상호유기적 관계의 살아 있는 공간으로 만든다. 인간적 의미가 없는 공간은 사실상 죽은 공간이다. 땅에 인간적 의미를 주어, 이용과 소유의 대상이 아닌 더불어 살아가야 할 삶터로 환원시키는 것이 풍수사상이다. 모든 토지적 요소에 생명력을 불어넣는데, 이것이 바로 땅 속

의 생기, 즉 지기이다. 이때 땅은 그리고 자연은 존귀한 삶의 실체가 된다. *최창조,
「한국 풍수사상의 이해를 위하여」

풍수사상에 따르면 고지도의 산은 단순한 산이 아니라 주산이거나 안산,
좌청룡이거나 우백호이고, 고지도의 하천은 단순한 강이 아니라 명당수이거나 객
수이며, 고지도의 산줄기는 단순한 산줄기가 아니라 정기가 흐르는 맥(脈)이다.
결국 풍수사상이란 한국인의 의식 뒤편에서 후광처럼 빛을 발함으로써, 의식의
수면 위를 떠다니는 공간 심상들로 하여금 실용적인 기호의 성격을 넘어 예술적
인 도상의 성격을 아울러 지니도록 만드는 근원이 된다.

역사에 빛나오는 백악을 지고
높닿게 터를 잡은 우리집 청운
인왕산 덜퍽 바위 의지의 표상
청풍계 맑은 시내 지혜의 거울
*김성태 작곡, 이은상 작사

이것은 필자의 아들이 다니는 중학교의 교가인데, 여기에 등장하는 백악
은 주산에, 인왕산 덜퍽바위는 안산에, 청풍계 맑은 시내는 명당수에 해당한다. 그
러니까 한국인에게 있어 풍수란 주변의 공간을 살아 있는 기억 속의 심상으로 자
리잡게 만드는 비결이라고 할 수 있다.

그렇다면 풍수의 핵심에 해당하는 명당(明堂)은 어떤 곳일까. 그것의 이론
은 말하는 사람의 숫자만큼이나 다양하며, 그것의 적용이나 실제 역시 같은 장소
에 대해서도 저마다 판단이 다른 경우가 많다. 그런데 이같은 다양성과 주관성이
야말로 명당의 본질과 통한다. 왜냐하면 한국인의 공간 취향의 꽃에 해당하는 명
당이란 무엇보다 심미안 또는 미의식을 만족시켜주는 것이기 때문이다. 그럼에도

불구하고 이같은 다양성과 주관성 너머에서 한국인에게 보편적으로 받아들여지는 명당의 정의를 찾아본다면, 그것은 다음과 같다.

구태여 그 내용을 요약하자면 산수상보한 조화, 균형의 땅에 사람의 마음을 지각상 포근히 감싸줄 수 있는 유정한 곳, 그러나 속된 기가 흐르지 않는 성소로 정리되는 듯하다. ⋯ 끝으로 전체적 국세는 상극, 산발, 궁진, 질단, 무정, 충사, 역세, 패역의 분위기를 일으키지 않고, 상보, 상생, 생기, 변화, 환포, 유정, 순세, 취강 등 조화와 균형의 이미지를 주어야 한다. 온화 유순하고 부드러우며 결함이 없어 마음을 안정시켜 주는 주위환경, 각이 지지 않는 방위와 유장한 산의 흐름, 찌르듯 달려들지 않는 물길, 그러나 변화무쌍하여 결코 단조롭지 않은 산수의 배열, 이러한 조화를 이룬 자연에 적덕한 사람들의 영원한 거소, 이것이 풍수적 이상의 땅, 길지인 것이다. *최창조, 「한국의 풍수사상」

　　내용을 정리하면, 명당이란 '상생적인 조화로움에 따른 유정함을 지닌 곳'이나 '속기가 없는 유토피아'가 된다. 한 세기 전의 한국인은 이같은 공간 취향을 일상에서도 자꾸만 확인했고, 기억 속에서도 자꾸만 확인했고, 고지도나 진경산수화 같은 문화예술에서도 자꾸만 확인했다.

우리들에게 공간이란 시간과 함께 객관적 대상일 수밖에 없지만, 경관이란 공간이 주체인 우리의 의식 속으로 들어와 재구성된 주관적 공간이라 볼 수 있다. 따라서 이 경관에는 생활 근거로서의 중요성뿐 아니라 인간문화에 의하여 주관적으로 평가되고 다시 인간의 노동에 의해 공간상에 창조된 형태가 있다. *김덕현, 「유교적 촌락경관의 이해」

　　이처럼 한국인의 공간 취향의 꽃이라고 할 수 있는 명당이란 본래부터 그곳에 존재한 자연적인 풍경 위에 상(象)의 아름다움을 추구하는 미의식에 따라 생겨난 인문적인 풍경을 겹쳐 놓은 것이다. 이같은 사실은 샘물가의 바위에 새겨진 인왕산 활터 황학정의 8경(景)이나 김인후가 읊은 담양 민간정원 소쇄원의 48영시(詠詩)럼 많은 이들의 사랑을 받는 풍경에 바쳐진 풍경시를 통해 한층 분명해진다.

백악청운(白岳晴雲 – 구름이 맑게 갠 날의 인왕산)
자각추월(紫閣秋月 – 자하문 문루 위에 떠 있는 가을달)
모암석조(帽嵓夕照 – 황학정의 좌창룡 능선 위에 있는 감투바위 즉 모암에 드는 석양빛)
방산조휘(榜山朝暉 – 마치 산에 방을 내건 것처럼 보이는 인왕산 바위능선에 비친 새벽 햇살)
사단노송(社壇老松 – 사직단 주변의 노송)
어구수양(御溝垂楊 – 궁궐 개울가의 수양버들)
금교수성(禁橋水聲 – 금천교의 물소리)
운대풍광(雲臺風光 – 구름집처럼 산허리를 감고 있는 인왕산의 단풍)
*「황학정 팔경풀이」

그(소쇄원48영시)중 사람들의 행위가 동반되어 경관의 인식이 증폭되는 시제는 다음과 같다. 소정빙란(小亭憑欄, 자그마한 정자의 난간에 기댐) 석경반위(石逕攀危, 벼랑을 오르는 돌길) 지대납량(池臺納凉, 연못가에서 더위를 식히니) 매대격월(梅臺激月, 매대에 올라 달을 맞음) 광석와월(廣石臥月) 탑암정좌(榻巖精坐, 걸상바위에 고요히 앉음) 옥추횡금(玉湫橫琴, 맑은 물가에 걸려 있는 거문고) 복류전배(흐르는 물길 따라 술잔을 돌림), 상암대기(床嵓對棋, 평상바위에서 바둑둠), 수계산보(修階散步, 긴 계단길을 거님), 의수괴석(倚睡槐石, 느티나무 옆 바

위에 기대어 졸음), 조담방욕(槽潭放浴, 물 웅덩이에서 미역 감음), 유정영객(柳
汀迎客, 버드나무 개울가에서 손님을 맞음)이 그것으로, 엄밀한 의미에서 사물만
의 경관은 존재하지 않으며, 인간이 경관의 일부가 되어 이루어지는 경관체험이
보다 인상적이 되고 있음을 알 수 있다. *김현, 「소쇄원도와 시문 분석을 통한 소쇄원의 경
관 특성에 관한 연구」

　　이상을 통해 우리는 한국인의 공간 취향이 자연적인 동시에 인문적인 것
이며, 인문적인 동시에 다시 자연적인 것임을 알 수 있다. 그러나 오늘의 한국인은
일상에서든 기억에서든 문화예술에서든 이같은 공간 취향을 확인할 기회가 드물
다. 산줄기는 개발에 의해 잘려나가거나 고층 건물로 가려지고, 물줄기는 오염에
시달리거나 도로로 덮인 경우가 대부분이기 때문이다.
　　오늘날 지리 교과서에 실려 있는 지도는 일본인 지질학자 고토 분지로(小
藤文次郎)가 1900년과 1902년 두 차례에 걸쳐 14개월 간 한국을 답사하고 나서
1903년에 발표한 「조선산악론」과 이를 근거로 제작된 「조선전도」를 토대로 한 것이
다. 김정호의 대동여지도 같은 조선시대의 고지도가 오늘날의 지도로 탈바꿈한
사실은, 지난 세기의 한국인이 식민지로 전락하면서 고유의 공간 취향을 잃어버
리고 기억상실에 빠져든 현실을 단적으로 보여준다.

수백 년에 걸친 한일 양국의 지도가들은 상대국의 지도를 상대국의 자료에 바탕
하여 그려왔다. 그러나 양학을 수용한 일본측이 새로운 기술로 독자적인 조선 지
도를 그리게 되면서 호혜적인 양국의 관계는 대극적인 관계로 전환되어갔다. 일
본은 종이 위에 한국을 그리고 한국은 일본에 의해 그려지게 되었다. *박현수, 「일
본의 조선지도와 식민주의」

　　해결책은 없는가. 오늘의 현실에 비추어볼 때. 공간 취향을 확인할 수 있

는 일상과 문화예술을 복원하는 것이 쉬운 일은 아닐 것이다. 하지만 기억상실로부터 벗어나기 위한 복원(復元)의 절실함을 깨닫기만 한다면, 일상과 문화예술을 변화시킴으로써 잃어버린 공간 취향을 회복할 수 있는 실마리를 찾을 수 있을 것이다.

공간 취향이라는 말이 여전히 낯설게 느껴지는가. 그렇다면 이렇게 생각해보면 어떨까. 당신의 마음 속에 돈 가치, 효율성, 편리성과 무관한 동기에 따라 기억 속에 자리잡은 공간적 심상이 있다면, 그같은 공간적 심상으로부터 문화적인 인식과 실천에 대한 통찰을 제공받는 것이 있다면, 그것이 바로 당신의 공간 취향이며 저다움의 미의식의 교두보라고 말이다. 옛집이라는 것, 고향이라는 것, 낯익은 등산로, 자꾸만 머리 속에 떠올라 눈앞을 가로막는 '그때 그곳'이나 미지의 '어느 곳'이 바로 그곳이 아닐까.

백의와 색동

미의식을 상징하는 기억 속의 심상의 핵심적인 요소의 하나가 색(色)이다. 고유색 또는 조선색이라는 표현을 통해서도 짐작되듯이, 색이란 보편 너머의 특수가 자신의 '저다움'을 드러내는 빛과도 같다. 따라서 중국의 벽돌탑에 대비되는 한국의 석탑, 주희의 주자학에 대비되는 율곡의 성리학이 그렇듯이, 조선색이란 좁은 의미의 한국의 색을 넘어 넓은 의미의 한국인의 기질을 가리킨다.

한국인이 좋아하는 색은 무엇보다 '밝고 맑은' 색, 즉 명도와 채도가 아울러 높은 색이다. 명도와 채도의 높고 낮음은 상대적인 개념이므로, 이것은 중국인이나 일본인이 좋아하는 색을 염두에 둔 것이다. 명도와 채도가 아울러 높은 '시원하고 칼칼한' 색. 자연염색 조각보에서 볼 수 있는 투명한 담채(淡彩, 식물성 염료로 엷게 칠한 것) 같은 색. 그것은 단청이나 민화, 자수 같은 데서 볼 수 있는 불투명한 진채(眞彩, 석채나 암채라고 불리는 광물성 염료로 진하게 칠한 것)의 경우에도 중국의 색인 당채에 비해 한결 '밝고 맑은' 느낌을 선사한다. 한국인

의 마음 한구석에 자리잡고 있는 '노랑 저고리에 빨강 치마'의 이미지가 이것을 상
징적으로 대표한다.

… 황색의 저고리와 빨강 치마는 명랑한 색조화로 명절의 분위기를 한껏 돋우고
평상복의 단조로움을 깨는 파격적인 색채 감정의 한 예로 부각되고 있다. 여기에
서 한국인이 선호한 빨강은 중국의 빨강과 비교할 때 명도가 높아 담백한 맛을
주고, 노랑 역시 자연에서 쉽게 접할 수 있는 밝고 맑은 노랑색이다. 그러므로 이
러한 빨강과 노랑을 대비시켜 이룩한 화려하고 미묘한 색채 조화에서 한국인의
색 기호 경향을 볼 수 있다. *금기숙, 『조선복식미술』

　　　색상의 문제뿐 아니라 색 배열 또는 색 구성의 문제 역시 색 취향을 결정
짓는 중요한 요소다. 색이란 사실상 어떤 풍경과 관련된 시각 이미지로 인식되는
경향이 있기 때문에, 색 배열 또는 색 구성의 문제가 색상의 문제보다 중요할지
도 모른다.

한국적인 이미지의 색이란 하나하나의 색깔에 한국적인 의미가 부여될 수 있는
것이 아니라 몇 가지의 색깔이 지각 공간에 어떻게 구성되느냐의 정도, 이른바 상
대적 가치에 의해서 형성된다. 색동은 색동 저고리와 같이 몇 가지의 색깔이 구
성될 때에만 한국적 이미지를 환기시킨다. 만약 색동에 사용된 몇 가지 색깔이
그 구성을 다르게 한다면 이러한 이미지와는 전혀 다른 이미지를 표현할 것이다.
*국립현대미술관, 『한국전통표준색명 및 색상』

　　　그렇다면 한국인이 자신의 고유색을 배열하거나 구성한 원리는 어떤 것이
었을까. 이것을 살펴보기 위해서는 무엇보다 한국인의 모습이 포함된 풍경들을
돌아볼 필요가 있다. 특기할 만한 것은 한국을 방문한 외국인들의 눈에 비친 풍

경들이다. 물론 타자에 불과한 외국인의 우연한 시선에 비친 풍경이란 객관적인 자료로 삼을 만한 것이 못될 뿐더러, 일본인 야나기의 눈에 비친 비애의 흰옷처럼 자신의 관점에 따라 사실을 왜곡할 가능성도 없지 않다. 하지만 구한말에 조선을 방문한 외국인들 가운데 조선과 조선인을 상대직으로 쿨한 시선으로 바라본 나그네들의 눈에 비친 풍경 가운데는, 한국인들이 자신을 돌아보기 위한 참고 자료로 활용할 만한 것이 적지 않다. 이십 세기 초에 발행된 영국인 여성의 책에 실린 그림도 그런 경우다.

흰옷과 함께 간간이 은은한 다채색이 조화된 고풍스런 서울의 거리는 결코 단조롭지 않은 풍경을 연출하고 있다. 보기에 따라서는 화사하다고 말해도 지나치지 않을 만큼 다양한 거리 패션이 한눈에 들어온다. 이 그림은 1904년에 발행된 영국의 여류화가 콘스탄스 테일러의 저서 『조선 풍물』에 실린 것으로 저자가 직접 보고 그린 것이다. 화가는 서울의 중심가에서 남녀노소가 각기 다른 모자와 전통 의상을 입고 지나는 장면을 보고 신선한 충격을 받았다고 토로했다. "길게 늘어뜨린 의상들은 흰색을 비롯하여 연두, 자주, 노랑, 파랑 빛을 띠며 서로 어우러져 유연한 조화를 이루는 가운데 검은색 모자가 중심을 잡아주고 있다." *백성현 이한우, 『파란 눈에 비친 하얀 조선』

    이밖에도 병인양요 당시 프랑스 함대와 동행한 리델 신부가 한강변에서 본 풍경이 인상적인데, 특히 원경의 시선을 유지하고 있는 이것은 근경으로는 포착되지 않는 색 배열 또는 색 구성의 원리를 인상적으로 제시하고 있다는 점에서 눈길을 끈다.

맞은편에 넓은 모래 해안이 보였고, 언덕에는 대포 소리를 듣고 몰려든 사람들로 가득했습니다. 이들은 나들이옷을 차려입고 서양 선박의 모습을 구경하러 몰려든 것이었습니다. 그들의 의복은 흰색, 푸른색, 붉은색으로 다양했고, 초록빛 언덕과 함께 정말 아름다운 장관을 이루고 있었습니다. 마치 여기저기 커다란 꽃바구니를 놓아둔 것 같았습니다. *프레데릭 불레스텍스. 「착한 미개인 동양의 현자」

이상을 통해 우리는 한국인의 색 취향을 결정한 색 배열 또는 색 구성의 원리를 짐작할 수 있다. 그것은 첫째 흰색을 여백으로 남겨둔 수묵 채색화 같은 구성이며, 둘째 하양, 까망에 빨강, 노랑, 파랑이 한데 어우러진 오방색의 구성이다. 하양을 배경으로 빨강, 노랑, 파랑이 다채롭게 어울린 위에 까망의 포인트가 들어가는 오방색의 조화로움. 이것은 리델 신부의 눈에 비친, '흰색을 비롯하여 연두, 자주, 노랑, 파랑 빛을 띠며 서로 어우러져 유연한 조화를 이루는 가운데 검은색 모자가 중심을 잡아주는' 이미지와도 통하는데, 바로 이것이 한국인의 기억 속에 자리잡은 고유의 색채적 심상이다.

소색의 아름다움

한국을 방문한 외국인들의 눈에 비친 풍경 가운데 눈여겨봐야 할 것은 흰색에 관한 것이다. 1902년 조선을 방문하여 고종의 공식 초상화를 그린 프랑스의 저명 화가 드 라네지에르는 자신의 눈에 비친 한국의 풍경을 다음과 같이 묘사했다.

"청색이 중국의 색이라고 한다면 흰색은 한국의 색이다. 조선의 고유 의상에서는 생동감이 넘치는 백옥 같은 밝은 흰색부터 광목처럼 거칠고 투박한 흰색에 이르기까지 아주 다양한 종류의 흰색을 만나게 된다. 따라서 조선의 거리 어디에서나 볼 수 있는 다양한 흰옷 물결이 만들어내는 조화는 마치 음색의 향연 그 자체인 것이다. …" *백성현 이한우, 앞의 책

한국인은 흰옷을 즐겨 입었으며, 흰색을 좋아했다. 주목해야 할 것은 이 경우의 흰색은 색이 없는 무색이 아니라 자연의 바탕색인 소색이라는 것이다. 소색이란 무엇인가. 바탕 소자(素)에 색 색자(色), 옥양목이나 비단, 광목의 색처럼 재질에 따라 다양한 뉘앙스의 색감을 드러내는 자연의 바탕색이다. 이처럼 자연의 바탕색을 의미하는 소색은 당연히 옷감의 색에 한정되지 않는다. 그것은 나무껍질로 만든 흰색의 종이처럼, 염색 따위의 가공을 하지 않고 바탕색을 살려 만드는 일상용품 속에 살아 숨쉰다. 소색은 자연스럽게 어느 문화에나 존재하는 것이지만, 그것은 특히 한국인의 일상에서 눈에 띄게 등장하는, 한국문화의 트레이드 마크와도 같다.

소색의 아름다움은 무명이나 모시로부터 창과 문에 바른 한지, 벽에 바른 흰 석회, 백자 항아리 등의 일반 조형 예술에까지도 같은 감정으로 표현되어 있다. 재질의 소색인 백색은 광선을 반사하여 번쩍거리는 백색이 아니고 빛을 흡수하는 듯한 은은한 빛깔이다. 소색의 백색은 화학 약품으로 처리되어 표백된 순백색이 아니라 옅은 색상을 띤 백색이다. 같은 백색이라 해도 민족마다 색감에 대한 선호도의 차이가 있기에 각 색의 색감은 다르다. 한국인이 애호한 백색은 백자의 투명함에서 접할 수 있는 백색이나 세모시 백색 도포에서 보이는 백색과 같이 격 있고 깊이 있는 색이다. *금기숙, 『조선복식미술』

따라서 한국인의 색 취향을 올바로 이해하기 위해서는, 먼저 한국인의 색채적 심상의 바탕색에 해당하는 소색의 아름다움에 눈을 떠야 한다. 다양한 질감을 지닌, 생기 넘치는 소색의 아름다움. 은은하고 투명하면서도 깊은 맛을 지닌, 미묘한 뉘앙스의 매력. 천연 그대로의 색을 간직한, 격 있고 깊이 있는 아름다움. 이것은 태토(胎土)의 종류에 따라 눈빛 같은 설백이나 젖빛 같은 유백, 잿빛이 도는 회백을 띠는 백자의 색이나 지백이라 불리는 한지의 색, 모시나 삼베, 옥양목이나 광목 같은 옷감의 색을 통틀어 가리키는 것으로, 한마디로 규정할 수 없는 복합적인 뉘앙스를 지닌 것이다.

소색이 지닌 복합적인 뉘앙스를 좀더 큰 시야에서 바라보면, 그것은 '묵 한 색이 다섯 색을 구비했다'고 보는 동아시아의 색채론과 관련된다. 그것은 고려 청자의 청색 한 가지에서 수십 가지의 색을 느낄 수 있고, 조선 백자의 흰빛 한 가지에서 수십 종의 다채로움을 느낄 수 있는 것과도 무관하지 않다(김용준, 『조선시대 회화와 화가들』). 이렇게 볼 때 소색이 지닌 복합적인 뉘앙스를 무시한 채 서구의 색채론에 따라 색의 단일함이나 색의 부재로 몰아붙이는 사고 방식이 얼마나 잘못된 것인지 알 수 있다. 그러고 보면 색채에 대한 감각이 세련될수록 단일 색에서도 호리(豪釐, 털끝)의 변화로 복잡한 색도를 느낄 수 있는 것(김용준, 앞의 책)은 비단 동북아시아의 색채론에만 한정되는 것이 아니라 보편적인 색채론 전반에 두루 적용되는 것이다. 결국 한국인이 소색을 즐겨 사용했다는 사실은 한국인의 색 취향의 무미건조함을 말하는 것이 아니라 도리어 그것의 섬세함을 말하는 것이다.

한국인이 소색을 즐겨 사용한 까닭은 무엇일까. 그것은 구부러진 나무를 고스란히 대들보로 사용한다든지 굵기가 고르지 않은 나무를 활용하여 배흘림 효과를 낸다든지 하는 식으로, '자연적인 것' 그대로를 '인문적인 것'의 영역으로 끌어들이는 것과 흡사하다. 이것들이 형의 질박함을 통해 상의 아름다움을 얻고자 한 것이었듯이, 소색을 즐겨 사용한 것 역시 생기의 미감을 통해 얻어지는 상의 아름다움을 염두에 둔 것은 아니었을까. 이같은 해석은 구한말 조선을 방문한 서양인 나그네들의 시선에 비친 한국인의 흰옷이 생동감이나 축제 같은 분위기, 쾌활함, 발랄함, 매력적인 감흥, 활기참 등으로 받아들여진 사실을 통해서도 입증된다(백성현 이한우, 앞의 책).

한국인이 즐겨 사용한 소색이 생기의 미감을 발산한다는 사실은, 한국인의 색채적 심상의 큰 그림 속에 들어 있는 소색이 수묵 채색화의 여백과도 같이 그림 속의 다른 색들을 생기 있게 돋보이게 하는 역할을 한다는 사실을 통해 분명해진다. 다음과 같은 여백의 역할이야말로 한국인의 색채적 심상 속의 소색의 역할과 일맥상통한다.

여백은 빈 공간으로 나타나지만, 동양화에서는 중요한 의미를 지닌다. 서양화에 있어서 공간은 문자 그대로 빈 것으로 이해되며, 따라서 그들은 그 빈 공간을 채우기 위해서 많은 것들을 빈틈없이 그려넣는다. 그러나 동양화에 있어서 공간은 그 안에 모든 것에 대한 풍부한 가능성을 포함하고 있으며, 이 비가시적인 풍요로움으로부터 실체인 모든 것이 나오기도 하고 다시 그 속으로 들어가 숨어버리기도 한다. 여백은 문자 그대로 비어 있는 상태가 아니라, 무엇인가 존재하고 있지만 우리의 눈에 쉽사리 확인되지 않는 어떤 심오한 상태인 것이다. *박용숙, 「한국미술의 해학정신」

그렇다면 흔히 백의민족으로 표상되는 한국인의 흰색 취향이란, 주변의 다른 색들을 지우고 배제하는 것이 아니라 도리어 주변의 색들을 생생하게 살려내고 풍성하게 싸안는 것이다. 더욱이 색이라는 것이 미의식을 상징하는 기억 속의 심상의 핵심 요소의 하나임을 염두에 둔다면, 무색인 동시에 무취를 의미하는 화이트 취향을 뒤집어쓰는 일을 그만두고, 격 있고 깊이 있으며 생기 넘치는 내추럴 룩의 소색 취향으로 돌아가는 것이 바람직할 것이다. 그리하여 소색의 저고리에 곁들인 자줏빛 회장의 근사한 멋이나, 소색의 백자 위에 푸른색을 곁들인 청화, 붉은색을 곁들인 진사, 검정색을 곁들인 철화의 멋들어진 맛을 음미해 보는 것은 어떨는지.

오방색

오방색(五方色)이란 무엇인가. 그것은 모든 색을 청, 적, 황, 백, 흑의 다섯 계열로 구분하는 색 체계를 가리킨다. 오방색과 관련해서 흥미로운 사실은 우리 민족이 누려온 수많은 색 가운데 순수한 우리말로 된 명칭은 하양, 까망, 빨강, 노랑, 파랑의 다섯 가지 뿐인데, 이것이 바로 오방색이라는 것이다. 한국인에게 있어 오방색이란 관념에 불과한 것이 아니라 색에 관한 현실 자체이기도 하다.

원래 우리 민족에게는 우리 정서에 맞는 색상이 있다. 그것은 제각기 시간과 공간, 그리고 윤리에 관한 의미 체계를 갖추고 있다. 이것이 서구의 색채 개념과 다른 점이다. 놀라운 것은 그렇게 많은 색상 중에 순수한 우리말로 된 명칭은 무채색에서 하양, 까망 2가지 뿐이고 유채색에서 빨강, 노랑, 파랑의 3가지뿐이다. 이것이 바로 오방색이다. 우리가 교과서에서 배운 '먼셀 색환'에 나타난 만유의 기본색이다. 이를 알면 누구도 우리의 색상 철학에 승복하지 않을 수 없을 것이다. 오방색은 주객간에 지각되는 대상에 대한 단순한 지각적 체험을 배제하고 색에 의미 체계를 부여하여 색채를 생활화하고 육화하였다. *이종상, 『이승철 개인전-한국의 색』 팜플렛 서문

　　오방색 또는 오정색은 다시 수많은 간색 또는 잡색을 파생시킴으로써 세상의 모든 색을 포함한다. 이처럼 한국인이 음양오행사상을 배후에 지닌 오방색의 원리를 사용한 사실은 한국문화의 배색 원리가 상생적인 조화로움을 지향한 것을 의미한다. 이것은 오방색에 따른 색채적 심상을 대표하는 색동의 배색이 근본적으로 음양오행사상에 근거하고 있으며, 특히 상극적인 배열보다 상생적인 배열을 따르는 경향이 있다는 연구(박상의, 「색동에 대한 연구」)를 통해 잘 드러난다.

색동의 색 배합이 음양오행사상에 근거하고 있다는 것도 간과할 수 없다. 색동의

색 배합이나 배열에는 음양의 색인 청, 적과 오방색인 청, 적, 황, 백, 흑 중 흑색을 제외한 모든 색이 포함된다. 색동에는 이성지간(異性之間), 또는 만물의 구성원리에 적용되는 색채개념으로서의 음양관과 오행사상의 상생, 상극의 개념이 개입된 것으로 추정된다. 이것은 색동의 색채 배열에서 상생의 배열이 많은 점으로 보아 음양오행설의 개입 여부가 긍정적으로 인정된다. *금기숙, 앞의 책

색동 형식의 색 배열은 본래 동양 삼국에 공통된 것이지만, 유독 한국에서만 고유의 색 배열로 정착되었다. 이것은 앞에서 인용했듯이 구한말에 한국을 찾은 나그네들의 시선에 의해 포착된 한국의 풍경과 유사하게 오버랩되는데, 여기저기 커다란 꽃바구니를 놓아둔 것처럼 흰색, 푸른색, 붉은색의 다양한 의복이 초록빛 언덕과 함께 이루어내는 장관이나, 흰색을 비롯하여 연두, 자주, 노랑, 파랑 같은 다채색이 조화를 이루는 거리의 패션이 그것이다.

그렇다면 이제는 오방색의 원리에 따른 색동의 이미지, 생기의 미감을 살리는 소색의 이미지, 명도와 채도가 높아 '밝고 맑은' 느낌을 주는 고유색의 이미지를 한데 아울러, 저마다의 마음 속에 숨어 있는 저다움의 색채적 심상을 새롭게 떠올려 보는 것은 어떨까.

조선 복식에는 주조색인 백색에 대해 다른 한편으로는 녹의홍상, 황의홍상, 녹의청상 등과 같은 강렬한 원색의 조화가 주의를 환기시키며 공존하고 있다. 조선시대의 평상복이 주로 백색을 중심으로 한 고명도의 색채로 구성된 것은 현존하는 유물이나 당시대의 풍속화 등으로도 확인된다. 또한 평상복의 색채 조화와는 달리, 명절에 입는 의복에 나타난 원색 대비나 활옷의 자수와 문양, 건축물의 단청, 지공예의 태극문양, 민화에 사용된 진채, 화각공예의 문양, 색실함, 헝겊상자, 당혜 등에 사용된 원색 중심의 선명하고 강렬한 색채는 조선시대인들의 순수하며 화려한 색채 감정의 일면이 표출된 예이다. *금기숙, 『조선복식미술』

야나기의 비애와 최남선의 광명

한국인은 누구인가. 한국인의 미의식은 무엇인가. 이같은 질문과 마주할 경우, 누구든지 마음 한구석에 떠올리는 것이 있다. 백의민족이라는 표상이 그것이다. 그런데 이같은 표상은, 한국인의 마음 속에 친근하게 자리잡은 동시에 어딘가 불편한 느낌을 불러 일으키고 있다. 물론 한국인이 백의를 즐겨 입은 것은 "국내에서는 흰색 의복을 숭상하여, 하얀색의 포목으로 만든 통이 넓은 소매의 도포와 바지를 입고, 가죽신을 신는다"는 『삼국지 위서 동이전』의 기록처럼 역사적인 사실임이 분명하다. 하지만 한국인이 흰옷을 즐겨 입은 사실과 한국인이 백의민족이라는 주장은 별개의 것이다.

그렇다면 이른바 백의민족이 한국인의 마음 속에 친근하면서도 불편한 느낌을 불러일으키는 이데올로기적 표상으로 자리잡은 것은 언제부터인가. 그것은 한국이 일본의 식민지로 전락한 지난 세기 초반의 일인데, 구체적으로는 한국인의 백의를 비애의 상징으로 본 야나기 무네요시의 주장과 광명의 상징으로 본 최남선의 주장이 계기를 제공했다. 우선 야나기의 주장부터 살펴보자.

중국과 특히 일본에서는 그처럼 다양한 색채의 의복이 발달하였는데, 왜 이웃 나라인 조선에서는 그러지 못했는가. 입고 있는 의복의 색은 아무런 색도 지니지 않은 흰빛이 아닌가. 그렇지 않으면 색이 가장 적은 연한 옥색이 아닌가. 늙은이나 젊은이나 남자나 여자나 다 같은 색의 옷을 입는다는 것은 어찌된 연유에서일까. 이 세상에는 나라도 많고 민족도 많다. 그렇지만 이처럼 기이한 현상은 어느 곳에서도 찾아볼 수 없다. 나는 역사가가 아니므로 이러한 의복이 어느 시대에 생겼는지 단정할 근거가 없다. 그러나 흰옷은 언제나 상복이었다. 쓸쓸하고 조심성 많은 마음의 상징이었다. 아마 이 민족이 맛본 고통스럽고 의지할 곳 없는 역사적 경험이 이러한 의복을 입는 것을 자연스럽게 만들어버리지 않았나 생각한다. 어쨌거나 색이 빈약하다는 것은 생활에서 즐거움을 잃었다는 분명한 증거가 아니겠는 가. *야나기 무네요시, 「조선의 미술」

　　요컨대 흰색은 무색이므로 한국인의 흰색 취향을 '색의 빈약함'으로 해석한다는 것이다. 이같은 주장은 한국인이 좋아하는 흰색이 다채로운 뉘앙스를 지닌 자연물의 바탕색인 소색이라는 사실과, 한국인의 흰색 취향이 수묵 채색화의 여백처럼 주변의 색을 살려내는 '색의 풍요로움'을 위한 배경으로 작용한다는 사실을 통해 쉽사리 논파된다. 따라서 흰색을 '쓸쓸하고 조심성 많은 마음'이나 '고통스럽고 의지할 곳 없는 역사적 경험'의 산물로 보는 이같은 주장에는 아무런 근거도 없으며, 어떠한 합리성도 없다. 그럼에도 불구하고 그가 이같은 주장을 한 까닭은 무엇이며, 수많은 한국인들이 이같은 주장을 받아들인 까닭은 무엇일까.

흰빛은 비애의 기치이다. 심리학설에 의하건대, 적색은 감정의 흥분을 일으키고, 청색은 감정의 침정(沈靜)을 준다. 백색은 물리학적으로 색이 아니지마는, 통속적 의미에서의 백색은 감정의 비애를 의미한다. 고래로 혁명의 기는 적색으로 하되, 항복의 기는 백색으로 함이 이것이다. 조선에서 상주는 특히 흰옷을 입으며, 일본에서도 장식시(葬式時)의 상주는 순백색으로 입는다. 이는 다 한가지의 이례(理禮)이다. 백의는 망국민을 상징한다. *최현배, 「조선민족갱생의 도」

　　일본인 야나기 말고도 민족주의자로 알려진 최현배 같은 몇몇 한국인들이 한국인의 백의가 망국민의 비애를 상징한다고 본 까닭은 무엇인가. 그것은 망국민의 비애를 한국인의 백의에 감정이입했기 때문인데, 주목해야 할 것은 한국사에 숙명적인 사대주의의 낙인을 찍은 식민사관이야말로 이같은 감정이입을 가능하게 한 결정적인 동기를 제공했다는 것이다.

조선사를 펼쳐볼 때 그 어둡고 비참하고 때로는 공포에 가득 찬 역사에 마음이 어두워지지 않을 사람은 아무도 없을 것이다. 국민들은 끊임없이 침략해오는 외적과 서로 상처를 입히는 내란으로 편히 쉴 겨를이 없었다. 내란은 그들에게 잘못이 있어서였겠지만, 외적의 침입은 견디기 고통스러운 운명이었다. 역사가는 조선의 국시를 사대주의라고 할지도 모르겠지만, 그러나 지리상 위치로 인해 그들이 받아들여야 했던 숙명은 우리에게 깊은 동정을 자아내게 한다. *야나기 무네요시, 「조선 사람을 생각한다」

조선사는 어둡고 비참하고 때로는 공포에 가득찬 역사였고 조선의 국시는 사대주의였다는 이같은 주장은 일제의 침략을 합리화하는 역사 왜곡이다. 그것은 조선이 일본의 식민지가 됨으로써 공포의 역사와 사대주의에서 벗어날 수 있었다는 주장으로 이어지기 때문이다. 그러나 이같은 주장은 무엇보다 일본과 조선이 동북아문화권에서 차지한 서로 다른 위치를 고려하지 않았다는 점에서 잘못된 것이다.

첫째는 일본 같은 나라와는 애당초 지리적 조건도 다르고 문화권내의 위치도 달랐습니다. 이미 성호 선생이 갈파한 대로 일본은 섬나라라 원래 작전지리상 유리했고, 또 문화권 내의 변두리요 미개국이라고 관념된 나라에 당시 누가 관심을 갖기나 했나요? 한반도의 경우는 아주 다르죠. 지리에 있어서도 동북아시아에 군사적 변동이 있을 때마다 문제가 아니될 수 없는 위치에 있을 뿐 아니라 옛문화권에 있어서도 변두리에 머물 수만 없는 위치에 있었죠. 그 정치적 안정을 위해서도 그 당시 문화권의 성격에 밀착해야 되었죠. 따라서 선인들의 이데올로기 적응도 이러한 상황 조건에서 우선 보아주어야 될 것입니다. 이런 의미에서 우리 선인들은 상당히 탁월한 적응 능력을 발휘한 적이 있었다고 봅니다. 그것이 때로는 사대주의적이라고 해서 오늘날의 기준에서 비난받는 예도 있습니다만, 아마 그것은 사대주의가 과연 무엇이었느냐 하는 것과 동시에 오늘의 기준의 성격을 먼저 따져봐야 되겠지요. *이용희, 「한국민족주의」

여기서 말하는 '문화권내의 위치'나 '지리적 조건'은 야나기가 말한 바 '지리상 위치로 인해 그들이 받아들여야 했던 숙명'과는 다른 것이다. 겉으로는 비슷해 보이지만, 전자는 인문지리적 관점인 반면 후자는 지정학적 관점으로 양자는 서로 구별되기 때문이다. 후자는 나치 정권을 합리화한 독일의 지정학이나 제2차 세계대전 후에 크게 발달한 미국의 정치지리학처럼, 침략정책을 정당화하는 어용학문으로 기능해왔다. 결국 이같은 야나기의 주장은 일제의 침략을 정당화하는 어용학문인 일제 관학자들의 식민사관과 일맥상통한다.

이와 같이 조선은 예로부터 중국문화의 은혜를 입었고, 역대로 그 침략을 받아서 항상 그에 복속하기에 이르렀던 것이다. 또한 일본으로부터도 때때로 공격을 받기도 했다. 어쨌든 국가로서는 영토가 협소하고 인민이 적어 중국이나 일본에 대항하여 완전히 독립국을 형성할 실력이 없으므로, 자연 사대주의, 퇴영 고식주의에 떨어져 국민의 원기도 차츰 닳아 없어지기에 이르렀다. *세키노 다다시, 「조선미술사」 총론 / 문명대, 「한국미술사방법론」에서 재인용

하지만 식민사관이 극복된다고 해도 그것의 산물인 백의민족의 표상이 자동적으로 사라지는 것은 아니다. 제국주의의 침략에 지친 한국인들은 그것이 설령 '악어의 눈물'과 같은 동정일지라도, 동정임이 확실하다면 의지하지 않을 수 없을 정도로 심신이 고통스러운 상태였기 때문이다.

아무런 색도 지니지 않은 흰색 취향과 관련된 부정적인 자화상. 쓸쓸하고 조심성 많은 소멸 지향의 자의식. 제국주의자의 동정에 기대야만 간신히 지탱할 수 있는, 불완전하기 이를 데 없는 식민지인의 정체성. 이상은 조선인 스스로

는 아무런 창조적 에너지도 소유하지 못하며, 오직 일본인의 은총에 의지해야만 '기적과도 같은' 창조에 도달할 수 있으리라고 말한 일본인 야나기의 한국 예술론의 본질이다. 그는 제국주의라는 윗자리에서 식민지라는 아랫자리를 내려다봄으로써, 일본인의 취향에 따라 한국인의 취향을 규정한 것이다. 따라서 그의 주장은 상호적인 차이의 문제를 일방적인 위계의 문제로 비틀어 놓은 것이었다(최남선 같은 문명 개화주의자는 백의를 시대에 뒤떨어진 것으로 비판하기도 했는데, 이것 역시 차이를 위계로 왜곡하는 제국주의의 논리를 은연중에 추종한 것이다).

이데올로기란 본질적으로 사물을 다면적이 아니라 일면적으로 바라보는 경향이 있고, 이같은 일면성은 한 측면의 설득력을 발휘하는 대신 다른 측면들의 터무니 없음을 피하기 어렵다. 따라서 그처럼 일면적이며 배제적인 성격을 지닌 이데올로기의 한 자락을 우리 자신을 비추는 거울의 일부로 삼아서는 안 된다. 그런데 이같은 문제점은 일본(동양 속의 서양)의 눈에 비친 조선(동양 속의 동양)을 정물화시킨 야나기식 오리엔탈리즘에서는 물론이요, 그에 대항하기 위한 자구책으로 기획된 최남선식 민족주의에서도 발견된다.

생각건대 진인(震人)의 백의호상(白衣好尚)이 보편과 강인을 양극함은 그것이 심원한 근거와 중대한 전통이 있음에 말미암음일지니 그런 것은 무엇보다도 정신의 이유, 신앙 사실에 나아가 구할 것이다. 대저 백색은 원시인들의 신성색, 종교 가치의 색이라 하는 바로서, 고대에 있는 제복, 승도복이 대개 백을 씀은 거의 세계 공통의 사실이거니와, 더욱 진역(震域)과 같이 조선관적(祖先觀的) 태양 숭배가 일체 문화의 핵심이 된 곳에 있어서는 태양의 광명 표상인 백색은 거의 절대 신성한 의미를 가졌을 것이니, 동인(東人)의 의상백(衣尚白)은 대개 이러한 종교적 권위에서 유래하는 것임을 우리는 생각한다. *최남선, 『조선상식』

물론 고대로 거슬러 올라가면, 백의 입는 버릇의 한가닥이 정말로 조선관

158

적 태양숭배라든가 하느님의 아들이라는 믿음 등과 관련된 것일 수도 있다. 그러나 이같은 숭배와 믿음의 표상이자 민족주의적 자부심의 표상인 백의를 우리 자신을 비추는 거울로 사용할 경우, 거기에 비친 우리의 모습은 만화같이 어색하고, 도식처럼 거칠며, 수많은 다른 이야기와 성찰의 가능성을 가로막는 '닫힌' 것이 될 수밖에 없다. 백의민족이라는 표상의 의미가 쓸쓸하고 조심성 많음으로부터 정결, 순일, 명랑, 엄숙으로, 사대와 굴종으로부터 신성과 자부로 탈바꿈했다고 해서, 그것의 '닫힌' 성격이 본질적으로 변화되지는 않는다.

　　물론 민족주의가 그런 것처럼 그것의 산물인 백의민족의 표상 역시 지난 세기의 험난한 가시밭길을 헤쳐나오기 위한 방편의 하나였기에, 그것의 역사적인 의의는 의미 있는 성찰의 주제로 취급되어야 한다. 그러나 민족주의가 그런 것처럼, 그것을 우리 자신을 비추는 거울의 일부로 삼아서는 안된다. 반복하자면 이데올로기적인 표상이란 본질적으로 사물을 일면적으로 바라보는 것이기 때문에 다른 측면에 대해서는 배제적인 성격을 피할 수 없기 때문이다.

우리에게 있어서 민족주의는 단순히 자기관철에 만족하는 것이 아니라 역사의 뒷바퀴에 그치지 않으려면, 탈민족주의 시대를 내다보면서 자기를 극복하는 민족주의라야 된다고 저는 생각합니다. … 우리의 경우는 주변의 정치 상황이 이러한 물질주의, 산업주의와 강병정책이 과연 장차 남을 압도할 수 있을 것인지 적이 의심스럽고, 그러는 동안에 역사의 앞바퀴는 민족주의를 떠날지도 모릅니다. 오늘날 일국주의(一國主義)의 물질적 풍요가 그 얼마나 세계 분규의 씨가 되어 있는가는 정치의 상식입니다. *이용희, 「민족주의의 개념」

백의민족이여 안녕

이제 우리는 대단히 매력적이며 긍정적인 동시에 창조적인 듯이 보이는 다음의 주장 역시 유보적으로 받아들이지 않을 수 없다.

백색을 숭상했던 백의민족이라는 의식의 심층에는 탈감각으로써 고매한 인격에
이른다는 (금욕적 인격완성) 한국인 특유의 인생관이 엿보인다. 오늘에 이르러서
도 지식인들은 한결같이 원색조, 유채색계의 색채는 유치한 것으로 편견 반응을
나타내 보이고 있다. 고고한 인품, 인격, 청백리, 정절로 지향하려는 한국인의 이
상적 인간상의 이면에는 '학처럼 산다'는 학의 아날로지로서의 백색 기호 반응이
강하게 나타나 있다. *정시화, 「한국인의 색채의식에 관한 연구」, 『한국전통표준색명 및 색상』

　　해결책은 분명해졌다. 이데올로기적 표상인 백의민족의 강박적인 이미지
를 머리 속에서 거둬내야 하는 것이다. 그럴 경우 우리는 색동옷과 녹의홍상, 노
랑저고리에 분홍치마, 오방색의 화려한 배합인 단청, 자주색의 삼회장 저고리, 색
동보다도 고풍스럽고 몬드리안보다도 모던한 조각보의 색 꾸러미처럼, 아득한 기
억의 지평선 너머로 밀어냈던 색채적 심상을 기억 속에서 되살릴 수 있다. 그러기
위해서는 무엇보다 마음 속에 해묵은 얼룩처럼 새겨진 백의민족의 환영, 그 흰옷
의 그림자를 상대로 한 힘겨루기에서 손을 놓아서는 안 된다.
　　백의민족의 이미지는 풍요로운 성찰의 계기를 제공하는 취향을 빼앗은 대
신, 척박한 강박의 틀거리를 덮어씌우는 이데올로기를 떠안겼다. 따라서 취향의
해방을 위해서는, 풍요로운 성찰을 토대로 한 진정한 저다움을 위해서는, 먼저 백
의민족이라는 이데올로기적 표상과 결별해야 한다. 그리하여 이제 우리는 어느새
친근한 벗인양 우리 곁에 자리잡고 있는 백의민족의 표상을 향해 '백의민족이여
안녕, 그동안 겪어내야 했던 뼈아픈 이십 세기여 안녕, 이십 세기의 정신적 버팀목
이었던 이데올로기여 안녕, 역사의 갈피 속으로 영원히 안녕!'이라는 단호한 고별
사를 던지지 않을 수 없다 .

취향의 상실과 색치의 일상

백색 계열이 유달리 부각되는 오방색의 아름다움. 생기 넘치는 여백의 아름다움 곁에서 한층 빛을 발하는 다채로운 원색의 조화로움. '밝고 맑은' 색을 선호하는 '시원하고 칼칼한' 색 취향. 이것들 모두를 기억의 저편에 놓아둔 채, 우리는 버버리의 체크무늬와 베네통의 원색에 둘러싸인 일상을 보내는 중이다. 색에 대한 취향을 잃어버리고, 색의 부조화를 아무렇지도 않게 저지르며, 색에 대한 몰개성을 천연스럽게 무릅쓰는 색치(色痴)의 일상 말이다.

색에 대한 취향의 상실은 개인의 문제에서 집단의 문제로 확산되어, 마침내 일상을 둘러싼 풍경 전반을 공해에 가까운 색의 부조화로 뒤덮었다. 대도시와 중소도시, 고속도로 주변을 막론하고 전국토를 가득 메운, 인간이 만든 온갖 설치물에 의해 생겨난 색의 부조화가 그것이다.

하얀 벽에 붉은 기와를 얹은 건물들이 산호초가 유달리 많은 초록의 바닷물과 환상의 조화를 이루는 이탈리아의 베네치아. 하양과 검정의 건물들이 산뜻하게 배합되어 현대풍의 수묵화를 연상시키는 중국의 소주. 천년 유적의 진노랑이 오래 묵어도 새것 같은 차분한 황금빛을 만들어내는 중국의 항주. 세계적으로 손꼽히는 아름다운 풍경을 자랑하는 이 도시들은 이처럼 개성 넘치는 색의 이미지를 선사한다. 하지만 이들 도시의 색은 하루 아침에 갑자기 칠해진 것이 아니라 오랜 세월에 걸쳐 서서히 물들어온 것이다. 이들의 색은 거기서 살아온 사람들의 마음에 오랜 세월 거듭해서 쌓아올려진 색에 대한 취향이 투영된 것이다. 마음의 색이 풍경의 색과 하나인 삶을 살아가는 사람들. 기억 속의 심상이 현실의 풍경과 오버랩되는 일상을 꾸리는 사람들. 그들은 과연 미의식의 행복한 주인공들이다.

그렇다면 한국의 도시들에 깃들어 일상을 꾸려가는 오늘의 한국인은 어떤 존재들인가. 대답은 비관적이다. 개성적인 컬러가 존재하지 않음은 물론이요,

형광색을 비롯한 끔찍한 색들이 난데없이 얼굴을 내미는 부조화의 난장을 이루고 있기 때문이다. 조화로운 톤과 개성적인 컬러가 없는 도시, 이것은 오늘의 한국 도시들에 대한 미학적 보고서의 첫 페이지를 장식할 것이다. 고유색의 부재란 한국 도시만의 문제가 아니라 한국 문화 전반의 문제인데, 이같은 문제의 배경에는 색 취향을 비롯하여 취향 전반을 잃어버린 한국인의 기억상실이 자리잡고 있다.

진채(眞彩, 한국적 색조, 밝고 약간 짙다)의 색감이 부인된 상황에서 얻어진 결과는 무엇인가. … 전통의 단절은 사실의 단절보다 전통 의식의 단절이 더욱 두려운 어둠을 빚는다. 이미 없어진 사실에서 우리들은 회고 이상의 가치를 되찾지 못한다. 그러나 사실의 저쪽에 내재하는 의미에서는 오늘을 살아가는 지혜와 감정의 기준을 볼 수 있다. 내재하는 의미란 다름아닌 생활 철학과 생활 감정의 줄거리(behind story)이기 때문이다. 더구나 미의식과 정감의 경우는 반드시 의식된 의식이 아니라도 전통의 줄거리가 인간 내부를 흐르는 것을 본다. *김호연, 「한국의 민화」

전통의 사체(死體) 앞에서 회고 이상의 가치를 되찾을 수는 없으되, 전통의 사체를 넘고넘어 아니 전통의 사체 따위에는 관심도 두지 않은 채 그 자리를 용감하게 돌파하여 그 너머의 깊숙한 곳에 자리잡은 생활 철학과 생활 감정의 줄거리에 닿음으로써 오늘을 살아가는 지혜와 감정의 기준을 세우는 것. 이것이 잃어버린 기억 속의 심상을 회복하는 길이며, 기억상실에서 벗어나는 길이며, 저다움의 취향을 되찾는 지름길이 아니겠는가.

붉은색 티셔츠와 태극 패션

잃어버린 기억의 회복은 어떻게 이루어질 것인가. 불행한 근대사와 함께 찾아온 기억의 상실이 그랬듯이, 소망의 이십일 세기와 함께 찾아올 기억의 회복 역시 혁명적인 난장의 형태를 취하게 될 것이다. 그것은 문화와 예술의 몫이 아니라 일상과 취향의 몫이 될 것이며, 일상과 취향의 혁명이 문화와 예술의 변화로 이어지는 한판의 드라마로 전개될 것이다.

이같은 일상과 취향의 혁명을 앞당길 견인차는 세련되고 전위적인 엘리트들의 예술적인 상상력이 아니라 촌스럽고 뒤처지는 남녀노소 장삼이사들의 일상적인 감수성이다. 비록 오늘은 가짜 버버리의 무늬와 유사 베네통의 색에 둘러싸인 색치의 일상에 갇혀 있을지라도 일단 그 빗장이 열리기만 한다면, 그때 우리는 한판의 축제를 치르는 것과도 같이 한순간 혁명을 경험하게 될 것이다. 그것을 나는 2002년 6월 25일 광화문 네거리의 아스팔트 위에서, 듣도 보도 못한 붉은 색 티셔츠의 장관과 황감하기 이를 데 없는 태극 패션의 물결에 둘러싸인 채 온몸으로 예감했다.

이데올로기에서 취향으로

이데올로기란 본질적으로 사물을 단면적으로 바라보는 경향이 있다. 따라서 적어도 미의 문제에 관한 한, 이데올로기적 표상보다 취향적 심상이 사물의 본질에 입체적으로 다가서는 쿨한 프리즘이다. 취향이란 무엇인가. 그것은 이끌리며 좋아하는 것이다. 물론 취향은 갈짓자의 것이어서, 옳고 그른 잣대가 있는 것도 아니며 변덕스럽기까지 하다. 하지만 취향에 대해 이런 식으로 이야기하는 것은 미학을 사회학의 틀 안에 가두는 것이다. 사회학이란 인간의 집단적 삶을 반듯하게 그려내기 위한 모눈종이와 같은 것이다. 하지만 핵심을 미지수로 남겨놓을 수밖에 없는 인간에 대한 방정식인 미학 또는 인문학의 지평에서 볼 때, 사회학이란 바탕의 척도에 해당하는 모눈종이일 따름이다. 따라서 적어도 미학의 문제에 관한 한, 아름다움의 향기가 사회학적 눈금 너머로 부드럽게 퍼져가는 인문학적 여백을 마련하기 위해서는, 반듯한 이데올로기보다는 갈짓자의 취향으로 접근하는 것이 바람직하다.

미는 무엇보다 취향이다. 사람마다 개성이 다른 것처럼, 사람마다 미에 대한 취향도 다르다. 그리하여 개성 있는 미의 취향을 자유롭게 꽃피우는 백화제방의 아름다움이야말로 미의 절정이다. 수많은 풀꽃과 나무가 어우러진 자연이 격조높은 아름다움을 지닌 것은, 그것이 빛깔과 향기를 달리하는 수많은 생명체들로 이루어졌기 때문이다. 개성 있는 취향은 정신의 여백에서 자라난다. 동양화의 여백이란 하릴없이 비어있는 공간이 아니라 부분을 비워내어 전체를 넘치게 하는 역동적인 기운생동의 근원이다. 정신의 여백을 간직한 사람만이 시시때때로 튀어오르는 정신의 자투리들로 아름다운 성찰의 조각이불을 꾸며낼 수 있다.

취향은 고유의 풍토와 역사 속에서 형성되는 인문적인 지혜의 산물이다. 취향은 인간이 공간과 시간 속에서 이룩한 인문적인 가치의 토대이다. 따라서 그것은 '제멋대로의 것'이 되기보다는 '자기를 돌아보는 것'이 될 가능성이 많다. 출발점에서는 '제멋대로의 것'으로 작용하던 취향도 반환점을 돌고부터는 시나브로 '자기를 돌아보는 것'으로 작용하는 경향이 있다. 이것이 바로 취향이 지닌 성찰의 가능성이다.

하지만, 다시 취향이란 무엇인가. 그것은 사물을 초점없이 바라보는 것이 아닌가. 된장찌개를 좋아하는 것, 소색을 애호하고 색동옷을 즐겨 입는 것, 상생적인 조화로움에 따른 상의 아름다움을 추구하는 것. 이같은 취향에 관한 담론들은 어쩌면 당연한 사실을 당연하게 말하는 동어반복에 불과한 것 아니겠는가.

여기서 나는 '사물을 의식함으로써 그 사물을 의식하는 자신을 의식하고 반성(retrospection)할 수 있으며, 그 결과 우리가 우리의 정신 내용들과 직접적으로 대면하게 된다'는 인식론의 주제를 떠올린다. 이것이 이른바 자의식(self-consciousness)의 내용을 구성한다는 것이다(버트런드 러셀, 『철학의 문제들』). 따라서 한국인이 된장찌개를 좋아하고 색동옷을 즐겨 입으며 상의 아름다움을 추구한다는 취향에 대한 담론들은, 사실상 된장찌개나 색동옷, 상의 아름다움 자체에 대해 말하는 것이 아니라 그것들에 이끌리는 한국인 자신에 대해 말하는 것이다. 취향에 대한 담론은 당연한 사실을 당연하게 말하는 동어반복에 불과한 것이 아니라, 그것을 통해 자신을 돌아보는 성찰의 계기로서 작용한다.

그런데 한편으로 이처럼 취향이 지닌 성찰의 가능성을 염두에 두면서도, 다른 한편으로 취향이 지닌 다원적 모호성을 못미더운 시선으로 바라보는 까닭은 무엇일까. 그것은 지난 세기 이래 우리 안에 그늘을 드리운 이데올로기적 사고 때문이다. 여기서 말하는 이데올로기적 사고란 민족주의나 사회주의, 자유주의 같은 특정 이데올로기를 가리키는 것이 아니라, 그것들 너머에 존재하는 이원론적 사고 일반을 가리킨다.

서양 철학사의 주류를 관통해온 이원론적 사고. 피타고라스에서 싹을 틔워 데카르트에서 꽃을 피운 합리주의의 사고. 데카르트의 '나'와 칸트의 '이성'을 토대로 해서 주체와 타자의 이원론적 대립 위에 세워진 사고. 주체인 나를 위해 타자인 너를 노예로 만드는 제국주의를 정당화시킨 사고. 제국주의 국가에 짓밟힌 식민지 백성들로 하여금, 저들과 우리들을 최소한 동격으로 만들기 위해서는 저들이 이룩한 근대를 하루빨리 따라잡아야 한다는 조급함에 시달리게 만든 사고. 그러고 보면 서양인을 주체로 하고 동양인을 타자로 만드는 오리엔탈리즘이든, 자민족과 타민족을 강박적으로 구분하는 민족주의든, 부르주아와 프롤레타리를 갈라놓는 사회주의든 모두 이같은 이원론적 사고의 연장선에 놓여 있다.

한국인의 백의로 하여금 사대주의의 비애나 민족추의의 광명 가운데 하나를 선택하도록 몰아세운 사고. 한국인에게서 '호리의 변화로 복잡한 색도를 느낄 수 있는' 소색의 아름다움이 머무르는 마음의 여백을 지워버린 사고. 끊임없는 성찰의 과정을 통해 풍요롭게 체험하는 저다움 대신, 비애나 광명 따위의 표상을 통해 척박하게 강박되는 저다움을 붙좇도록 만든 사고.

이제 우리는 이같은 근대적 합리주의의 사고, 이원론적 사고, 이데올로기적 사고를 넘어, 앞뒤가 따로 없는 '뫼비우스의 띠'나 안팎이 따로 없는 '클라인씨의 병'처럼 한 차원 높은 사고를 모색해야 한다. 나는 이같은 사고를 취향적 사고라고 부를 것을 제안한다.

… 우리의 생각하는 습관 가운데 가장 특징적인 경향은 모든 사물을 대칭시켜 2차원적으로 보는 것이라 할 수 있다. 뫼비우스 고리는 다름아닌 이러한 사고의 2차원적 경향을 근본적으로 뒤집어놓는 역할을 한다. … 먼저 종이의 한쪽 끝을 일회전(180도)시킨 다음 다른쪽 끝을 여기에다 마주 붙인다.
이렇게 하면 하나의 뫼비우스 고리가 생긴다. 이 고리에서 우리는 어디가 앞이고 뒤인지를 분간할 수 없는 단곡면을 발견하게 된다. … 이를 클라인 원통이라 하는데, 뫼비우스 고리가 평면이 비틀려 입체화한 3차원의 세계라면, 클라인 원통은 입체를 뫼비우스 고리화했기 때문에 4차원의 세계이다. … 한마디로 말해서 한복 바지는 뫼비우스 고리로 된 입체적인 것이고, 양복 바지는 자연 고리로 된 평면적인 것이다. 그리고 우리의 인체는 근육과 뼈대로 된 입체이다. 그렇다면 어느 것이 우리의 몸에 적합한가는 알고도 남음이 있다. 한복 바지는 우리의 인체(입체)에다 옷을 그대로 맞추어 놓은 것이라면, 양복 바지는 2차원의 평면에다 3차원의 인체를 넣는 무리를 저지르고 있다. *김상일, 『대(對), Mobius Strip』

이데올로기적인 사고에서 취향적인 사고로 옮아간다는 것. 지난 세기의 유물인 이데올로기 대신 고유의 풍토와 역사 속에서 형성된 인문적 지혜의 산물인 취향에 기대어 생각을 펼친다는 것. 이것은 무엇보다 취향적인 사고 속에 들어 있는 성찰의 가능성 때문이다.
물론 취향적인 사고의 가능성은 어디까지나 가능성일 따름이며, 그것이 가능성이나 스타일로만 끝날 수도 있다는 것이 취향의 운명이기도 하다. 따라서 우리는 낯익은 된장찌개에 구더기를 처넣고 그 자리에 낯설은 샌드위치를 받아들인 근대 한국인의 경험을 되살려, 이데올로기적인 사고의 강박 속에서 심지어는 '가공할 만한 폭력성을 지닌 미적 불관용'으로 작용하기도 했던 이십 세기적인 취향에 대한 반성에서부터 출발해야 한다. 이같은 반성은 '시간과의 경쟁'에 내몰려 성찰과는 거리가 먼 삶을 살아온 근대 한국인에 대한 반성이기도 하다.

성찰과는 거리가 먼 삶을 살아온 근대 한국인에 대한 반성이 시작되는 지점은 근대 한국인을 탄생시킨 근대성 자체에 대한 성찰이다. 물론 근대성에 대한 논의는 이제는 진부함마저 느껴질 정도로 오랜 세월 계속되어 왔다. 하지만 그럼에도 불구하고 여전히 그에 대해 만족할 만한 합의가 이루어지지 못한 까닭은 무엇일까. 그것은 무엇보다 그동안 우리 사회에서 사용된 근대성이라는 개념이, 명(名)은 합리성이지만 실(實)은 서구성으로 명실상부하지 못했기 때문이다. 합리성을 방패삼아 서구성을 밀어붙인 것이랄까. '나를 살리면서 남을 참고한' 대신 '나를 죽이면서 남을 흉내내는' 데 몰두했으니, 결과가 신통할 리 없다. '나를 죽이면서 남을 흉내내는' 사람이 무언가를 창조하는 것은 불가능한 일이다.

합리성을 서구성과 동일시하게 된 출발점은 무엇일까. 그것은 합리성에 대한 잘못된 접근이다. 합리성이라는 개념을 과학과 수학을 매개로 한 형식합리에 한정하고, 전통과 역사 위에 쌓아 올린 실질합리를 원천적으로 배제했기 때문이다. 전통과 역사 위에 쌓아 올린 실질합리란 무엇인가. 식민지적인 근대화의 과정에서 비효율과 비과학과 전근대의 낙인이 찍힌 채 상식과 지혜의 자리에서 미신의 자리로 밀려난 전통적인 사상감정과 생활의식이 그것이다. 미신으로 밀려난 실질합리의 자리를 상식의 이름으로 차지한 외눈의 형식합리가 지난 세기 근대 한국인의 삶을 얼마나 척박하고 기형적인 것으로 만들었는지 돌아봐야 할 때가 되었다. 이곳이 바로 취향으로서의 미의식의 자리, 성찰의 시선이 깃들이는 자리다. 근대적인 합리성을 맹목적인 서구성과 구별짓고 그곳에 전통적인 실질합리의 자리를 마련하지 않는 한, 미의식은 물론이요 성찰 역시 우리와 함께 하지 않을 것이다.

풍수 설화는 언제나 속뜻을 숨기고 비약된 은유를 사용하기 때문에 깊은 지혜를 품고 있으면서도 미신 취급을 당하는 것이지만, 그 지혜를 찾아내는 즐거움은 풍수 학인의 또 다른 즐거움이기도 하다. *최창조, 『땅의 눈물 땅의 희망』

상생 지향과 탈속의 아름다움

박상륭씨 같은 경우는, 제 생명론을 비판하면서 우주를 상극의 질서라고만 봅니다. 그런데 상극도 있지만, 상생도 있습니다. 박상륭 씨의 견해는 인간적인 것, 인간적인 질서를 투영한 결과라고 봅니다. … 그런데 상생 공생 편리공생 쌍리공생 기생 등이 생태계적인 상호관계 즉 상호순환입니다. 약육강식도 먹이사슬입니다. 순환체계이지요. 상생과 상극의 역설적 균형이 기화, 조화의 과정입니다. … 상극적 질서마저도 상생적 질서로 해원시켜야 하는 것 아니냐, 상극이 중심이요 상생이 부차적인 것이 아니라 그 반대가 아니냐, 상생을 중심으로 하되 상극의 내용을 상생으로 인위적 무위의 노력을 기울여 바꿔나가려는 '기우뚱한 균형'이 중요한 것 아니냐. *김지하, 「장바닥에 비단 깔릴 때」

　　한국인의 미의식을 취향적인 사고에 따른 성찰의 시선으로 바라볼 경우, 가장 먼저 눈에 띄는 것은 상생적인 조화로움에 따른 상의 아름다움을 추구하는 것이다. 달리 말하면 현실적인 질서인 상극 너머에 존재하는 이상적인 질서인 상생을 추구하는 것이랄까. 인간적인 질서인 상극 역시 자연적인 질서, 우주적인 질서인 상생의 품안을 벗어나지 않도록 했으며, 그 결과 신명이나 해학처럼 상극을 상생으로 변용시키는 문화적인 실천이 한국문화의 특징으로 자리잡았다.

상극적인 부조화를 상생적인 조화의 테두리 안으로 수렴시키는 것. 이것은 천지인이 하나라는 사상을 배경으로 자연과 인간의 조화를 중시한 한국인의 가치관으로부터 비롯된다. 천지인의 일부인 인간은 인간적인 질서에 지나친 관심을 기울이는 속기에서 벗어나 탈속의 별유천지 비인간(別有天地 非人間)을 추구해야 한다는 것이다.

상생 지향이 만들어낸 탈속의 경지는 참으로 아름답다. 거기에는 순수하게 증류된 아름다움, 한치의 가감도 허용되지 않는 정밀한 아름다움이 존재한다. 한국인이 이같은 아름다움의 극치를 일상에서 경험한 것은 불국토사상이나 미륵신앙, 풍수사상에서 드러나는 한국문화의 현세적 유토피아주의와도 일맥상통한다. 미의 본질이 천상의 내용을 지상의 형식을 빌어 펼쳐보이는 것이라면, 이것은 한국인의 미의식이 어느 순간 최고의 경지에 도달한 적이 있음을 말해준다. 이같은 탈속의 이상향이란 장욱진의 동심이 추구한 세계, 김기창의 바보산수가 지향한 세계, 매화와 백자와 학의 정물로 이루어진 김환기의 보랏빛 몽환이 꿈꾼 세계이기도 하다. 그리고 이들의 정신적인 뿌리에는 최치원의 풍류시로부터 윤선도의 오우가, 이태준의 『무서록』으로 이어지는 한국 선비의 정신 세계가 자리잡고 있다.

세상의 다투는 소리가 내 귀에 들릴까 두려워 흐르는 물을 시켜 산을 막았다네
*최치원

내 벗이 몇이냐 하니 수석(水石)과 송죽(松竹)이라
동산에 달 오르니 그 더욱 반갑구나

두어라 이 다섯 밖에 또 더하여 무엇하리

구름 빛이 좋다 하나 검기를 자로 한다
바람 소리 맑다 하나 그칠 적이 하노매라
좋고도 그칠 뉘 없기는 물 뿐인가 하노라

꽃은 무슨 일로 피면서 쉬이 지고
풀은 어이하여 푸르는 듯 누르나니
아마도 변치 아닐 손 바위뿐인가 하노라

더우면 꽃 피고 추우면 잎 지거늘
솔아 너는 어찌 눈서리를 모르느냐
구천(九泉)에 뿌리 곧은 줄을 그로 하여 아노라

나무도 아닌 것이 풀도 아닌 것이
곧기는 뉘시기며 속은 어이 비었느냐
저렇게 사시(四時)에 푸르니 그를 좋아하노라

작은 것이 높이 떠서 만물을 다 비취니
밤중의 광명이 너만한 이 또 있느냐
보고도 말 아니하니 내 벗인가 하노라

*윤선도, 「오우가」

… 매화를 좋아함은 우선 옛 선비들의 아취를 사모하는 데서부터려니와 지난 가
을에 누구의 글인지는 모르나, '散脚道人無坐性 閉門十日爲梅花'란 완서(阮書) 한

폭을 얻은 후로는 어서 겨울이 되어 이 글씨 아래 매화 한 분(盆)을 이바지하고 폐문십일(閉門十日)을 해보려는 것이 간절한 소원이었다. *이태준, 「무서록」

여기서 한가지 의문이 생겨난다. 인간을 천지인의 일부로 의식하고 인간적인 질서에 대한 지나친 관심을 속기로서 물리친 선비의 의식이, 혹시 자연 앞에서 인간적인 자의식을 해소시켜버린 것은 아니었을까 하는 것이다. 인적이 사라진 몽유도원도의 세계 같은 것이랄까.

이같은 의문에 대한 해답을 얻은 것은 시린 듯하면서도 명철한 눈빛을 지닌 한 선비의 자화상과 만난 뒤였다. 본래 자화상이란 흘러 넘치는 인간적인 자의식을 가만히 눌러담은 것인데, 조선 중기 예림의 총수였던 표암 강세황의 자화상은 카랑한 지조에 겸허한 자기 연민을 입힌, 이를테면 강약을 겸비한 최고 수준의 것이었다.

우리는 '날카롭기가 칼날 같고 속으로는 부드럽기 풋솜 같은 맛이 있는' (이것은 본래 추사체에 대한 김용준의 평이다) 그의 눈빛을 통해, 천지인 가운데서 해소되기는 커녕 도리어 한결 오롯이 빛나는 선비의 자의식과 만난다. 그의 자화상을 통해 만날 수 있는 선비의 자의식이란 외부의 질서에 대한 지나친 관심을 배제한 것일 뿐 아니라 내부의 인욕도 경계한 고담한 것이다. 다음과 같은 퇴계의 시는, 이같은 조선 선비의 의식 세계를 상징적으로 보여준다.

枝葉半成枯 가지와 잎이 거의 말랐으나
氣節全不死 의지와 절개는 죽지 않았네
寄語高粱兒 기름지고 살찐 이들에게 부탁하오니
無經憔悴士 마른 선비를 가볍게 여기지 마오 *퇴계 이황

퇴계는 자신을 고량아에 대비되는 초췌사로 묘사했는데, '기름지고 살찐

175

이들과 '마른 선비'의 대비에서 느껴지는 은근한 해학의 뉘앙스는 강세황의 자화상이나 이형상의 자화상에서도 슬며시 포착된다. 흥미롭지 않은가. 선비의 근엄한 마침표와 풍류의 장난스런 쉼표가 물밑에서 가만히 손잡고 있다는 사실이. 하지만 다시 한번 생각해보면, 탈속을 지향하는 선비의 자의식의 한구석에 뽀얀 속세의 먼지가 흩날리는 은근한 익살이 덧붙은 것은 그럴 법한 일이다. 말하자면 가부좌 틀고 정갈한 책상 머리에 앉은 탈속의 근엄함 옆에서 개짖고 동네 사람들 떠드는 소리 들리는 속세의 왁자함에 귀기울이는 것이랄까.

탈속을 지향하는 선비의 자의식에 해학이 덧붙은 다른 예로는 조선의 도자기, 특히 철화에 많이 그려진 운룡(雲龍)의 무늬를 들 수 있다. 이들 운룡은 구름 사이를 떠도는 용의 형(形)을 구체적이고 정교하게 묘사한 것이 아니라, 그것을 통해 기미가 포착되는 상(象)을 크로키와도 같이 거칠게 스케치한 것이다. 그렇다면 그 속에 담긴 상의 기미는 무엇인가.

탈속의 경지에 들어가 천지인의 일부가 된 인간의 존재론적인 즐거움이 그것인데, 이것은 선비 취향을 대표하는 남화풍의 문인화가 추구한 고담한 탈속의 경지와도 통한다.

조선의 선비란 누구인가. 언뜻 보기에 그들은 한편으로는 입신양명하여 수신제가 치국평천하하고자 하며, 다른 한편으로는 풍류시를 읊조리며 자연을 벗삼고자 하는 모순된 존재들이다. 유교적인 세계관의 현세적인 성격을 통해서도 짐작할 수 있듯이, 그들은 상생의 자연적 질서에 천지인의 일부로 합류하는 이상적인 풍류는 물론이요, 상극의 인간적 질서 속을 피비린내 나는 투쟁으로 헤쳐가는 현실적인 실존도 가벼이 여기지 않았다. 말하자면 그들은 현실적인 실존과 이상적인 풍류를 양어깨에 짊어진 채 현실적인 실존을 이상적 풍류로 승화시키려고 노력했던 존재들이다. 이같은 노력의 과정에서 생성되는 존재의 에너지야말로 그들의 자화상에 해당하는 운룡의 주위에 해학적인 즐거움을 감돌게 한 원천이다.

상생의 자연 질서 앞에서 상극의 인간 질서를 해소시켜버린 정태적인 무의식이 아니라, 상극의 인간 질서를 온몸으로 껴안으며 그것을 상생의 자연 질서로 승화시키고자 애쓴 역동적인 자의식. 이같은 역동성이 즐거움이나 해학적인 생기로 표출된 것이다. 표암의 자화상에서 스며 나오는 '날카롭기가 칼날 같고 부드럽기 풋솜 같은 맛이 있는' 자의식도 이와 무관하지 않다.

이상을 통해 우리는 조선 선비의 탈속적인 자의식이 자연 앞에서 인간의 자의식을 해소시킨 것이 아니라, 탈속의 자연을 배경으로 하되 그 안에서 속세의 인간을 날카로우면서도 부드럽게 가다듬은 것임을 알 수 있다. 이같은 사실을 미학적으로 뒷받침하는 것이 바로 이들의 주위를 감도는 해학적인 즐거움이다. 속세를 넘어 탈속의 경지로 들어서는 존재의 역동성이, '가동적 정지태'의 미학 끄트머리에 주렁주렁 매달린 해학적인 즐거움을 통해 표출된 것이다.

선비정신과의 화해

선비란 누구인가. 한자말로 사(士)라고 불리는 그들은, 유학을 공부한 조선의 지식인 계층이다. 이들은 벼슬을 하여 조정에 나아가면 사모관대를 한 선비가 되며, 벼슬에서 물러나 초야에 묻히면 포의(布衣)를 입은 선비가 된다. 하지만 어느 쪽이든 염치를 대절(大節)로 알고 정직한 기풍을 중시한다는 점에서는 다를 바 없어서, 심지어는 선비를 국가의 원기(元氣)로까지 높이기도 했다. 특히 유교를 나라의 지도 이념으로 삼은 조선 초기에는 왕(태종)이 스스로를 가리켜 '나는 유학을 닦은 선비'라고 말했을 정도이니, 조선에서 선비가 지녔던 정신적인 지위를 짐작할 수 있다. 조선이란 무엇보다 '선비의 나라'였다.

조선 선비의 취향을 한마디로 말하면 무엇인가. 그것은 왕이 신하들에게 백자를 하사하면서 내린 다음과 같은 교시를 통해 상징적으로 드러난다.

백자배(白磁杯)를 승정원에 하사하고, 인하여 전교하기를, 이 술잔은 맑고 티가 없어서, 술을 따르면 티끌이나 찌끼가 다 보인다. 이를 사람에게 비유하건대, "마치 대공지정(大公至正)하여 한 점의 허물도 없게 되면 선(善)하지 못한 일들이 용납될 수 없는 것과 같다" 하였다. *『조선왕조실록』 성종 22년 12월 7일

　　여기서 우리는 조선 문화를 대표하는 백자에 담긴 선비의 취향을 짐작할 수 있다. 조선의 백자 가운데 특히 푸른기 도는 단정한 백자를 대할 때 마음이 차분히 가라앉고 영혼이 말갛게 씻기우는 느낌이 드는 것은, 이처럼 '정색을 한' 선비의 취향이 보는 이로 하여금 옷깃을 여미게 하기 때문이다.

문양도 고려 자기나 중국 것처럼 세교(細巧)하거나 영롱하지 않다. 간결하고 사기 없는 수법으로 굵은 붓으로 한두 획의 그림을 모란이며 사군자며 치기(稚氣)가 득한 산수화를 슬쩍 그리는 데 그치고 만다. … 백자에는 양각한 것과 투조(透彫)로 된 것들이 있으며, 형태는 다양하다. 색채는 담박하고 깊으며 은자(隱者)의 맛이 있고, 환원염으로 인한 살결의 부드러운 맛이 아울러 사람의 손으로 만들어진 것 같지 않고, 저절로 생겨난 듯한 신비스러운 아름다움이 있는 것이 백자다. *김용준, 『한국미술대요』

　　하지만 조선의 백자에는 푸른기 도는 단정한 순백자나 간결한 무늬의 청화백자처럼 '정색을 한' 부류만이 있는 것이 아니다. 조선의 백자에는 탈격의 격조를 지닌 유백 또는 회백의 달항아리나 탈속의 해학이 넘치는 골코름한 빛깔의 철화백자처럼 '농담을 하는 듯한' 부류도 있다. 하지만 따지고 보면, 천지간에 한 점의 허물도 남기지 않으려는 순백자의 취향과 탈속의 풍류를 넘나드는 철화백자의 취향은 동전의 양면과도 같다. 전자가 사모관대를 하고 조정에 나아간 선비의 취향을 반영한 것이라면, 후자는 포의를 입고 초야에 묻힌 선비의 취향을 반영한 것이다. 그리하여 양자를 하나로 아우른 것이 바로 격물치지(格物致知)를 으

뜸 가는 방책으로 삼되 자신은 한사코 물외한인(物外閒人)의 자리에 머무르고자 하는 조선 선비의 취향이다.

하지만 오늘 우리의 기억 속에 남은 조선의 선비는 누구인가. 어쩌면 그는 이희승의 『딸깍발이』에 묘사된 '남산골 샌님'처럼 국망과 강점이 휩쓸고 지나간 허황한 벌판에서 마주친 애증 어린 존재들이 아닌가.

'딸깍발이'란 것은 남산골 샌님의 별명이다. … 그 꼬락서니라든지 차림차림이야 여간 장관이 아니다. … 그래도 두 눈은 개가 풀리지 않아서 영채가 돌아서 무력이라든지 낙심의 빛을 나타내지 않고 있다. 아래윗 입술이 쪼그라질 정도로 굳게 다문 입은 그의 지력을 더욱 두드러지게 나타내고 있다.

… 걸음을 걸어도 일본 사람들 모양으로 경망스럽게 발을 옮기는 것이 아니라 느럭느럭 갈짓 자(之) 걸음으로, 뼈대만 엉성한 호리호리한 체격일 망정 그래도 두 어깨를 턱 젖혀서 가슴을 뼈기고 고래를 휘번덕거리는, 새레 곁눈질 하나 하는 법 없이 눈을 내리깔아 코끝만 보고 걸어가는 모습. 이 모든 특징이 '딸깍발이'란 말 속에 전부 내포되어 있다.

그러나 이런 샌님들은 그다지 출입하는 법이 없다. 사랑이 있든지 없든지 방 하나를 따로 차지하고 들어앉아서, 폐포 파립이나마 의관을 정제하고 대개는 꿇어 앉아서 사서 오경을 비롯한 수많은 유교 전적을 얼음에 박 밀듯이 백번이고 천번이고 내리외는 것이 날마다 그의 과업이다. … 사실로는 졌지만 마음으로는 안 졌다는 앙큼한 자존심, 꼬장꼬장한 고지식, 양반은 얼어죽어도 겻불을 안 쬔다는 지조, 이 몇 가지가 그들의 생활 신조였다.

하지만 만약 한국인이 남산골 샌님의 모습으로부터 거슬러 올라가 조선의 선비를 기억해낸다면, 심각한 문제 하나가 우리 안에 가로놓여 있는 것이 분명하다. 조선 선비의 자부심과 남산골 샌님의 자존심은 구별되어야 한다. 전자가 싱싱한 원류에 해당한다면, 후자는 국망 이후의 골짜기를 힘겹게 통과하느라 초라하게 찢긴 지류에 해당하기 때문이다. 자조와 연민으로 발목잡힌 '남산골 샌님'의 자존심은 식민사관의 칼을 들어 주체적인 역사의식을 난도질한 결과 생겨난 것으로, 격조와 해학이 넘치는 조선 선비의 자부심으로부터 한참 멀어진 것이다.

이상한 일은, 아무리 되짚어 보아도 선비정신의 세례를 받은 적이 없는 내가, 푸른기 도는 순백자나 탈속의 해학이 넘치는 골코름한 철화백자 앞에서 마음이 차분히 가라앉고 영혼이 말갛게 씻기우는 상쾌함을 맛본다는 것이다. 이것은 어찌된 일인가. 이처럼 의젓한 취향을 식민사관의 흔적이 남아 있는 역사의 페이지로부터 얻었을리는 없을 터. 마침내 나는 개인사의 갈피를 들추어보게 되었는데, 그러고 보니 나는 아직도 전차가 다니던 시절 서울 북촌의 조선식 기와집에서 태어났고, 왜정의 구정물을 뒤집어쓰고도 마늘쪽 같은 조선 여인의 모습을 간직한 외할머니의 무릎 아래서 자라났다. 그러니까 토종 순한국인 외할머니가 앉아 계신 마음 속 풍경은 조선 선비의 백자 취향과 나 자신의 취향이 은밀하게 감응하도록 만드는 숨은 계기로 작용한 것이다.

그리하여 나는, 피카소에 경탄하고 렘브란트의 자화상 앞에서 영혼을 무장해제당하는, 이십일 세기의 세계인에 걸맞은 잡종적 취향 속에서도 나의 취향을 키운 것은 팔할이 서울 북촌의 기와집 풍경이었노라고 거리낌 없이 말할 수 있다. 흥미로운 사실은 이렇게 잡종적 미의식의 안쪽에서 도저한 근성으로 숨쉬는 순종적 미의식의 존재를 깨달은 것은, 나의 미의식의 본거지인 북촌 골목길에서가 아니라 잡종적 미의식의 메카처럼 보이지만 사실상 그 안쪽에서 그들의 순종적 미의식이 날카롭게 살아숨쉬는 루브르 박물관에서였다는 것이다. 전세계 문화유산을 긁어모아 '프랑스 취향의 인류성(人類性)'으로 재편집한 제국주의의 보물 창고가 바로 루브르 박물관 아닌가. 순종적 미의식과 잡종적 미의식은 물밑에서 서로 뜨겁게 손잡고 있는 것이다.

180

3년전의 남프랑스 해변. 그때 나는 깐느영화제에 한번 가보겠다며 무작정 프랑스로 떠났고, 막간을 이용해서 마티스와 샤갈의 미술관에 들렀다.

그런데 산뜻하고 정갈한 전시실에 걸린 선굵은 마티스와 환상적인 샤갈의 화폭을 낯선 마음으로 뜯어보던 나의 머릿속을 스쳐간 것이 있었다. 그림들의 선이나 색채를 어디선가 본 것 같다는 느낌이었는데, 얼마 뒤 그것들의 원관념이 그곳의 자연과 거리의 풍광이라는 사실을 깨달았다. 그림들 속에는 그네들 특유의 빛깔과 구도가 너무나 쉬운 '숨은 그림'으로 감춰져 있었다.

그때까지 나는 그곳의 자연과 거리라는 원관념은 빼놓은 채 이것과 그림 사이를 다리 놓은 '예술가의 상상력'을 신기루인양 찾아 헤매고 있었다. 그런데 어느 순간 마음의 눈을 떠보니, 그들이 탁월한 예술가인 까닭은 그곳의 낯익음을 새삼스러운 눈으로 돌아보게 만든 것이었다. 그곳의 대중들이 자신들의 삶을 새롭게 응시할 수 있게 만든 그림들을 그토록 소중하게 여기는 것도 이 때문일 것이다.

그곳에서 돌아온 후 한동안 허전한 마음으로 무언가를 찾아다녔다. 우리네 삶과 마음의 풍경을 담아 우리의 시선을 사로잡는 그림들이 우리 문화의 중심에서 밀려나 있음을 새삼 확인했기 때문이다. 게다가 우리의 시선이 엉거주춤 머무는 곳은 우리네 삶과는 무관한 남의 그림들이 아닌가. 하지만 그림은 그저 그림만이 아니고 문화는 그저 문화만이 아닌 것이, 그 결과 우리의 정서가 간단없이 '필름 끊기는' 어처구니 없는 지경에 이르렀기 때문이다.

우리 민족이 애당초 그림에 소질이 없다는 말은 들어본 적이 없고 우리의 자연이야 빼어나게 아름다운 것이 분명하니, 결국 언제부턴가 우리네 삶 자체가 본 모습을 잃은 데다 우리네 삶과는 무관한 그림들이 양산되었고, (다소 거친 표현을 사용하자면) 그것들이 거간 노릇을 하면서 우리네 삶과는 무관한 남의 그림들에게 우리의 시선을 내주기 시작했기 때문이 아닐까.

목마른 나의 시선에 '새롭게' 잡힌 것이 「골목안」이나 「귀로」 같은 박수근의 그림이었다. … 그리고 다시 얼마의 세월이 흐른 어느 날 겸재의 그림과 '새롭게' 만났고,

순간 집안 구석에 아무렇게나 놓인 항아리가 귀중한 보물임을 알아차린 사람처럼 기쁨과 부끄러움에 휩싸였다. 하지만 내가 겸재의 그림과 정녕 행복하게 만날 수 있었던 것은 다시 얼마 뒤의 일이었는데, 그것은 몇 년 전부터 간간이 오르내리기 시작한 북한산 중턱에서였다. 멋들어지게 구부러진 소나무들 사이로 구비진 산길을 걷던 나는 문득 겸재의 그림이 눈앞에 오버랩되는 환상에 사로잡혔고, 그 같은 환상에 기대어 펼쳐지는 명징한 시야 속으로 걸어들어가는 자신을 발견했다.

*「조선혼의 두루마기 끝자락을 잡고보니」, 사회평론 「길」, 1998년 7월

정태적이고 자폐적인 유토피아

상생 지향이 만들어낸 탈속의 경지는 참으로 아름답다. 거기에는 순수하게 증류된 아름다움, 한 치의 가감도 허용되지 않는 유토피아적인 아름다움이 존재한다. 하지만 도자기의 운룡문호나 운흥사 돌장승에서 피어나는 유토피아적인 아름다움에는, 보릿대춤을 추는 한국인의 어깻짓과 같은 해학과 신명의 가락이 출렁인다. 그것은 정태적이고 폐쇄적인 유토피아가 아니라 역동적이고 개방적인 유토피아다.

이쯤에서 취향적인 사고에 필수적인 성찰의 시선을 덧붙여보자. 한국인의 상생 지향이 만들어낸 탈속의 경지가 정태적이고 자폐적인 '그들만의' 유토피아에 도달한 적은 없었을까. 천지인의 합일을 경험한 한국인이 어느 순간 인간적인 자의식을 놓아버린 적은 없었을까. 우리는 이처럼 정태적이고 자폐적인 유토피아의 풍경을 17세기에 조선을 방문한 네덜란드인 하멜의 시선을 통해 엿볼 수 있거니와, 동시에 거기서 그같은 유토피아가 도달하는 최후의 패착으로서의 쇄국을 예감한다.

그렇다면 한국인이 사랑하는 이른바 국민화가들의 작품에 그런 기미가 내비친 적은 없었을까. 특히 국망과 강점이라는 역사적 시련기에 한층 거세게 우리를 엄습했을 그같은 퇴행의 경향에 대해, 그것을 스스로 미화하기까지 하는 곱절의 퇴행으로 뒷걸음친 적은 없었을까.

그러고보면 운룡의 꿈틀거림이든 화조의 어울림이든 마애불의 미소든 석장승의 표정이든 김기창의 바보산수든 장욱진의 동심이든 김환기의 보랏빛이든 간에, 한국인의 즐거움에는 어딘가 쓸쓸함이 드리워져 있다는 생각이 든다.

우아로 통하는 섬약미는 색채적으로 단조한 것과 곁들여 적조미를 구성하고 있는데, … 이어나가 이 단색조는 사상적 깊이보다도 사상적으로 어느 정도 만큼의 깊이에 들어갔다가 명랑성으로 화하여 나온다. 말하자면 그것은 사상적으로 철저한 깊이에 들어가지 않고, 어느 한도에서 체관적 전회를 한다.
이는 즉 끈기와 고집이 부족한 것이며, 반면에 허무, 공무, 운명의 관념이 쉽사리 이루어져 가지고 농조로서의 '유머'가 나오는 것이다. 형태의 불완전, 형태의 선율적이란 것도 이 '유머'의 성립을 돕고 있다. 이리하여 적요(寂參)와 명랑(明朗)이라는 두 개의 모순된 성격이 동시에 성립되어 있다. 질박, 둔후, 순진이 형태의 파조라는 것을 통하여, 다시 '적요한 유머'를 통하여 '어른 같은 아이'의 성격을 내고 있다. 조선의 불상 조각에는 이 '어른 같은 아이'가 많다. *고유섭, 「조선 고대미술의 특색과 그 전승문제」

우리는 이 '어른 같은 아이'를 장욱진의 동심에서도 찾아볼 수 있거니와, 그의 동심에는 적요와 명랑, 쓸쓸함과 즐거움이 함께 한다. 쓸쓸함과 즐거움이 함께 한다는 것. 이것은 자신들의 몫인 인간의 문화를 천지인 전체의 상생적인 조화를 이룩하기 위한 비보물로 간주한 한국인이, 어느 순간 거기서 한걸음을 더 나아가

인간적인 자의식 자체를 놓쳐버렸기 때문일지도 모른다. 이에 따라 저만치 탈속의 풍류를 지향한 현세의 실존에는 어딘가 허무의 느낌이 덧붙기도 했으며, 동시에 어딘가 별유천지 비인간의 느낌이 묻어나기도 했다.

허무주의와 샤머니즘의 극복

한국문학사를 서술한 불문학자 김현은 '허무주의와 샤머니즘의 극복'이라는 주제로부터 한국문학을 탐구하기 시작했다고 말한 적이 있다.

허무주의와 샤머니즘의 극복이라는 주제는 한국문학의 여러 측면을 조사함으로써, 한국인의 상상체계에 접근해 나가려고 애를 쓴 나의 모든 탐구의 원점이다.
*김현, 「세 개의 산문」, 『박상륭 소설집』

허무주의와 샤머니즘. 그가 이것을 한국문학 탐구의 원점으로 삼은 까닭은 무엇일까. 물론 그것은 논리의 문제가 아니라 감각의 문제다. 그렇다고 해도 우리는 먼저 '허무주의와 샤머니즘'의 정체를 알아볼 필요가 있다. 내가 보기에 그것은 김동리의 『무녀도』나 서정주의 『화사집』처럼 이른바 한국 국민작가의 작품세계를 관통하는 삶의 태도와 정서를 가리킨다. 어쩔 수 없이 맞대면하게 되는 인간적인 상극의 질서에 대해 어설픈 화해의 태도를 취하거나(샤머니즘) 운명적으로 몸을 맡기는 태도를 취하는 것(허무주의)이 그것이다. 물론 이같은 문제제기에 대해 이의를 다는 사람도 없지는 않다(김현이 샤머니즘이라는 용어를 사용한 까닭은 무엇보다 작가들이 이같은 태도와 정서를 샤머니즘의 형식을 빌어 표현했기 때문이며, 그것이 샤머니즘의 본질과 전적으로 일치하기 때문은 아닐 것이다).

물론 우리의 경우에도 가령 홍길동, 임꺽정 등의 행위의 궤적에서 볼 수 있는 바와 같이 자기의 한을 외향적인 대타관계의 논리 속에서 해소시키려 한 예가 없지는 않으며, 따라서 우리에게 그런 방향으로 나아갈 수 있는 가능성이 전혀 없다고는 할 수 없지만, 그러나 대부분의, 보통의, 평균적인 한국인은 오히려 라이벌을 앞에 두고도 노래하며 춤추며 물러서는 처용, 모진 가난의 한스러움을 통하여 오히려 그 마음이 여려지고 착해져간 박흥보의 경우처럼 내향적, 선적인 삶의 궤적을 쌓아가는 것이라고 생각한다. 이런 측면을 두고 과거의 일제 식민주의자들은 한국인의 패배주의의 표상이라 하였고, 또 근래의 서구적인 대립, 갈등의 논리에 입각한 일부 사람들은 한국적 허무주의라는 부정적인 이름을 붙이고 있기도 하지만, 그러나 이미 언급한 바 꾸준하고도 집요한 시김새의 과정을 통하여 울창하고도 너그러운 그늘을 드리우게 되는 판소리 예술의 성취 경위에서 볼 수 있는 것과 같이, … 결코 그렇게 쉽사리 만만하거나 그렇게 쉽사리 허술한 것은 아니다. *천이두, 「한과 판소리」

그럼에도 불구하고 우리는 한국인이 상생 지향의 사고방식에 따라 인간의 질서인 상극보다는 자연의 질서인 상생을 추구한 나머지, 정신적인 내용을 착안하는 데는 탁월한 반면 육체적인 형식을 완성하는 데는 허술한 측면이 있다는 사실을 인정하지 않을 수 없다. 육체적인 형식으로 도야되지 않은 정신직인 내용이 허랑한 '멋'으로 공중분해되는 경향이 있는 것도 이 때문이다.

이 상상성, 구상성이 진실미를 못 얻을 때 일종의 허랑한 '멋'이란 것만이 나게 되고, 그것이 진정한 의미에서의 예술적 승화를 못 얻을 때 한편으로는 '군짓'이 잘 나오고 한편으론 '거들먹 거들먹' 하는 부화성(浮華性)이 나오게 된다. *고유섭, 「조선 미술문화의 몇낱 성격」

　　따라서 우리는 상생 속의 상극, 정지태 속의 가동성, 매끈함 속의 거칠음, 신명 속의 한을 단단한 핵심으로 보전하는 과제를 잠시라도 소홀히 해서는 안된다. 한에서 흥으로, 울음에서 웃음으로 승화되는 과정은 전자를 지워버리고 후자로 날아오르는 초월(超越)의 몸짓이 아니라 전자를 등에 지고 후자를 향해 기어가는 포월(匍越)의 몸짓이 되어야 한다(김진석, 「초월에서 포월로」). 상극의 과정을 과거의 삶의 흔적으로만 남겨두는 정태적인 상생이 아니라, 그것을 현재의 삶의 에너지로 확보하는 역동적인 상생 쪽으로 우리의 취향을 자꾸만 밀어내는 의식적인 노력을 기울여야 한다.

　　그러기 위해서는 무엇보다 정태적이고 자폐적인 유토피아에 들어앉고자 하는 닫힌 마음 대신, 역동적이고 개방적인 유토피아를 향해 걸어나가는 열린 마음이 필요하다. 동시에 우리의 저다움 속에 숨어 있을지도 모르는 은자(隱者)의 소극성 또는 폐쇄성을 벗어던지고 세계시민(世界市民)의 적극성 또는 개방성을 추구해야 한다. 자연의 질서인 상생 대신 인간의 질서인 상극을 전면에 내세우는 서구적 근대와, 인간의 질서인 상극을 자연의 질서인 상생 속으로 통합시키는 한국적인 저다움을 '창조적인 모순'으로 통합시켜야 한다 .

왜냐하면 상극작용은 상생작용의 반대작용을 함으로써 생(生)을 견실하게 하는 것이기 때문이다. 다시 말하면 상생이라는 것은 목화토금수의 순행(順行)법칙이었지만 상극은 그와는 반대로 수화금목토의 상극법칙인데, 이것은 모순과 대립의 작용을 하면서 그것을 이용하여서 만물을 생성하는 것이다. 그런즉 이것은 극(克)

으로써 해(害)치려는 것이 아니고 오히려 만물을 생성하려는 목적으로 그렇게 하는 것인즉, 가히 필요극(必要克)이라 할 것이다.

만물은 이와 같은 상극이라는 계기의 모순과 대립 속에서 자라나는 것이다. 그런즉 이것은 대립을 위한 모순이나 모순을 위한 대립인 것이 아니라, 오히려 발전과 통일을 위한 모순 대립인 것이다. 이와 같이 상극은 우주운동에 있어서는 없을수 없는 절대적인 존재인데, 그것은 자연계에 있어서만이 아니고 인도(人道)에 있어서도 동일한 것인즉 이와 같은 악은 오히려 선을 보호하기 위한 필요악인 것이다. *한동석, 『우주변화의 원리』

모든 존재는 음양으로 이루어져 있습니다. 나의 껍데기는 상극에 의해 만들어진 형(形)으로서 음이고, 나의 알맹이는 상생에 의해 만들어진 신(神)으로서 양입니다. 그래서 상극인 육체의 고통과 제약 없이는 상생의 마음이 성숙되지 않습니다. *어윤형 전창선, 『오행은 뭘까』

역동적이고 개방적인 유토피아

"이 희한한 냄새를 맡아보라, 이 멋들어진 냄새를. 이것이 바로 질서라는 것이다.
이것이 바로 관념 형태라는 것이며, 그것은 이런 더러운 잡동사니의 혼돈이 만들
어내는 것이다. 깨끗하기만 하고 맑은 것에서는 무엇이 태어나겠느냐? 정말 티없
는 물을 아무리 끓여보더라도 거기선 이처럼 훌륭한 향기는 우러나지 않는다. 그
러나 이 물 속에 장구벌레 한 마리든 암캐의 불알이든 뭐든 넣고 끓여봐라, 그땐
어쨌든 맹물 냄새보다는 멋진 향기가 날 게다. 흐음, 음, 음, 으흠, 이 냄새의 구수
함, 그윽함, 고상함, 이 거룩함, 이 탈속 ─ 이것이 바로 나니라. 나는 너희들과 같
은 병신 나부랭이들이 끓여져서 승화된 향기니라. 나는 너희들의 질서며, 너희들
의 사상이다. *박상륭, 「산동장」, 아겔다마」

　한국적인 상생의 질서 위에 이십 세기적인 상극의 질서를 겹쳐놓는 발상
의 전환. 지난 세기 후반의 한국인은 이같은 발상의 전환을 거대한 실험의 형태

로 실천에 옮겼다. 1970년대에서 1980년대에 걸쳐 민주화 운동의 현장에서 전개된 민족예술운동이 그것이다.

한마디로 요약하면 그것은 신명이나 해학 같은 미적 범주를 통해 상극적인 부조화를 상생적인 조화로 승화시키는 한국인의 미의식을 토대로 하면서도, 다시 한번 이같은 상생적인 조화 위에 상극적인 부조화를 겹쳐놓은 예술운동이었다. 따라서 부조화에서 조화로, 다시 부조화로 꿈틀거리며 전진하는 그것은 개혁의 전망으로 가득찬 살아 있는 움직임이었다. 정태적이고 자폐적인 유토피아에서 역동적이고 개방적인 유토피아를 향해 한발을 내딛는 것이었다고 할까.

하지만 이상은 어디까지나 민족예술운동의 잠재적인 가능성이었을 따름이다. 무엇보다 그것은 상극의 인간 질서에 이데올로기적으로 잡힌 나머지 그것을 상생의 자연 질서 또는 우주 질서로 승화시키는 데까지는 미치지 못한 부분이 있기 때문이다.

물론 그것의 발생사적 계기인 사회개혁 에너지의 시대적인 의의를 폄하해서는 안되며, 이에 따라 예술사적인 관점 위에 사회사적인 관점을 겹쳐놓은 시선으로 그것의 역사적인 의의를 올바로 평가해야 한다. 그러나 우리는 취향적인 사고가 아닌 이데올로기적인 사고에 의해 뒷받침된 예술적 실천인 민족예술운동이, 풍요롭고 다면적인 저다움을 확보하지 못한 채 초라하고 일면적인 저다움에 머무른 사실을 반성적으로 돌아보지 않을 수 없다.

그럼에도 불구하고 그것은 국제적으로는 사대라는 동북아의 정치질서에 안주하다가 차츰 모화의 타성에 빠져든 끝에 마침내 쇄국이라는 막다른 길을 선택하게 되었으며, 국내적으로는 계층간의 갈등에 대한 민주적인 개혁을 완수하지 못하는 등 정태적이고 자폐적인 유토피아로 귀착된 19세기 이래 한국인의 퇴행적인 저다움에 비추어 볼 때, 역동적이고 개방적인 유토피아를 지향한 의미심장한 예술적 실천으로 기억되어야 한다. 따라서 기억 속의 심상의 형태로 한국인의 몸 속에 저장된 살아 있는 전통인 민족예술운동이 한국인의 미의식에 던지는 충격은 한국인이 자신의 저다움에 대한 성찰의 시선을 되찾아 갈수록 중요한 의미를 지니게 될 것이다.

오윤과 도깨비

마당극운동은 취향적인 사고에 이데올로기적인 사고를 덧붙인 형태로 진행되었는데, 바로 이 때문에 그것은 상생의 자연 질서 속에 숨겨진 상극의 인간 질서를 적극적으로 끄집어내는 성과를 거두었음과 동시에, 다시 그것을 상생의 우주질서로 승화시키지 데까지는 미치지 못했다.

그러나 우리는 드물기는 하지만 개인적인 창조의 에너지가 집단적인 이데올로기의 껍질을 뚫고 개성적인 취향의 속살을 드러냄으로써, 상극의 인간 질서 너머에 존재하는 상생의 우주 질서를 향해 손을 뻗친 경우와 마주친다. 화가 오윤의 작품세계가 그런 경우다. 그가 마당극적인 상상력의 핵심에 해당하는 원귀(怨鬼)에 대한 상상에 잡혀 있으면서도, 다시 그것을 한국적인 상생 지향의 산물인 도깨비와의 어울림으로 변용해낸 것도 그 때문이다.

그는 상극적인 갈등의 분위기에 상생적인 화해의 분위기를 덧칠하고 다시 거기에 '낙천성'이나 '승화되지 않은 육체의 기운' 같은 빛나는 감수성을 채색함으로써, 마당극의 상상력에 드리워진 이데올로기적인 성격을 취향적인 성격으로 변화시켰다. 그림 속의 도깨비가 문득 그의 자화상과 겹쳐 보이는 것도 그 때문이며, 친구인 김지하가 죽기 전의 그에게서 본 기쁨의 정체도 그 언저리에 있다.

··· 중요한 것은 오윤이 죽기 전에 강한 생의 의욕, 기쁨을 본 것 같다는 것이에요. 기쁨, 산다는 것의 기쁨, 육체의 기쁨, 그것은 우리가 상상하기 힘들 정도로 찬란한 것이 아니었던가 싶어요. *김지하 심광현 대담, 「오윤 작품의 현재적 의의」, 「오윤, 동네사람 세상사람」

기쁨. 산다는 것의 기쁨. 육체의 기쁨. 상상하기 힘들 정도로 찬란한 것. 살아 있는 유기체가 발산하는 생기의 느낌. 이것이 바로 상극적인 부조화를 상생적인 조화로 승화시킴으로써 얻어지는 한국적인 감성의 본질이다. 하지만 이것은 오윤 개인의 예외적인 성취가 아니라, 민족예술운동의 본질에 숨겨진 창조적 에너지의 일부였을 것이다. 민족예술운동이 신명이나 해학 같은 미적 범주를 일관되게 강조했다든지, 때로는 설익은 김치를 밥상에 올린 것처럼 상극적으로 뒤엉킨 무엇으로 드러났을지언정 어떤 좌절된 생기 같은 것을 지향하고 있었다는 것도 이같은 가능성을 시사한다.

이같은 가능성은 오윤의 『춤』을 통해 한눈에 짐작되듯이, 변화하는 매순간마다 완벽에 가까울 정도의 균형을 잡아내는 어깻짓에 실린 '가동적 정지태'의 미학을 통해 좀더 분명한 가능성으로 다가온다. 요컨대 민족예술운동은 이십 세기의 시대정신이라고 할 수 있는 서구발의 상극 지향을 한국적인 상생 지향으로 승화시키고자 한 당대의 움직임으로 주목받아야 한다.

김정희와 연경의 기억

추사 김정희. 그는 '토속적인 자기'에 관심을 가지는 한국인이라면 누구
나 한번쯤은 옷깃을 여미고 사숙하는 한국문화사의 거목이다. 흥미로운 것은
추사의 작품세계가 순한국적인 무엇으로는 설명되지 않는 국제적인 안목과 감각
을 지녔다는 것이다. 특히 항간에서 부적처럼 귀하게 여겼다는 속설이 있을 정
도로 양강(陽强)하다는 평을 얻은 그의 글씨체는 우물 안 개구리와도 같이 옥
말려 들어가는 유생 체취를 지닌 조선 재래의 글씨체들과 대비된다는 평을 얻기
도 했는데(김용준, 『한국미술대요』), 이것은 그의 글씨체가 지닌 국제적인 안목과
감각을 단적으로 말해준다. 김정희가 살았던 시대는 17세기말에서 18세기말에 걸
친 이른바 진경시대의 직후다.

진경시대라는 것은 조선 왕조 후기 문화가 조선 고유색을 한껏 드러내면서 난만한
발전을 이룩하였던 문화절정기를 일컫는 문화사적인 시대 구분 명칭이다. 그 기간

은 숙종(1675 ~ 1720)대에서 정조(1777 ~ 1800)대에 걸치는 125년간이라 할 수 있는데, 숙종 46년과 경종 4년의 50년 동안은 진경문화의 초창기라 할 수 있고, 영조 51년의 재위 기간이 그 절정기이며 정조 24년은 쇠퇴기라 할 수 있다. *최완수, 「조선 왕조의 문화절정기, 진경시대」

　　김정희가 살았던 시대는 조선색 넘치는 진경문화를 꽃피운 앞 시대와는 달리 청나라의 사상을 적극적으로 수용한 북학을 토대로 새로운 문화를 모색한 시대였다. 그리고 이같은 새로운 문화 창조의 선봉에 선 것이 김정희였다. 그는 진경시대 직후에 '낡은 것'으로 뒤쳐진 진경문화의 조선색을 '새로운 것'으로 등장한 청나라의 사상과 북학사상을 빌어 돌파하고자 했다. 달리 말하면 '남의 유행'을 참고로 해서 '토속적인 자기'를 새롭게 하고자 한 것이랄까. 아니면 '밖으로 향해 있는 안테나를 가지고 우리 자신을 새롭게 돌아본' 것이랄까. 이것이 바로 김정희의 창작방법론으로 거론되는 법고창신(法古創新)의 올바른 해석이다.

그는 경화학계(京華學界, 경화는 서울이므로 서울의 학계라는 뜻)의 선배 학자들을 통하여 조선 전통문화의 황금기인 진경시대 문화의 여맥을 이어받았으며, 외래문화를 수용하여 전통문화의 혁신을 도모하던 법고창신론(옛것을 모범으로 새로운 것을 창안한다는 뜻으로 연암 박지원이 제창하였다)과 북학론의 사상적 활기를 경험하였다. … 서울 지역의 경화학계 일각에서는 외래 문물의 선택적 수용론으로부터 청을 배우자는 북학론과 나아가 서양을 배우자는 서학론에 이르는 새로운 학문 및 사상적 지향을 제시하기에 이른다. 이들은 서울을 중심으로 당색과 신분을 넘어서는 개방적 교류 분위기와 자유로운 학문 풍토를 조성하고, 법고창신론에 입각한 분방한 문화예술 활동을 통하여 시대의 변화를 선도하고자 하였다. *유봉학, 「추사와 그의 시대」

추사체의 국제적인 안목

추사에게 법고에서 창신으로 나아가는 계기를 제공한 것은 무엇이었을까. 그것은 그가 북학파의 대가인 박제가와 청나라 사상예술의 대가인 옹방강, 완원을 스승으로 모시게 된 일이었다. 이들은 어떤 인물이었을까.

박제가는 이처럼 연경의 거장홍유(巨匠鴻儒)들과 교유하고 또 그들에게 인정받고 대접받으면서 더욱 청조문화에 심취하였다. 그래서 걸핏하면 중국과 연경을 찾고 노래하듯 중국을 말하는 바람에 동료 사회에서 곧잘 핀잔을 받았다고 한다. … 한 예로 그의 선배인 이덕무는 박제가에게 보내는 편지에서 "당신은 당벽(唐癖) 당학(唐學) 당한(唐漢) 당괴(唐魁) 만을 찾고 있는데, 자기 스스로에 대해서도 알아야 할 것"이라는 따끔한 충고를 내리기도 했다. 이런 분이 바로 추사의 스승이었다. *유홍준, 「완당평전1」

박제가는 우물 안 개구리 같은 조선의 유생들이 보기에는 지나치다 싶을 정도로 세계화된 인물이었다. 따라서 십대의 청소년기를 그의 문하에서 보낸 김정희도 자연스럽게 청나라의 연경으로 대표되는 우물 밖 세상을 활동 무대로 삼을 것을 꿈꾸게 되었다. 꿈은 의외로 쉽게 이루어졌는데, 그것은 추사가 스물 네 살 되던 해 동지부사(冬至府使)인 아버지의 자제군관 자격으로 연경에 가게 되었기 때문이다. 연경에 간 추사의 눈에 비친 우물 밖 세상은 어떤 것이었을까. 추사에게 우물 밖 세상의 진면목을 보여준 사람은 고증학과 금석학을 비롯한 청나라 사상예술의 대가 옹방강과 완원이었다. 이들은 조선에서 온 영재 청년 추사의 식견과 재주를 한눈에 알아보고, 그에게 자신이 알고 있는 청조 문화의 핵심을 전해주었다.

옹방강은 당대의 금석학자이자 서예가이며 스스로 경학의 대가로 자부하는 연경 학계의 원로였다. … 옹방강은 고서화, 탁본, 전적 수집에 열성을 다하여 당시 이 분야의 최대 컬렉터이기도 했다. … 그러나 정확히 말해서, 그는 당대 최고의 감식가(鑑識家)였다. … 석묵서루는 희귀 금석문과 진적(眞績)으로 가득하여 그 수장품이 8만 점이라고 했다. 조선이라는 촌에서는 감히 볼 수 없는 원전을 여기에서 직접 보게 된 것이다. … 석묵서루에서 꿈같이 보낸 이 행운의 진본, 진적 배관(拜觀)은 이후 추사가 금석학과 고증학에 전념하는 큰 계기가 됐을 뿐만 아니라, 그 학식의 정확한 토대가 되었다. *유홍준, 앞의 책

… 청조문화를 완성하고 선양함에 절대적 공로자이자 당시 제일인자였다는 평을 받고 있던 완원은 … 실사구시와 평실정상(平實精詳)의 자세로 학문을 닦고 경전을 연마하라는 완원의 가르침은 진실로 간곡한 것이었다. 그리하여 추사는 완원의 뛰어난 이론을 많이 필사하여 가지고 왔다. *유홍준, 앞의 책

김정희가 옹방강의 서고에서 본 원전들과 완원에게서 들은 실사구시의 방법론은 추사로 하여금 우물 안 세상에서 우물 밖 세상으로 나아가게 하는 구체적인 계기를 제공했다. 결국 김정희에게 있어 스물 네 살 '연경의 기억'이란 젊은 날 한때의 추억으로 스쳐 지나간 것이 아니라 평생에 걸쳐 자신의 사상과 예술의 수준을 돌아보게 하는 국제적인 척도로 남아 있었다. 국제적인 안목과 감각을 유지하는 것은 토속적인 안목과 감각을 유지하는 것과 마찬가지로 중요하며, 얼핏 모순처럼 보이는 양자는 창조의 주체 속에서 하나가 되어야 한다.

추사는 '토속적인 자기'를 지키는 것과 '남의 유행'을 따라가는 것을 창조적으로 회통시켰으며, 그런 의미에서 그는 세계인인 동시에 한국인이었다.

그래서 추사는 그 당시 유행하고 있었던 지나친 형상 위주의 사실적인 경향이나

지나친 정취 위주의 낭만적인 경향을 모두 비판하고 청대의 정통파와 개성파를 거슬러서 원말 사대가까지 올라가 보다 근원적인 역사적 결혈 속에 담겨 있는 핵심적이고 본질적인 요소를 더욱 근원적인 차원까지 본질화시킴으로써 그 구체적인 역사적 한계를 벗어난 뒤, 이러한 근원적인 요소와 자신의 개성적인 성령을 융합시켜 자신의 실존적인 맥락에서 이를 매우 독창적으로 실현했다. 「세한도」와 「불이선란도」가 매우 고전적인 격조를 갖추면서도 개성적인 성령을 지니고 있을 뿐만 아니라 당대적인 공감대를 지닐 수 있었던 것은, 바로 그렇기 때문이라고 할 수 있다. 말하자면 추사는 올바른 법고를 통해서 개성적인 창신을 이룩하며 이를 불이의 묘경으로 통합했다고 할 수 있다. *강관식, 「추사그림의 법고창신의 묘경」

최완수가 김정희에 대해 한(漢)나라 예서체의 장점을 모아 스스로 한길을 터득함으로써 졸박청고한 추사체를 이루었다고 말한 것도 같은 맥락일 것이다. 요컨대 그가 이루어낸 추사체의 졸박청고함이란 우물 가운데 개구리와도 같은 조선적인 것도 아니고, 한나라 예서체 그대로의 중국적인 것도 아니며, 양자를 회통시켜 새롭게 창조해낸 개성적인 것으로서의 졸박청고함이었다. 김정희는 '연경의 기억'을 통해 조선식을 추사식으로 재구성했고, 다시 이것이 새로운 조선식이 되어 일세를 풍미했다.

따라서 추사의 이와 같이 차원 높은 청조 문인풍의 감상안은 종래 조선 성리학을 바탕으로 길러져왔던 조선 고유의 국서(國書) 국화풍(國畵風)에 대하여는 지극히 비판적일 수밖에 없었으니, 원교 이광사의 서법과 서론에 대한 신랄한 비판이 이를 말해주고 있다. 따라서 논리정연한 그의 신서화론(新書畵論)과 졸박청고한 서화법은 왕조 후기의 예원을 풍미하여, 당시 이후의 서화가로 추사를 흉내내지 않은 사람이 거의 없을 정도로 큰 유행을 보았다. 이로 말미암아 조선 고유의 국서풍과 국화풍은 일조에 된서리를 맞고 시들어 버리게 되었다. *최완수, 「신역 추사집」

새로운 전통의 창조란 언제나 개인의 개성이 집단의 개성을 뛰어넘고, 이 것이 다시 집단의 새로운 개성으로 자리잡는 방식으로 이루어진다.

이 경우 개인의 개성으로 하여금 집단의 개성을 뛰어넘게 하는 원동력은 추사가 '연경의 기억'에 의해 확보했던 것과 같은 국제적인 안목과 감각이다.

'지금 이 순간'의 당대성

법고창신. 옛것(古)을 따름으로써 새것(新)을 창조하는 것. 이것은 '기억 속 의 심상'을 '오늘의 심상'으로 탈바꿈시켜내는 것이다. 마치 삼국시대의 반가사유 상이 장욱진의 「진진묘」로 다시 태어난 것처럼 말이다.

골동이 되어버린 옛것에 새것의 아우라를 뒤집어씌우는 원동력은 무엇일 까. 그것은 '지금 이 순간'의 주체가 체험하는 당대성이다. 그렇다면 '지금 이 순간' 의 주체로 하여금 당대성을 체험하게 하는 지렛대는 무엇일까. 추사가 '연경의 기 억'을 통해 획득한 국제적 감각이 그것인데, 그것은 우물 안 개구리와도 같은 토속 적인 감각 또는 조선성을 넘어선 곳에 존재하는 세계성이다.

따라서 '지금 이 순간'의 우리는 몬드리안의 작품을 통해 만나는 국제적인 감각을 획득하고 나서야 비로소 천연염색 조각보의 토속적인 아름다움에 새롭게 눈뜰 수 있으며, 현대 회화의 개성적인 예술혼을 접하고 나서야 비로소 조희룡 매 화도의 진한 매혹과 감수철 화훼도의 간결한 세련에 새삼스럽게 빠져들 수 있다.

그러고 보면 과거와 현재, 옛것과 새것이 우리네 삶의 현장 곳곳에서 기묘 한 모습으로 공존하고 있다는 사실이 새삼스럽게 눈에 띈다. 몇백 년 전의 순간에 정지해버린 듯한 남대문과 이십 일 세기를 향해 날렵한 촉수를 뻗친 듯한 고층건 물이 나란히 서 있는 사잇길을 이리저리 다니는 것이 우리들의 삶 아닌가. 따라서 우리는 이같은 공존을 혹은 옛것쪽으로 되돌리거나 혹은 새것 쪽으로 밀어붙이 기보다는, 그것들을 하나로 버무려내는 모순적인 공존을 통해 창조의 길로 나아가는 유연하고도 열린 사고를 가져야 할 것이다. 새것의 프리즘을 통과하여 '지금이 순간'에 살아남은 옛것의 존재란 얼마나 아름다운 것인가.

회통적인 사고

흔히 두 개의 길이 있다고들 한다. 하나는 한국인의 길이요, 다른 하나는 세계인의 길이다. 그리고 묻는다. 당신은 어느 쪽을 택할 것이냐고.

나는 이렇게 대답할 것이다. 당신의 물음은 애당초 잘못된 것이라고. 백남준과 겸재가 그랬으며 추사도 그랬듯이, 한국인이니 세계인이니 하는 구분은 애당초 존재하지 않는다고. 그들은 자신을 한국인인 동시에 세계인으로 여겼으며, 이같은 회통적인 사고야말로 그들로 하여금 창조의 주체로 우뚝 서게 한 원동력이었다고.

회통적인 사고. 한국인과 세계인 사이에서, 법고와 창신 사이에서 회통적인 사고를 모색한 사람들만이 창조라는 새역사의 문을 열어젖힐 수 있다. 유월의 햇살 아래 붉은 악마로 서 있었던 우리 모두가 눈부시게 깨달았듯이, 한국인이기를 원한다면 동시에 세계인이기를 꿈꾸어야 하며 세계인을 꿈꾼다면 결코 한국인을 포기해서는 안 된다.

그리하여 우리는 '고유색은 전통주의자에게로'라고 쓰인 플래카드와 '현대의 난장은 세계주의자에게로'라고 쓰인 플랭카드를 번갈아 들어올리며 양자를 단호하게 구분짓는 명쾌한 단색조의 목소리를 경계해야 한다. 순일함이란 불모의 것이요 난장만이 다산의 터전이라는 것. 전통의 고유색과 현대의 난장은 불이(不二)의 묘경으로 회통되어야 한다는 것. 이것이 바로 정태적이고 자폐적인 그들만의 유토피아를 꿈꾸는 퇴행적인 저다움을 딛고서 도달해야 할 진정한 저다움인 동시에, 조선식의 순종적 예술실천을 추사식의 잡종적 예술실천으로 끌어올릴 수 있는 진정한 견인차인 것이다.

참고문헌

『간송문화1』 한국민족미술연구소, 2001

『간송문화3』 한국민족미술연구소, 2002

『거대한 뿌리』 김수영, 민음사, 1994

『겐지 이야기』 무라사키 시키부, 전용신 옮김, 나남출판, 1999

『고유섭 전집』 통문관, 1993

『광화문의 마음』 야나기 무네요시, 김종호 역, 도서출판 소금, 1980

『괴델 에셔 바흐』 더글러스 호프스태터, 박여성 옮김, 까치, 1999

『구별짓기 : 문화와 취향의 사회학』 삐에르 부르디외, 최종철 옮김, 새물결, 1995

『국화와 칼』 루스 베네딕트, 김윤식 오인석 옮김, 을유문화사, 1974

『김윤식 문학기행』 김윤식, 문학사상사, 2001

『김치 천년의 맛』 김만조 이규태 이어령, 디자인하우스, 1996

『나 죽으믄 이걸로 끄쳐 버리지』 박나섭 구술, 오현주 편집, 뿌리깊은 나무, 1992

『논쟁으로 보는 한국철학』 한국철학사상연구회, 예문서원, 1995

『다도와 일본의 미』 구마쿠라 이사오 엮음, 김순희 옮김, 小花 1998

『對』 김상일, 새글사, 1974

『도상학과 도상해석학』 에케하르트 캐멀링 편집, 이한순외 옮김, 사계절, 1997

『도설로 보는 한국유학』 한국사상연구회, 예문서원, 2000

『동경대전』 윤석산 주해, 동학사, 1996

『동방견문록』 김호동 역주, 사계절, 2000

『동양문화사』 존 K 페어뱅크 외, 김한규 외 옮김, 을유문화사, 1992

『동양조경사』 한국조경학회, 문운당, 1996

『동양화 읽는 법』 조용진, 집문당, 1989

『동양화구도론』 왕백민 강관식 옮김, 미진사, 1991

『딸깍발이』 이희승, 범우사, 1976

『땅의 눈물 땅의 희망』 최창조 글, 홍성담 그림, 궁리출판, 2000

『리오리엔트』 안드레 군더 프랑크, 이희재 옮김, 이산, 2003

『명초 조선관계사 연구』 박원호, 일조각, 2002

『모던 뽀이 경성을 거닐다』 신명직, 현실문화연구, 2003

『무늬』 이기선, 안장헌 사진, 불교문화산업기획단 엮음, 호영문화사, 2003

『무서록』 이태준, 범우사, 1993

『문명교류사연구』 정수일, 사계절, 2002

『미술사학1』 미술사학연구회 편, 민음사, 1989

『박상륭 소설집』 민음사, 1971

『발효』 정동효, 대광서림, 1997

『백남준 이야기』 이경희, 열화당, 2000

『백남준과 그의 예술』 김홍희, 디자인하우스, 1992

『법공과 장엄』 강우방, 열화당, 2000

『불교개론 강의』 이기영, 한국불교연구원, 1998

『색동에 대한 연구』 박상의, 이화여자대학교 학위논문, 1978

『서양철학사』 버트런드 러셀, 최민홍 옮김, 집문당, 2002

『석도화론』 김용옥, 통나무, 1992

『소쇄원도와 시문 분석을 통한 소쇄원의 경관 특성에 관한 연구』 김현, 성균관대학교 학위논문

『수학과 미술』 계영희, 전파과학사, 1984

『시간과의 경쟁』 민두기, 연세대학교 출판부, 2001

『신라·서역교류사』 무하마드 깐수, 단국대학교 출판부, 1992

『신역 추사집』 최완수 역주, 현암사, 1976

『아겔다마』 박상륭, 문학과지성사, 1997

『예감에 가득 찬 숲 그늘』김지하, 실천문학, 1999

『오리엔탈리즘』에드워드 사이드, 박홍규역, 1991

『오리엔탈리즘을 넘어서』강상중·이경덕·임성모 옮김, 이산, 1997

『오윤, 동네사람 세상사람』오윤기념사업회, 학고재, 1996

『오행은 뭘까』어윤형·전창선, 세기, 1994

『완당평전1』유홍준, 학고재, 2002

『우리 규방문화』허동화, 현암사, 1997

『우리 옛 지도와 그 아름다움』한영우·안휘준·배우성, 효형출판, 1999

『우리 옷과 장신구』이경자·홍나영·장숙환, 열화당, 2003

『우주변화의 원리』한동석, 행림출판, 1966

『유클리드의 창 : 기하학 이야기』레오나르드 믈로디노프, 전대호 옮김, 까치, 2002

『음양오행설의 연구』양계초·풍우란 외, 김홍경 편역, 신지서원, 1993

『이승철 개인전』학고재, 2000

『인간 현상』테야르 드 샤르댕, 양명수 옮김, 한길사, 1997

『일본을 걷는다』김정동, 한양출판, 1997

『일본인과 일본문화』시바 료타로·도널드 킨, 이태옥·이영경 옮김, 1993

『일본정신의 기원』가라타니 고진, 송태욱 옮김, Imagine, 2003

『일본 정치사상사 연구』마루야마 마사오, 김석근 옮김, 통나무, 1995

『일제침략과 한국철도』정재정, 서울대학교 출판부, 1999

『잃어버린 시간을 찾아서』마르셀 프루스트, 김창석 옮김, 국일미디어, 1998

『자연 염색』이승철, 학고재, 2001

『저기 도깨비가 간다』김종대, 다른세상, 2000

『정도전 사상의 연구』한영우, 서울대학교 출판부, 1983

『조선 복식 미술』금기숙, 열화당, 1994

『조선민족 갱생의 도』최현배, 동광당서점, 1930

『조선상식』 최남선, 민속원, 1948

『조선시대 회화와 화가들』 김용준, 열화당, 2001

『조선을 생각한다』 야나기 무네요시, 심우성 옮김, 학고재, 1996

『조지훈 전집』 나남출판, 1996

『중국의 과학과 문명』 조셉 니담, 이석호외 역, 을유문화사, 1985

『진경시대』 최완수외, 돌베개, 1998

『착한 미개인 동양의 현자』 프레데릭 불레스텍스, 이향·김정연 옮김, 청년사, 2001

『창조된 고전』 하루오 시라네·스즈키 토미 엮음, 왕숙영 옮김, 소명출판, 2002

『철학의 문제들』 버트런드 러셀, 박영태 옮김, 서광사, 1989

『초공간과 한국문화』 김상일, 교학연구사, 1999

『초월에서 포월로』 김진석, 솔, 1994

『추사와 그의 시대』 정병삼외, 돌베개, 2002

『추사정화』 간송미술관, 지식산업사, 1983

『축소지향의 일본인』 이어령, 기린원, 1991

『택리지』 이중환, 이익성 옮김, 을유문화사, 1993

『틈』 김지하, 솔출판사, 1995

『파란 눈에 비친 하얀 조선』 백성현·이한우, 새날, 1999

『하멜 표류기』 강준식, 웅진닷컴, 1995

『한국 미술의 미의식』 김정기·김리나 외, 고려원, 1984

『한국 식생활의 역사』 이성우, 수학사, 1997

『한국건축용어』 김왕직, 발언, 2000

『한국 건축의 장』 주남철, 일지사, 1979

『한국 고대 불교조각사 연구』 김리나, 일조각, 1989

『한국과 그 이웃나라들』 이사벨라 버드 비숍, 이인화 옮김, 살림, 1994

『한국문학의 위상』 김현, 문학과 지성사, 1996

『한국문화상징사전』한국문화상징사전 편찬위원회, 동아출판사, 1992

『한국미술대요』김용준, 범우사, 1993

『한국미술사 방법론』문명대, 열화당, 2000

『한국미의 조명』조요한, 열화당, 1999

『한국미의 탐구』김원룡, 열화당, 1996

『한국민족주의』이용희, 서문당, 1977

『한국사상사』박종홍, 서문당, 1999

『한국사진과 리얼리즘』김한용·손규문·안종칠·정범태, 눈빛, 2002

『한국서예 이천년』예술의 전당, 2000

『한국식품사전』박원기 편저, 신광출판사, 1991

『한국의 민화』김호연, 열화당, 1976

『한국의 부작』김민기, 보림사, 1987

『한국의 불교사상-원효·의상·지눌』이기영 옮김, 삼성출판사, 1990

『한국의 영화포스터』정종화 엮음, 범우사, 1993

『한국의 옛지도』영남대학교 박물관, 1998

『한국의 저장·발효음식』윤숙자, 신광출판사, 1997

『한국의 전통지리사상』한국문화역사지리학회 편, 민음사, 1991

『한국의 정체성』탁석산, 책세상, 2000

『한국의 풍수사상』최창조, 민음사, 1984

『한국인 얼굴 이야기』황규호, 주류성, 1999

『한국인의 밥상문화』이규태, 신원문화사, 2000

『한국 자생풍수의 새로운 모색』한겨레신문사, 2000

『한국전통문화의 구조적 이해』이광규, 서울대학교 출판부, 1993

『한국전통의 원(苑)』정재훈, 조경, 1996

『한국전통표준색명 및 색상』국립현대미술관, 1992

『한국회화소사』 이동주, 범우사, 1996

『한의 구조 연구』 천이두, 문학과 지성사, 1993

『해학과 우리』 한국문화교류연구회 편, 시공사, 1998

『화인열전1』 유홍준, 역사비평사, 2001

백의민족이여 안녕 한국인의 미의식

1판 1쇄 발행 | 2017년 4월 30일

지은이 | 강영희
펴낸이 | 김동규
펴낸곳 | (주)도어스
디자인 | 조의환, 오숙이
주소 | 03169 서울시 종로구 사직로10길7
전화 | 070-4231-4232
팩스 | 02-733-3630
홈페이지 | 9moon.co.kr
등록번호 2016년 5월 12일 제300-2016-54호

ⓒ 강영희, 2017

ISBN 979-11-958208-5-6 03800

값 15,000원